一生交给党

曾羽 李鸿 高玉朋 曾晓婧 著

中国戏剧出版社
CHINA THEATRE PRESS

图书在版编目（CIP）数据

一生交给党 / 曾羽等著． — 北京：中国戏剧出版社，2023.6（2024.6重印）
ISBN 978-7-104-05367-5

Ⅰ．①一… Ⅱ．①曾… Ⅲ．①电影文学剧本—作品集—中国—当代 Ⅳ．① I235.1

中国国家版本馆CIP数据核字（2023）第112228号

一生交给党

责任编辑：齐　钰
责任印制：冯志强

出版发行：中国戏剧出版社
出 版 人：樊国宾
社　　址：北京市西城区天宁寺前街2号国家音乐产业基地L座
邮　　编：100055
网　　址：www.theatrebook.cn
电　　话：010-63385980（总编室）　010-63381560（发行部）
传　　真：010-63381560

读者服务：010-63381560
邮购地址：北京市西城区天宁寺前街2号国家音乐产业基地L座

印　　刷：北京九州迅驰传媒文化有限公司
开　　本：787mm×1092mm　1/16
印　　张：19
字　　数：260千字
版　　次：2023年6月　北京第1版第1次印刷
　　　　　2024年6月　北京第1版第2次印刷
书　　号：ISBN 978-7-104-05367-5
定　　价：118.00元

版权专有，违者必究；如有质量问题，请与出版社联系调换。

前言

"今日宏愿酬,一生交给党,斗志昂扬。愿为工农革命,洒热血一腔。"这是中国共产党早期杰出的革命家周逸群同志入党后写下的豪迈诗句,如今,硝烟散去,精神永存。

近代以来,国家蒙辱、人民蒙难、文明蒙尘,中华民族遭受了前所未有的劫难。为了拯救民族危亡,无数仁人志士奔走呐喊,各种救国方案轮番出台,但都以失败告终。在中国人民和中华民族的伟大觉醒中,在马克思列宁主义同中国工人运动的紧密结合中,中国共产党应运而生。中国诞生了共产党,这是开天辟地的大事,深刻改变了近代以后中华民族发展的方向和进程,深刻改变了中国人民和中华民族的前途和命运,深刻改变了世界发展的趋势和格局。

在中国共产党领导人民进行中国革命、建设和改革的百年历程中,不断涌现出千千万万个和周逸群、蔡申熙一样用鲜血浇灌理想、用生命捍卫信仰的革命先辈。他们在革命战争年代环境无比艰苦、生存无比艰难、战斗无比残酷的情况下仍然保持着中国共产党人"砍头不要紧,只要主义真"的无畏,坚守着腹中满是草根、宁愿饿死也不投降的气节,保持着竹签钉入食指、痛彻心扉也不叛党的坚贞,深刻诠释了中国共产党人爱党信党、坚定不移的精神自信。每当读到他们的故事,总会念及中华民族千年传

一生交给党

承的浩然之气，倍增前行信心。

历史川流不息，精神代代相传。

红色文化是中国共产党在领导中国革命、建设和改革的百年历程中创造的先进文化，承载了党百年征程波澜壮阔的历史，代表了中国共产党人和中华民族的优良品格，彰显了社会主义先进文化的本质属性。奋进新的百年征程，必须讲好红色故事，传承红色基因。

2023年是贯彻落实党的二十大精神的开局之年，开局之年需有开局之势。

为此，我们把在贵州及相邻省区的红色热土上蕴藏的绚烂多姿的故事和熠熠生辉的人物形象，加以深度挖掘，进行艺术创作，形成了本书的六个电影文学剧本。把贵州宝贵的红色文化传承好，将红色基因深深地镌刻在红色印记中、沉淀在红色故事里。用电影文学剧本的形式，用讲故事的"软"方式表达对党的"硬"情怀。我们希望通过电影文学剧本，使广大干部群众和青少年获得红色文化教育的鲜活教材。

贵州是红色文化最富集的沃土之一，在这片热土上流传着许多脍炙人口的革命故事，这些革命故事浓缩着中国革命的伟大实践，记录着中国共产党百折不挠的伟大历程，蕴含着催人奋进的精神力量。这些年，我们创作团队一直深耕贵州这片充满红色记忆和革命荣光的热土，前期创作出版了电影文学剧本集《忠诚》、电视文学剧本《使命》等作品，今天呈现给广大读者的《一生交给党》将与《忠诚》《使命》一起构成电影电视剧创作的红色影视剧作三部曲。创作团队一直有个心愿，要充分挖掘贵州的红色文化，讲好党的故事、革命的故事、英雄和烈士的故事，把贵州精神、红色文化熔铸在作品创作之中，让更多人了解周逸群、王若飞、蔡申熙等老一辈革命者追求真理，救民于水火而抛头颅洒热血的精神，让老一辈革命者的精神能通过文学创作传递下去。

电影文学剧本集共包含以下六个电影文学剧本。

前言

《一生交给党》主要讲述在"四·一二"反革命政变的背景下，大批共产党员被国民党特务杀害，周逸群在周恩来的指导下，带领共产党员金童、肖虹等与国民党特务组织展开英勇的斗争。最终，周逸群协助贺龙率部参加南昌起义，为党的军队建设做出了不可磨灭的贡献，立下了"一生交给党"的宏伟誓言。

《红星》主要讲述中共长江局军事部部长蔡申熙创建红十五军，之后又成为红二十五军军长，在与国民党军队进行反围剿的战斗中，顽强战斗，最后不幸壮烈牺牲的故事。刻画了蔡申熙等共产党员的光辉形象，表现了他们丰富的精神世界和崇高的精神追求。

《困牛山战斗》主要讲述在贵州省铜仁市石阡县甘溪一带的困牛山，红六军团十八师五十二团为了掩护红六军团主力突围，激战困牛山，在敌人胁迫用老百姓做"挡箭牌"，红军战士宁死不愿误伤百姓、宁死不当俘虏的状况下，红军战士毅然纵身跳下70多米高的悬崖，用献血和生命谱写了红军英烈的千古壮歌的英勇故事。

《红嘴鸥》主要讲述在遵义会议召开后，中央红军政治部地方工作部向贵州工委下达指令，让贵州工委协助中央特派员获取蒋介石在重庆亲自制定的"黔北剿匪计划"（任务代号：红嘴鸥），在贵州省工委的坚强领导下，红嘴鸥小队与敌人展开的一场惊心动魄的地下斗争的故事。

《命悬一线》主要讲述在中央红军二渡赤水取得遵义大捷后，面对蒋介石布下的重重围剿，红一军团成立了"中央红军迅雷特别行动队"，通过红军报务员伍灵子发送电报迷惑敌军，执行"佯攻贵阳"的战略意图，迫使蒋介石调出滇军，使红军巧渡金沙江，跳出敌人包围圈的故事。

《我要飞》主要讲述在抗日战争期间，国民政府将建设旧州机场，中央航校学员、共产党员庹阳奉命参与黄平县旧州机场建设，与共产党员洛荟芗粉碎日军窃取"旧州机场建筑平面图"的阴谋，救治难民，保障民工权益、击毙日特，庹阳奉命组建"朝阳中队"，"朝阳中队"在建好的旧州机场驾战机起飞迎敌，与敌军殊死搏斗的故事。

在创作过程中，我们深深感受到，只有用心体察红色文化的深刻内涵，精准把握时代的思想脉搏，获得更有力度、更有温度的思想支撑，才能准确地回应时代和人民的需要，让作品焕发出强大的精神感召力。

"革命理想高于天，理想信念之火一经点燃就会产生巨大的精神力量。"

历史前行的每一步，都需要精神的滋养；风雨无阻的每一程，都饱含精神的磨砺。在实现第二个百年奋斗目标的新征程上，我们需要抱定必胜信念，怀着共产党员那种视死如归、向死而生、一往无前、敢于压倒一切困难而不被任何困难所压倒的崇高精神，朝着实现中华民族伟大复兴的目标奋勇前进，让明天的中国更美好。

前　言 ………………………………………………… 01

剧　本 ………………………………………………… 001
　　一生交给党 ………………………………………… 001
　　红星 ……………………………………………… 052
　　困牛山战斗 ……………………………………… 099
　　红嘴鸥 …………………………………………… 145
　　命悬一线 ………………………………………… 195
　　我要飞 …………………………………………… 242

一生交给党

编剧：曾羽、陶明喜、袁小松

故事梗概

信仰，是凄风苦雨中傲然绽放的鲜花，是暴风骤雨中指引方向的灯塔……

1927年3月，在南京从事地下情报工作的中共地下党员获知国民党将在上海发动"四·一二"反革命政变这一重要情报，他派地下党员沈雨菲将消息带到上海，试图通过上海地下党将消息报告给周恩来，以避免一场巨大的屠杀。但在转送情报的路上，为时已晚，蒋介石已悍然发动"四·一二"反革命政变，整个上海一片血雨腥风，陈年、阿九等一批地下党员被杀害。

与此同时，北伐军节节胜利，参加北伐的贺龙领导的部队改编为二十军，共产党员周逸群任二十军政治部主任。周逸群积极协助和指导副军长胡广，以其杰出的政治工作水平、军事指挥才能和人格魅力，引导贺龙、胡广等二十军将士逐渐认清蒋介石、汪精卫等国民党反动派的丑恶面目，不断坚定了对共产主义的信仰和跟着共产党闹革命的决心，而国民党特务穆清秋对二十军里的共产党沈小虎等也加大迫害力度，试图阻挠二十军跟着共产党走。

继蒋介石后，汪精卫公开叛变革命，开展"清党"以后，党的临时中央决定组织武装起义，按照周恩来的部署，贺龙、周逸群率部向九江进发并到达江西九江，贺龙、胡广坚决反对"清党"命令，并多次向周逸群及党组织提出入党申请。

二十军是参加南昌起义的主力，周恩来对周逸群、贺龙寄予厚望，周逸群在贺龙的大力支持下，成功动员和组织二十军从武汉开赴南昌，而与此同时，为了保证南昌起义的顺利进行，中共临时中央决定在南昌召开前敌委员会。

同时在白色恐怖笼罩下的南昌，一场地下党员与国民党特务之间的斗智斗勇正在悄无声息地展开……

周逸群安排沈雨菲巧设苦肉计诱骗国民党特务穆清秋进入圈套，最终顺利除掉了穆清秋，为南昌前敌委员会的顺利召开及南昌起义的顺利举行扫清了障碍。

8月1日，南昌起义枪声响起，周逸群身先士卒，靠前指挥，南昌起义取得了伟大胜利！

南昌起义后，周逸群与贺龙率部退入瑞金。经过南昌起义，贺龙对周逸群的胸怀志向与智勇才干更加深为折服，再次表达了对共产主义的坚定信仰，终于，在瑞金绵江中学，周恩来主持贺龙的入党宣誓仪式，在周逸群的介绍与见证下，贺龙、胡广等光荣加入中国共产党，也最终走上了正确的革命道路。

主要人物表

周逸群　　男，31岁，国民革命军二十军政治部主任，中国共产党党员，贺龙的入党介绍人。

沈雨菲　　女，24岁，公开身份是国民党特勤处特务，其实是中国共产党党员，地下工作者，代号夜莺，沈小虎的姐姐。

穆清秋　　女，28岁，国民党特勤处处长。

金　桐　　男，25岁，国民革命军二十军副营长，中国共产党党员。

许　彪　　男，26岁，国民革命军二十军四十八团六营营长，特勤处特别情报员。

胡　广　　男，30岁，国民革命军二十军副军长，后期加入中国共产党。

沈小虎　　男，20岁，中国共产党党员，地下工作者。

李　欢　　男，26岁，国民革命军二十军六营连长，后期加入中国共产党。

周恩来　　男，29岁，中共中央临时政治局常委，南昌起义前敌委员会书记。

乌　氏　　女，26岁，周逸群夫人。

小　龙　　男，6岁，周逸群儿子。

老　李　　男，40岁，地下党。

一生交给党

剧　本

1. 宜昌 / 北伐军某阵地 / 日 外

　　黑场：字幕 伴随战场的枪炮的效果声。

　　1926年12月，北伐战争宜昌战役打响，北伐军第九军第一师担负主攻任务。师部命令："除指定留守者外，一律开往前线作战。"

　　枪炮声越来越近，一声巨大的炮声响起，画面渐起，看见一个临时修建的军事阵地被密集的火炮轰炸着，很多北伐士兵被炸飞上天，许彪（北伐军第九军一师第四十八团二营营长）漫无目的地空放几枪，就带着几个士兵赶紧向一个临时修建的地下战壕躲去。一个手提步枪的战士艰难地朝防空洞爬去，鲜血顺着手指滴落，战士的双眼慌乱又痛苦，两个士兵刚想去救援，一发炮弹就落在了受伤战士的身边，巨大的灰尘遮满整个画面。灰尘逐渐清晰，炮火轰过后的战壕荒坡上横七竖八地躺着不少尸体，被轰炸后的余火燃烧的树桩正冒着一缕缕青烟，刺鼻的血腥味飘散在空中。

　　【字幕】北伐军第九军第一师四十八团二营阵地。

　　手上绑着绷带的胡广（北伐军第九军一师副师长）带着一部分士兵掩藏在战壕里。不时有泥土落下。

　　许彪　他娘的，怎么这么多大家伙，全冲我们来了，这阵地根本守不住……

　　胡广　我们的任务就是吸引敌人的兵力，让大部队能顺利端掉敌人的老巢。敌人的火力越猛，证明我们的战术就越成功。

　　许彪一边用绷带绑住自己流血不止的腿，一边不停地发牢骚。

许彪　龟缩在这跟当靶子有什么区别？

胡广听炮声停了下来，就在警卫的保护下走出防空洞。

胡广　通讯员……

通讯员快速跑过来，拿着本子准备记录。

胡广　速报告司令部，敌人火力太猛，我们可能坚持不了多久……

突然，一发冷枪打中了通讯员，血溅了胡广一脸，警卫快速地拉着胡广滚到战壕里。又一阵密集的火炮覆盖了过来。

2. 宜昌 / 山间小道 / 日 外

周逸群（北伐军第九军第一师政治部主任）带着三营正在急行军，突然听到密集的火炮声传来，周逸群示意队伍停下，他仔细听了一下炮声，观察着空中的烟尘。

周逸群　不好，胡副师长的阵地遭到了敌方的炮轰，听，已经没有枪声了，他们可能被逼进了防空洞里，不想办法端掉敌人的大炮，他们全部会被炸死。

营长金桐看着远处依稀可见的敌炮火阵地，焦急地点头。

周逸群　听声音，这应该是日本三一式75mm架退式山炮，射程4 600米，依照目前的地理环境，敌方的山炮应该在这座山的背后。金桐，你带突击连携带炸药从东面迂回过去，其他人跟我从这座山梁翻过去，堵掉他们的退路，听我枪声为号，快速冲入炸毁敌军山炮。

金桐　保证完成任务！

金桐带队离去。

3. 宜昌 / 北伐军某阵地 / 日 外

胡广看着受伤的许彪和众战士。

胡广 兄弟们，哪怕我们打得只剩一个人，也要与阵地共存亡，相信贺龙师长他们很快就会攻破宜昌，逸群主任带的增援部队很快就会赶到。

许彪 就算周逸群到了，同样被大炮炸，结果跟我们一样。"鸟枪"怎么能干掉大炮？

外面突然响起了密集的枪声，许彪带队冲出防空洞，只见敌炮兵已经被周逸群带来的部队打得节节败退，敌炮兵阵地也被炸了。

许彪 娘的，吹冲锋号，给老子狠狠地打……

冲锋号响起，北伐军争先恐后朝敌人的阵地冲去。

胡广看见远处的周逸群，他知道是周逸群救了他们，露出了敬佩和感激的眼神。

4. 南昌 / 北伐军总司令部 / 机要室 / 夜 外 内

【字幕】南昌国民革命军北伐总司令部，漆黑的夜，静静地流过。

外面电闪雷鸣，下起了瓢泼大雨。闪电掩盖了机要室里的那一束光。

一位身着国民党军装的蒙面女子（共产党员沈雨菲）正在偷抄一份绝密电文，电文内容："北伐军里共产党势力日益扩大，若不及时制止其发展，后患无穷，北伐军就会变颜色！"

5. 南昌 / 北伐军总司令部 / 机要室 / 夜 内

深冷的楼道里响起了女人的皮鞋声，一身戎装的穆清秋（国民党特勤处处长）快步向机要室走来。

机要室里的沈雨菲正在抄电报，她听见脚步声，关了手电筒，越窗而去。

穆清秋突然感到机要室里有亮光一闪而过，她快速朝机要室跑去。穆清秋掏出手枪直接对着机要室的门。

穆清秋快速打开了机要室的门，看里面空无一人，她走到办公桌前，看见绝密文档上的封条有一丝裂缝，眼神里闪现出一丝阴冷。穆清秋快速走到窗边，窗外的大雨一直在倾泻，闪电划破黑夜，空无一人。

6. 空镜 日出

一轮红日升起。

7. 宜昌 / 北伐军某阵地 / 日 外

许彪带着士兵们正在清点战利品，几个士兵抬着一挺仿美制勃朗宁 1917 重机枪正在讨论归谁。

许彪　拿过来，都给老子拿过来，我的部队最需要机枪。

金桐　枪是我们在战场上从敌人手中夺下来的，当然应该归我们。

双方的人靠拢在一起准备抢枪，争夺一触即发。

许彪　这场仗不是我们一起打下来的吗？你问问周主任，是不是你们共产党打仗功劳大，这枪就要给你们吗？按理，这阵地是我的，仗是我们打胜的，你们不就是来帮帮忙嘛，所以还是归我吧！

周逸群看着还想理论的金桐，坦然一笑，显得很大度。

周逸群　我们共产党人讲大局，讲交朋友，决不夺人所爱，这机枪就给许营长吧，许营长部队正好缺重武器，武器配置一定要合理，重机枪在他的营能发挥更大的作用。

许彪不好意思地看着周逸群。

许彪 周主任讲话就是让人心服口服。（又对金桐说）好好跟周主任学着点。

周逸群 这种仿美制勃朗宁1917重机枪，不易卡弹，就是降温还需要改良，你要好好琢磨琢磨。

许彪 周主任，你怎么这么懂兵器。

周逸群 （笑笑）我在黄埔军校上过军事课，只要肯学习，你也会懂。

8. 武汉 / 某咖啡馆 / 日 内

身着戎装的穆清秋、沈雨菲坐在一家别有情调的咖啡馆里，从衣服上可以看出二人是同事。

穆清秋 怎么突然要请假？是有急事吗？本来我还有重要公务要交给你办。

沈雨菲 我爹病得厉害，再不回去，估计连最后一眼都看不上了。

穆清秋 可以啊，连我都不知道你在南昌还有一个爹啊？

沈雨菲 做我们这种工作，能不暴露家人就尽量不暴露，这也是保密要求啊。

服务生端上来两杯咖啡，打断了沈雨菲的话。

沈雨菲接过咖啡，笑着对穆清秋说。

沈雨菲 谢谢老板！

穆清秋以为沈雨菲称她是老板。

穆清秋 我可不是你的老板，对了，我听人说你的老板姓"共"？

沈雨菲 东西可以吃错，话不可以乱说哦。在特勤处，你可掌握着生杀大权，谁说我是共产党？是想陷害我啊？

穆清秋笑了笑，突然拿出一个盒子并打开，盒子里面是一双漂亮的女士鞋。

穆清秋 开句玩笑嘛！你不必紧张。你来看，一个朋友送给我一双鞋，但我天生男人脚，脚大，鞋小穿不了，你来试试，看看合不合你的脚？

穆清秋盯住沈雨菲，看沈雨菲的反应是否反常。

【闪回】

9. 北伐军司令部／机要室／夜 外

穆清秋关了门，快速走到机要室发报机旁边，她发现电文夹中的文件顺序乱了。穆清秋走到窗户前，仔细查看，发现门框上有一根长发，再仔细一看，发现有很浅的鞋印，穆清秋用手丈量了一下脚印的大小，感觉是女人留下的脚印。

穆清秋 （自言自语）莫非是她！

【闪回结束】

10. 宜昌／北伐军阵地／日 外

许彪等人扛着重机枪等战利品，得意扬扬地扬长而去。周逸群听出了许彪话里有话。

周逸群 （对金桐说）许彪话里有话，他开始针对我们共产党说事了，这是挑衅的开始！我们千万不能麻痹大意，要有应对之策。

金桐 是，主任。

11. 武汉 / 某咖啡馆 / 日 内

穆清秋看向沈雨菲，沈雨菲极不情愿地看着穆清秋。

沈雨菲 都说不能给人穿小鞋，穿人家的小鞋容易摔倒。你倒好，自己鞋小了就给我，我可不要，不吉利，我这人挺迷信的。

穆清秋 你穿着这身军服回去看你爸爸很体面，总要配一双漂亮的鞋吧！这鞋白给，要不你试试？

沈雨菲 好吧，你这么热心，我也不好再推辞了。

沈雨菲脱下鞋，穆清秋紧张地看着沈雨菲穿鞋，没想到沈雨菲的脚明显肥大，与机要室留下的脚印不一样，穆清秋没得到证明，有些失望，但她的怀疑并没有打消。

穆清秋 看来是送不出去了，对了，乱世难谋生，你现在的工作真的很重要，很难得，要珍惜，不要走错路。回去陪陪老人家吧，不过你要早点回来，目前形势紧张，正是用人之时。

沈雨菲点点头。穆清秋起身离去。

【字幕】宜昌战役胜利结束，第一师得到了北伐军总司令部和前敌总指挥部通电嘉奖。部队番号改为"国民革命军独立第十五师"，贺龙任师长，周逸群任政治部主任，部队移防武汉。

12. 武汉 / 地下党联络站 / 日 内

地下党负责人在安排工作。

负责人 这是我们潜伏在敌人内部的同志窃取的敌人的情报，根据恩来同志的指示，我们要迅速送到指定位置，十万火急！

13. 国民革命军独立第十五师营地 / 日 外

周逸群和金桐在商量工作。

周逸群　最近地下党有一份重要的情报要送来，你一定要周密安排，确保情报安全送到我的手里，如果必要，我想亲自去……

金桐　一定完成任务。

14. 长江边 / 黄金口 / 日 外

【字幕】1927年2月，武汉。

早晨的江面上泛起了一层薄薄的白雾，水光潋滟，远山如黛。身着长衫的周逸群站在河边，看着一艘艘渔船顺流而下，打鱼人在欢快的口哨声中撒出手中的渔网，水面荡起层层的涟漪，周逸群似乎想到了河底的险滩暗流。

周逸群看着远处热闹的市场，犹豫了一下，戴上帽子朝市场走去。

15. 市场 / 日 外

市场上人来人往，在一个鱼档摊边，一位满身鱼鳞的男人（共产党员老李）正在快速地给客人杀鱼刮鳞，女人在收钱招呼客人。

一位戴鸭舌帽的工人模样的人，正在等男人杀鱼。

不远处坐着一位打扮很时髦的妇人（穆清秋），容貌端庄，眉宇间却透露出一股杀气。她静静地看着鱼档，脸上露出一丝冷笑。鱼档周围还松散地分布着几个中年男子，穆清秋的到来，给这个小小的鱼市带来丝丝凉气。

女人把杀好的鱼递给工人模样的人，突然，旁边走来一个青年人（沈小虎，国民革命军战士，中共党员），沈小虎把钱往摊子上一丢。

沈小虎　不好意思，我有点急事，这鱼先给我吧。

沈小虎不由分说提起鱼就转身离去，留下一脸错愕的工人。沈小虎的突然出现，打破了小鱼市的平静。

几个黑衣人一哄而起，快速朝沈小虎离去的方向追去。穆清秋露出冷笑，起身快速离开。

见几个黑衣人离去，周逸群来到鱼档前，付了钱，接过摊档老板递过来的另一条鱼，机警地转身离去。

16. 某街道 / 民居 / 日　外

沈小虎提着鱼跑回"家"，穆清秋尾随。

沈小虎放下鱼，刚刚准备关门，看见几个黑衣人尾随进来，其中一个中年男人用枪顶着沈小虎的头。穆清秋皮笑肉不笑地走近沈小虎。

穆清秋　进去！

沈小虎　大哥，别开玩笑，小心走火！

室内一老人听见青年人回来。

老人　小虎，你去哪里了，过来给我换一下裤子，又尿湿了。

穆清秋一愣，示意沈小虎走进去，看见一老人（化了装的金桐）躺在床上。

沈小虎　我爷爷身体不好，大夫说用鲫鱼熬汤喝对他的病有好处，你不能抢我的鱼。

穆清秋一把抢过鱼，用刀划开，看肚子里并没有什么东西，感到很意外。

老人　小虎，这是你女朋友吗？长得真好看，屁股大肯定能生儿子。乖女儿，好俊，过来让爷爷好好看看。

穆清秋想发脾气，但看着病恹恹又一脸慈祥的老人，气得跺脚离开。

见穆清秋离去，床上的"老人"麻利地起身并撕掉脸上的胡子，和沈小虎相视一笑，然后，他快速地脱掉身上的外套出门而去。

17. 某街道 / 小楼 / 日 内

穆清秋站在远处楼顶上，看着远去的二人。

穆清秋　我们上当了，他们玩的是调虎离山之计，让大鱼跑了。你们要盯紧，一旦大鱼出现就把他们一锅炖了。

18. 国民革命军独立第十五师 / 周逸群办公室 / 日 内

周逸群回到住所，从鱼肚里取出纸条，展开一看，是周恩来同志写的，纸条上写道：北伐形势一片大好，共产党在北伐中起到了很大作用，蒋介石和国民党反动派不容忍共产党，可能有不利于共产党的行动，你要小心行事，保护好党组织。

周逸群烧了纸条，脸色严峻。

19. 特勤处 / 办公室 / 日 内

穆清秋在接电话。

穆清秋　是，主任，按照你的要求，我一定把十五师的共产党情况搞清楚。

20. 国民革命军独立第十五师 / 营地 / 日 内

厨房里，热锅冷油。

一生交给党

周逸群将洗干净的鱼放入锅中,一股青烟冒起,房间里弥漫着油炸鱼鳞的味道。

客厅里,胡广正在看挂在墙上的一些相片,里面有周逸群在日本和黄埔军校的照片,其中一张照片上的周逸群坐在一辆军车上,照片里的他神采飞扬。

周逸群端着刚做好的鱼放到餐桌上。

周逸群　尝尝我们贵州的炝锅鱼。

胡广　逸群兄真是上得了战场也进得了厨房,佩服,佩服。

胡广给周逸群倒上一杯酒。

胡广　逸群兄,这个仗啊也不知道打到什么时候结束,你也应该找一个人,有一个家照顾自己啊,我看"政治讲习所"的那个小吴就不错……

周逸群打断胡广的话。

周逸群　我在铜仁已有妻室,只是国未定,何顾家?我的确有好几年没有回铜仁了,来,等打赢了北伐,我们再去享受天伦之乐吧!为了北伐胜利,为了两党合作愉快,干杯!

胡广　(一口干了杯中酒)逸群兄,这是话中有话啊,现在两党合作不愉快吗?你救了我的命,我还得好好感谢你,来,干杯!

周逸群　兄弟们都好几个月没有发军饷了吧?我听说是因为十五师部队里有共产党,如果你们不限制共产党的活动,上面就停发军饷,胡副师长有这事吗?

胡广　逸群兄不用在意那些流言蜚语。于部队而言,北伐关键时刻,共产党能打胜仗,部队离不开共产党。于个人而言,当初我们在铜仁开始北伐时,你们家还为我们开仓放粮,说起来全师都得感谢你才对,但是,我也怕有人拿军饷说事,破坏两党的关系。

周逸群沉默了一会儿,抬起头来。

周逸群　(慢慢说道)部队没有军饷,军心就不稳啊。这方面我还可以想想办法。只是，我听说师长接到了一份密令……

胡广　贺龙师长的确接到过一纸命令，但是，北伐在即，打仗要紧，必须军心稳定，他还不打算执行，逸群兄不必多虑，在十五师，贺龙师长不下命令，没有谁敢乱动共产党。

周逸群　我是绝对相信贺师长和胡兄的为人。

胡广　（压低嗓门）还有，说真的，贺师长对新军阀很失望，不光是贺龙师长想加入共产党，我也有此意，只是对共产党还是有些不够了解。

周逸群从床头拿出一本《贵州青年》递给胡广。

周逸群　学习完这本书，你的心就亮堂了。军饷的事，我已经向党的上级组织汇报了，应该很快就有消息。

21. 国民革命军独立第十五师 / 军营 / 日 内

许彪等人在密谋。

许彪　我听说上峰要限制共产党的活动，我们十五师也不能例外。李欢，你要有意亲近共产党，把他们的活动情况和人员情况搞清楚，我看他们还能猖狂几天！

李欢　是，营长。

22. 某居民楼 / 共产党地下联络站 / 夜 内

暮色中，一栋僻静的二层小楼，二楼的一间小屋内，桌子上的闹钟"嗒嗒"地走着，沈雨菲、周逸群、沈小虎，还有几个同志坐在桌子前开会。

沈雨菲　武汉与上海的地下党联络站遭到不明势力破坏，组织上怀疑是特勤处所为，另外，据我所知，穆清秋想在十五师安插特务，估计是冲着你来的。

周逸群　我接到情报，国民党有可能要翻脸不认人了，官帽、银元、杀猪刀，前两样失灵了，看来老蒋这是要图穷匕见了。

沈小虎　穆清秋应该会冲着我们来，就是不知道她下一步会采取什么行动。

周逸群　雨菲，你要多接近穆清秋，取得她的信任，这样才有可能窃取更多有利于我们的情报。蒋介石想对共产党动手的消息必须尽快送到上海，让上海的同志有所防备。

几个人点头。

周逸群　雨菲，去上海送情报的任务还是交给你吧。你既然向穆清秋请了假，不去反而不好，要设法避开穆清秋的眼线，走水路去上海，不要停留，然后，抓紧去南昌……

沈雨菲点点头。

远处突然传来了猫的叫声。

周逸群脸色一变，快速来到窗前，推开一点窗户。

远远看见一帮便衣朝这边赶来。

周逸群　你的这个处长有点本事，嗅觉真灵。

23. 街道 / 小屋外 / 夜

街道上，穆清秋带着十余名头戴绅士帽、身穿对襟衫的人快速朝小楼赶来。

穆清秋　（掏出枪）不要放走任何人！

众人点了点头。

24. 某居民楼 / 共产党地下联络站 / 夜 内

周逸群把准备好的纸条递给沈雨菲。

周逸群　到了上海，请组织上一定要保护好这份名单上的人，他们都是革命的火种。

沈雨菲点点头。周逸群掏出一根麻绳系在窗户上。

周逸群　大家顺着绳子爬下去，掩护沈雨菲同志安全撤离，这个联络点暴露了，以后的党小组会议要安排到更隐蔽的地方。

沈雨菲等人快速从后窗离去。

沈小虎快速将桌子移到门口，把煤油灯放到地上，他又拿出一桶煤油，打开盖子放到桌子上，掏出一根麻绳把煤油桶绑好并连接到门上，然后他顺着绳子爬了下去，到了楼下后他手一抖，收回了绳子，然后快速离去。

沈小虎刚离开，穆清秋等人闯门而入，被打翻的煤油瞬间燃了起来。几个手下吓得赶紧往后退，穆清秋一把推开手下，快步来到房里，只看见空空的屋子，穆清秋来到窗户外，没有看到一个人影，穆清秋露出了阴狠的笑容。

手下　队长，怎么办？追吗？

穆清秋　救火。

手下　（一脸疑惑）救火？

穆清秋一耳光扇过去。

穆清秋　我让你们救火，看看有没有什么重要文件！

手下们慌忙找工具扑火。

穆清秋　联系南昌那边，看看沈雨菲是不是回南昌老家探亲了。

手下　是。

25. 国民革命军独立第十五师政治讲习所 / 日 内

胡广与许彪、李欢、金桐等其他官兵正在听周逸群讲课。

周逸群 马克思主义强调唯物史观，历史是由人民创造的，我们的任何事业要成功，都必须有人民的支持，都必须依靠人民的力量，我们北伐，我们革命，为的就是民族大义！

胡广在认真地听，不时点头。许彪等出来捣乱。

许彪 我们当兵的，手中有枪，军中有粮，按月领饷就行，管他什么主义，主义和我们有关系吗？不能当饭吃，不能当酒喝，大家不要被蒙蔽了。

众军官 就是就是，发军饷才是硬道理。

胡广 许彪，你是营长，这么多兄弟跟着你，你就更要明白为什么要打仗，为谁去打仗，否则，你会不明方向，走错路！

许彪 管他为什么打仗，只要打完仗给老子升官加饷就行。

另一个军官 对，能娶个姨太太就最好了。

金桐 不明辨是非，跟那些军阀和官僚有什么区别？

将领乙 我们是国民革命军，为的是打倒军阀，实现三民主义！当然有区别。

周逸群 国共合作，国共两党要各取所长，目的就一个，为人民而战，为心中的信仰而战，这才是有价值的人生，宜昌之战，就充分说明只有正义之师才能取得胜利。

现场一下安静下来。

没有周逸群的帮助，许彪打不了胜仗，许彪知道周逸群的厉害，不敢放肆地正面冲撞，不由地低下了头。

现场的气氛显得有些尴尬。

胡广 周主任理论水平很高，实战经验丰富，又乐于帮助别人，大家要多向他学习，让他帮助我们的队伍脱胎换骨，增强战斗力！

许彪 （冷言冷语地说）就怕战斗力没增强，队伍全给他"赤化"了。

胡广拿出周逸群给他的《贵州青年》，在许彪的眼前晃了几晃。

胡广 周主任给我看的这本《贵州青年》，让我明白了许多道理，有理走遍天下，我这个副师长都不怕部队被"赤化"，你一个小小的营长怕什么？

周逸群 想当年，我在黄埔军校办"火星社"，就是为了壮大革命的力量！

26. 国民革命军独立第十五师营地／广场／日 外

周逸群正在看部队训练，金桐来报。

金桐 我们抓到一个特勤处的特务，混在我们营里。

周逸群 怎么处理的？

金桐 我们把他赶出去了，没打死。

周逸群若有所思……

27. 码头／日 外

沈雨菲坐上船，沈小虎来送沈雨菲。

沈雨菲 小虎，跟着逸群同志好好锻炼，争取早日成为一名共产党员。

沈小虎 姐，你不知道，我已经入党了。

沈雨菲 （笑着说）我们家小虎进步快啊！

沈小虎 姐，你是什么时候加入共产党的？

【闪回】

广州法政学校教室里，黄埔军校青年军人周逸群正在演讲，沈雨菲、金桐等在听讲。

  周逸群 十月革命一声炮响，给我们带来了马克思主义，苏联革命为什么成功，就是因为有共产党领导……

  沈雨菲、金桐专注地听，不住地点头，听着听着，他们的心里已经燃起熊熊烈火，要把这旧世界烧成灰烬！

  【闪回结束】

  沈雨菲 就这样，我走进了共产党的队伍。

  沈雨菲难舍地上船离去。

28. 特勤处 / 办公室 / 日 内

  一特务来给穆清秋报告。

  特务 报告处长，我们派到十五师的弟兄被他们赶出来了，差一点被打死。

  穆清秋怔了一下。

  【闪回】

  镜头一 穆清秋在给丈夫织毛衣，丈夫回来，试穿毛衣，很满意。

  镜头二 丈夫来和穆清秋告别，说要执行秘密任务。

  镜头三 丈夫的尸体抬回来了，身上穿的是穆清秋织的毛衣，血迹斑斑，穆清秋睹物思人，号啕大哭。

  穆清秋 共产党，我和你不共戴天！

  【闪回结束】

  穆清秋 （狂吼）你们就没有其他办法了？

  特务 十五师有一个营长，叫许彪……

  穆清秋 好，从他们内部攻破。

29. 国民革命军独立第十五师军营 / 夜 内

许彪等跟几个官兵在赌钱。房间里乌烟瘴气。

许彪 大，大。

一个军官揭开碗，"三个一，小"，军官开心地把钱都收走。

许彪恼羞成怒地翻遍身上所有的口袋，从内层撕开衣服，掏出几个大洋，全部放在"大"上面。

黑子 彪哥，这是给嫂子生孩子的钱，今天手气不好，就不要玩了。

许彪一巴掌给黑子扇过去。

许彪 （两眼发红）谁家孩子天天哭，老子还不信了，押"大"。

众人又吆喝起来。

军官揭开碗，还是"小"。

许彪看着军官把钱拿走，气得把碗砸了，摔门而去。

30. 街道 / 夜 外

许彪骂骂咧咧地向一条街道走去，转角处两个人走了出来，他们一前一后拦住了许彪，许彪刚想骂娘，一把枪已经顶在了自己的后腰上。

特务甲 许营长，我们穆处长有请。

31. 某茶馆 / 夜 内

一杯茶递到了许彪的面前。

穆清秋 许营长，您好，我是特勤处的穆清秋，根据组织安排，委任你为特勤处武汉地区特别情报员。这是你的委任状。

许彪　你脑袋被驴踢了吧，我是国民革命军的军官，你算哪根葱啊，谁给你的权力任命我啊？

穆清秋　知道你为了党国大业一直坚守在前线，劳苦功高，这些是预支给你的赏钱。我知道你老婆生孩子需要用钱。

许彪看见面前的一堆银元。

许彪　无功不受禄，说吧，要我干什么？

穆清秋　许营长，别着急，先品一下这上等的云雾茶。

32. 国民革命军独立第十五师 / 营房 / 日 内

李欢煽动士兵们去闹事。

李欢　没有军饷，怎么活啊？周逸群有本事，我们去向他要军饷。

士兵们一轰而去。

33. 码头 / 日 外

码头，金桐来到鱼档前，鱼档的老板已经换人，金桐走前拿起一条鱼并观察四周。

金桐　老板，有今天刚打上来的鱼吗？

老板　军爷，看来你不常买鱼啊，你看这都是今天打上来的，要几条？

金桐发现周围有很多双眼睛盯向自己，他镇定自若地对老板说。

金桐　给我来一筐。

金桐背着一筐鱼离去。

34. 国民革命军独立第十五师营地 / 日 内

金桐敲门进去，周逸群正在看书。

金桐　我去了一趟鱼市，鱼档换了新老板，周围都有暗哨，老李估计已经被特务抓走了。

周逸群　鱼档老板是我们的人，他们现在还不动手，估计是等我这条大鱼上钩，只要他们有耐心，就让他们守着。

金桐将一个包得很严的袋子放在周逸群面前。

金桐　这是恩来同志托人捎过来的。

周逸群打开包裹，里面除了一件毛衣外，还整整齐齐地放着1 000个大洋，还有一封信。

【闪回】

【周恩来画外音】　要过年了，邓大姐给你做了件衣服，党组织筹了1 000块大洋，给你们渡过难关，千万保重！

【闪回结束】

周逸群拿出200个大洋递给金桐。

周逸群　很久没有发饷，先拿给你们营的弟兄们救一下急，余下的800元，我给胡广，解一下他的围，同时我们还得想尽办法救老李。

金桐感激地接过大洋。

金桐　周主任，你说国民党真的敢公开撕毁合作协议，杀害我党同胞？

周逸群　在政治流氓眼里协议就是一张废纸，我们手里没有军队，就像砧板上的肉。

35. 国民革命军独立第十五师营地 / 日 外

李欢带着士兵来到周逸群住所，正好周逸群、金桐走出门。

金桐　李欢，你们要干什么？

李欢　我们要军饷。

金桐把一钱袋举过头。

金桐　弟兄们，你们看，这是什么！白花花的银元从袋子里倒了出来……

36. 某街道 / 日 外

小虎带着几个战士正在进行扩军宣传，小小的铺面围着不少人。小虎问一青年。

小虎　你为什么要来当兵？

青年　军阀把我们家的粮食都抢光了，光是我们村都饿死好多人了，我家里有七口人，没有吃的了，听说当兵能挣军饷，打仗立功了，还能升官发财，所以我就来报名了，只要你们收了我，我就有钱给家里人买粮食了，就能给大家报仇了。

小虎　当兵危险，打仗是要掉脑袋的，你不怕吗？

青年　横竖都是死，在家是等死，当兵死了，说不定还能捞一个英雄当当，就像杨家将流芳千古。

众人笑。

小虎　你说的也有道理，看来你还是一个读书人。

小虎抬头一看，胡广、周逸群就站在这个青年身后。

周逸群　我们当兵，是为老百姓打仗，是为劳苦人有吃有穿打仗，是为孩子们能上学堂打仗，是为劳苦大众翻身解放打仗，革命就是为了使人能过上一般人的生活，过上没有压迫、不受剥削的生活。欢迎你来当兵，当然，也希望你早日明白"为什么当兵、为谁当兵、为谁打仗"这些道理。

胡广看了一下报名册，有100余人报名，胡广还是比较满意的。

周逸群 （对小虎说）一定要把话说到老百姓的心坎上，老百姓才会心甘情愿跟我们走！

37. 某街道 / 日 内

街道二楼。小酒馆里，许彪喝着酒，手上玩弄着几个银元，看着远处正在吆喝招兵的小虎，突然计上心来，心想，这不是送上门的共产党吗？他一定知情。

许彪　小二，再给我拿一壶酒来。

小二　彪爷，再喝您就醉了。

许彪　彪爷有钱了，今个儿开心，拿酒，剩下的钱赏你了！

小二开心地离去。

38. 特勤处武汉临时办公点 / 日 内

几个被打得奄奄一息的中年男人被吊在刑具上，其中也有鱼档老板，已经晕了过去。几个手下打累了，不停地骂骂咧咧，穆清秋悠闲地喝着茶。

一手下拿着一张电文递给穆清秋。

电文　限期一个月查清十五师里和武汉的地下共产党员，切断他们与上海、广州的联系，等候南昌方面的指示。

手下　那这几个人？

穆清秋　既然他们不想说，那就永远不要说了。关键是十五师有多少共产党，一定要搞清楚，许彪有消息了吗？

众人 是。

手下乙拿着手上的钢丝阴冷地朝几个昏迷的共产党员走去。

39. 某茶馆 / 日 内

周逸群和几个共产党员在开党小组会，里面有几个是平民装扮。

周逸群面前摆放着几张报纸，他一张一张地翻阅，一张报纸标题为《武汉国民政府正式成立，选举汪精卫为国民政府主席》，一张标题为《告黄埔同学书》，署名蒋中正，具体内容：不接受武汉国民政府通过的《统一党的领导机关决议案》中免除蒋中正除国民革命军总司令职位外的一切重要公职的决议。最后一张报纸的内容是汪精卫、陈独秀发表"联合宣言"。

周逸群紧紧拽着这份报纸，表情凝重。金桐等几个人围坐在旁边。

金桐 陈独秀和汪精卫发表这个《联合宣言》，表明共产国际对国民党还抱有希望，不愿共产党和国民党撕破脸皮。

地下党员甲 事态的发展不会以共产国际的意志为转移的，这件事没有第二个答案，蒋介石一定会动手的。

地下党员乙 北伐没有取得最后的胜利，这场战争还需要我们共产党出力。

金桐 蒋介石就是一个流氓，过河拆桥，卸磨杀驴！

周逸群 我们的情报一定要准确，不能只靠看报纸，也不能只靠雨菲同志一个人跑联络，她潜伏多年，不容易，绝对不能暴露。必须以最快速度重新建立武汉与上海等地党组织最新的联络线，确保情报通畅。

金桐表情凝重地点点头。

40. 某报社 / 日 内

【字幕】上海。

某街道,沈雨菲来到了一栋大楼前,正准备上去,突然发现几个上海工人纠察队员被国民党部队押解出来,沈雨菲装作若无其事地从旁边离开。

41. 某街头小巷 / 日 外

街头张贴的告示:大量共产党藏匿在上海,从事破坏活动,破坏上海政局,破坏国家安全,必须彻底清除。请所有共党分子在三日内向国民政府自首,可既往不咎,三日之后,一旦抓捕,就地格杀。

一栋木结构房的二楼,沈雨菲敲响了紧扣的门。

42. 胡广办公室 / 日 内

电话响起,胡广拿起电话。

胡广 报告师长,共产党周恩来给了我们师1 000大洋,才稳住了部队,共产党很讲义气,下一步我们该怎么办,师长请指示!

贺龙 （电话里）北伐还未胜利,要稳定军心才能面对当前严峻的形势,要发挥逸群主任的作用,他做部队工作有一套,关于在军队限制共产党活动的命令暂缓执行。

胡广 那南昌那边怎么交代?

贺龙 （电话里）这个命令完全违背了国共合作的初衷,我们不能被当枪使。

胡广 是!

胡广挂了电话，长舒一口气。

43. 某茶馆 / 日 内

周逸群　金桐，小虎平时开会都不会迟到的，今天到现在还没有来，一会儿你去了解一下情况。

金桐点点头。

44. 审讯室 / 日 内

沈小虎被许彪秘密抓捕，审讯室传来皮鞭声，沈小虎已经被打得死去活来。

许彪　沈小虎，你是不是共产党？你招不招？

小虎子　我就是共产党。

许彪　是谁叫你参加共产党的？

小虎子　我自愿的！

此刻入党宣誓时的情形在沈小虎眼前出现：严守秘密，服从纪律，牺牲个人，阶级斗争，努力革命，永不叛党。

许彪　你把十五师的共产党员都告诉我，我就放了你。

沈小虎　这是我们党的秘密，我绝不告诉你，我绝不叛党，你有本事打死我，贺师长知道你滥用私刑，肯定饶不了你！

许彪　既然你想死，我就成全你。

许彪举起鞭子恶狠狠地打下去。

身着军装的穆清秋坐在远处看着许彪审讯沈小虎。

一个手下走上前对着穆清秋说了什么，穆清秋起身离去。

45. 上海区委办公室 / 日 内

陈年、沈雨菲在办公室,他们正忙着烧毁一些文件和紧急转移物品。陈年手上拿着一封信,信上只有寥寥数字:国民党要争取,要顾全大局,请上海区委暂缓"反蒋",多谋合作……

陈年看完,哀叹一声,将信丢入火中。

沈雨菲 逸群同志说,第一师还很正常,虽有跳梁小丑,但还翻不起大浪,若要掌握这支队伍并为党所用,希望恩来同志能见见贺龙。

陈年 组织上也正有此意。沈雨菲同志,你立即回武汉,将此信转交给恩来同志,表达逸群同志的愿望。同时快速建立武汉的地下联络点,让组织的信息能及时传递。以后的工作你要听逸群同志指挥。

沈雨菲 (点了点头,目光坚毅)是,但是我马上要去一趟南昌……

46. 周逸群办公室 / 日 内

周逸群 (对金桐)沈小虎还没有消息吗?

金桐 没有。

周逸群 党小组会议都缺席了,他肯定出事了。

金桐 听门卫说昨天许营长找过小虎。

周逸群 许彪?

47. 审讯室 / 日 内

被打得奄奄一息的沈小虎提起笔开始写字,纸上出现以下内容:我认识的共产党员有:陈独秀、李大钊、毛泽东、周恩来……

许彪破门而入，看见了沈小虎写的名单，他气急败坏地说。

许彪　我要的是十五师的共产党名单，你玩弄我，你不招供，我打死你！

鞭子朝沈小虎的头上砸去，沈小虎倒在地下，这时门被推开，周逸群、金桐等人带着武器冲了进来。

48. 病房 / 日 内

周逸群握着昏迷的沈小虎的手，关切地看着他。

沈小虎　（闭着眼睛，喃喃地说）周主任，你教导我要把一生交给党，我很快就要做到了，告诉我姐，我没有给党丢脸……

沈小虎声音越来越弱了，周逸群痛心地握着他的手，连连点头。

【闪回】

49. 某军营 / 日 外

一身戎装的周逸群和沈小虎漫步在军营外的池塘边，沈小虎异常兴奋，蹦蹦跳跳的。

沈小虎　逸群大哥，我要加入共产党，这是我的入党申请书。

周逸群　进步很快嘛，会写入党申请书了，给我看看。

沈小虎　感谢你教我识字，对了，入党为什么要举右手？

周逸群　那是宣誓，入党时，每个预备党员都要举起右手，在党旗下宣誓。

沈小虎　逸群大哥，你宣誓了吗？

周逸群　我当然宣誓了，我还写了一首词：《望海潮·一生交给党》。

沈小虎　一生交给党……

【闪回结束】

  沈小虎　周主任，我保住秘密了，我没有给党丢脸，我要把一生交给党了！

  沈小虎说话的声音越来越小，脉搏越来越弱，最终沈小虎停止了呼吸。

  眼泪从周逸群的眼眶里涌了出来。

50. 许彪营部 / 日 内

  许彪的房间门前，楼下愤怒的军人越来越多，几乎站满了整个场地。

  人群　（高呼）许彪出来！杀人偿命！许彪出来！杀人偿命！

  金桐　许彪草菅人命，这与军阀有什么区别，是男人就站出来给兄弟们一个交代。

  人群　杀人偿命，反对军阀。

51. 国民革命军独立第十五师 / 监房 / 日 内

  胡广一脸怒气地走了过来，人群慢慢安静下来。

  胡广走进许彪房间。

  胡广　许彪，你干的好事。

  见许彪不说话，胡广走向前拍了一下许彪，不见反应，原来是被布塞住嘴巴的黑子，许彪早不见了踪影。

  胡广取下黑子嘴里的布。

  胡广　许彪呢？

  黑子　跑了。

  胡广　给我把许彪抓回来！

52. 武汉 / 特勤处 / 日 内

特务向穆清秋报告。

特务 报告处长，沈雨菲回来了，去了南昌。

这时，穆清秋远远听到沈雨菲的声音。沈雨菲推门而入。

沈雨菲 报告处长，我回来了。

53. 上海 / 夜 外

【字幕】1927年3月下旬，上海第三次工人武装起义取得胜利。

激烈的战斗，政府军不敌工人纠察队，节节败退。

到处是工人纠察队的旗帜。

各路工人纠察队在预定地点集合。

上海特别市临时市政府成立。

54. 武汉 / 特勤处 / 日 内

穆清秋接到上峰转来的蒋介石密令：不能任由共产党胡闹下去了，必须采取断然措施。

55. 上海 / 临时市政府 / 日 外

上海市临时市政府大楼前，共产党员汪寿华从车内走出，上台阶，走进办公室。

青帮已经潜进汪寿华办公室，汪寿华刚露面，被一枪毙命。

56. 武汉 / 民宅 / 日 内

沈雨菲在发电报。
电波声声：蒋介石于 4 月中旬开展清党运动，将要发动反革命政变。
周逸群在看电文。

57. 上海郊区 / 日 外

暴雨如注，一排排穿着白衬衣的共产党员，被国民党集体枪杀，那些白衬衣上，是斑斑血痕……不一会儿，刑场上满是尸体，雨水和着血水，在静静地流淌。
【字幕】1927 年 4 月 12 日，蒋介石发动反革命政变。

58. 周逸群房间 / 日 内

周逸群满眼泪水地看着手中的报纸："蒋介石悍然发动'四·一二'反革命政变"。
周逸群 恩来同志说得对，我们必须要有自己的军队，跟一帮狼子野心的人在一起谈什么革命。
金桐 对，我们得用手里的枪打出一条革命的道路。

59. 胡广办公室 / 日 内

胡广 （悲愤地）孙总理临终一再嘱咐国共两党要通力合作，共赴国难，可先生尸骨未寒，他们把三民主义、把先生遗言置于何处？置于何处？

李欢 我们现在怎么做？是不是把共产党先控制起来？

另一军官 对，赶紧把周逸群等几个主要领导抓起来，肯定有赏。

胡广 我们是军人，国共合作，大家拿枪北伐是为了解放老百姓，我们怎么能用枪口对着我们自己的同胞，他们是一起北伐的兄弟。贺师长可是有话在先，谁要动周主任和其他共产党人，必须经过他同意，你们要擅自行动，别怪我的枪不认人。

60. 周逸群办公室 / 夜 内

周逸群在纸上挥笔疾书：废书学剑走羊城，只为黎元苦匪兵，斩伐相争廿四史，岂无白刃可忘秦。

周逸群一口气写完，他看着窗外，紧握毛笔的手不住颤抖。

周逸群（眼中含泪，喃喃自语）共产党人如果连自己都保护不了，拿什么解放全中国！

周逸群的眼中叠印出周逸群和金桐送走老李的画面。

【闪回】

61. 江边 / 夜 外

牺牲了的、一身是伤的老李躺在一堆木头架上，周逸群将一瓶酒打开倒在木头上。

周逸群 你总是说走后不希望人打扰你，安心地去吧，没走完的路还有我们呢。

周逸群用火把把木头点燃，熊熊的火焰燃烧起来。

【闪回结束】

屋外雷声大作，突然之间哗啦啦，大雨倾盆。

周逸群 刽子手们，杀吧，革命的火种是扑不灭的！

周逸群脸颊上缓缓流下两行热泪，但他的眼神变得更加坚定了。

62. 国民革命军独立第十五师司令部 / 日 内

周逸群接到命令：国民革命军独立十五师即刻开往武昌。这时，胡广过来。

胡广 我和贺师长要跟着共产党走，十五师一定要跟着共产党走。周主任，这是我的入党申请书，交给你。

胡广给周逸群递交入党申请书。白色恐怖下，胡广还要求入党，真是热血男儿啊。

周逸群 饮冰十年，难凉热血，令人好生敬仰！

63. 周家 / 日 内

乌氏两眼含泪地看着手中的报纸，报纸上的内容：国民党反动派发动政变，残害无数共产党人……

乌氏看着手中的照片（周逸群在日本留学时拍摄的那张照片），闪回当初与周逸群结婚的场景。

64.【闪回】周家

张灯结彩的周家，客人们都在尽情地猜拳喝酒，一群小孩正在追逐嬉戏，婚房内，带着盖头的乌氏一脸娇羞地等着周逸群来揭盖头，周逸群看着带着红盖头的乌氏。

周逸群 我们的民族正处于水深火热之中，作为一个七尺男儿，我必须为民族的兴旺献上自己的一分力，你嫁给我，我顾不了家，你注定要吃很多苦……

  乌氏　这个家很好……

  周逸群　没有国，何来家。

  【闪回结束】

  【字幕】"四·一二"反革命政变后，蒋介石另立南京国民政府，北方奉系军阀张作霖与孙传芳、张宗昌联合成立"安国军"，武汉国民政府面临着军事包围和经济封锁的危机境地，国共两党联席会议最后决定继续北伐，与冯玉祥联合讨奉，先打破被包围封锁的局面，然后再讨伐蒋介石。19日，国民革命军举行第二次北伐誓师。

65. 第一师营地／日　内

  紧急集合的哨子响起。十五师的部队已经集合完毕，军容整齐，看得出是一支训练有素的部队，领头的正在给大家发军饷。

  周逸群手里拿着一支莫辛纳甘步枪，站在队伍前面。

  周逸群　我们当兵，是为了让更多的劳苦人有吃有穿而打仗，是为孩子们能上学堂而打仗，是为了我们的民族能挺直脊梁而打仗，这就是我们为什么要北伐，我们血战汀泗桥，血战贺胜桥，凭着手中的枪，取得北伐战争的一个个胜利。然而就在战争即将胜利的时候，一些人，公然叛变了革命，将枪口对准了我们自己的同胞，一起的战友，我们能答应吗？我们手中的枪能答应吗？

  下面响起雷鸣般的吼声　不答应……不答应！

66. 战场 / 日 外

一组（三座城池）战争画面，北伐军节节胜利，北伐军攻入河南，一座战场的废墟。

67. 宜昌 / 城区民房 / 日 外

居民楼已经被炸成了废墟，废墟的一角躺着一具妇人的尸体，尸体旁坐着一个小男孩，他13岁的样子，已经哭干了眼泪，眼神中露出恐惧。

金桐带着部队走了过来，他首先看见了小男孩，他向小男孩走去。

北伐军来了，四处躲藏的市民也围了过来。

金桐　孩子，你叫什么名字？这是你的母亲吗？

小男孩只有恐惧。

一市民　你们北伐军攻城前，这孩子的母亲就被军阀杀害了，原因是她的丈夫参加了北伐军，这孩子是他们的儿子，叫顾小星。

顾小星？周逸群走了过来，他一眼就认出这是他的战友顾北伐的儿子。

周逸群　小星，还认识我吗？我是周伯伯。

顾小星认出了周逸群，泣不成声。

周逸群牵着顾小星，走出废墟，大脑里出现的是妻子乌氏的声音。

乌氏　逸群，你什么时候回来呀？我们的孩子都五岁了，吵着嚷着要见爸爸，你回来吧！

【闪回】

乌氏临产，儿子出世。

孩子　（牙牙学语）爸爸、爸爸……

五岁的孩子　（奔跑）爸爸，我要找爸爸……

【闪回结束】

  周逸群　（泪流满面，对顾小星说）孩子，我带你去找爸爸！

68. 国民革命军独立第十五师司令部 / 日 内

  周逸群的办公室，身边站着顾小星，周逸群拿着一张照片，递给顾小星，懂事的顾小星明白，他永远也见不到自己的爸爸了。只有这张照片证明自己曾经拥有一个为自己自豪和骄傲的爸爸。

  周逸群　小星，我和你爸爸是黄埔学校的同学，在黄埔军学校学习期间，我们还受到了孙中山先生的接见。

【闪回】

  周逸群和顾北伐（原型：李侠公）在孙中山办公室，敬军礼，孙中山给他们讲革命的道理。

  孙中山的声音　你们的《贵州青年》编得很好！你们主张"三民主义联合农工"，这个主张很好，只有这样，革命才能成功。

【闪回结束】

  周逸群　小星，你爸爸在上海坚持地下工作，在"四·一二"反革命政变中被国民党杀害了，你长大了，要做你父亲这样的人，为党的事业战斗到生命的最后一刻。

69. 国民革命军独立第十五师 / 军队临时活动室 / 日 外

  周逸群　苏联的十月革命为什么会成功，那是把工农兵联合起来的结果。我们现在唱着的《工农兵联合起来》，就是让我们的英勇之师跟着共产党走上革命的正确道路，"工农兵联合起来，向前进"，预备，唱。

  全体　（齐唱）工农兵联合起来！向前进，万众一心！工农兵联合起来！向前进，消灭敌人！我们勇敢，我们奋斗，我们团结，我们前进，杀向那帝国主义反动派的大本营，最后胜利一定属于工农兵！

歌声在云霄回荡，歌声中路线图一路推进：十五师的红色箭头从临颍—许昌—南席—尉氏—朱仙镇—开封！

【字幕】时间1927年6月2日。

战争取得了胜利，十五师扩编为国民革命军第二十军（简称二十军），贺龙任军长，周逸群任政治部主任，班师回武汉，准备东征讨蒋。

70. 某办公室 / 日 内

穆清秋一脸严肃地看着面前的几个特务。

穆清秋　上面已经明确要求，我们要把整个武汉的地下组织连根拔起，但是，现在的问题是，二十军内部的共产党到现在为止，毫发无损，上峰很不满意，说明我们的工作差距很大，当然，在保护和发展共产党问题上，周逸群在其中起到很大的作用，我们必须干掉周逸群。

众手下　保证完成任务。

这时，沈雨菲来报。

沈雨菲　我想开一个照相馆，想打入十五师共产党内部，照相馆也方便收集情报，传递情报。

穆清秋将信将疑地看着沈雨菲。

穆清秋　你有这能耐？

71. 某密室 / 日 内

穆清秋推门进来，一身颓废的许彪看见穆清秋两眼放光。

许彪　穆处长，周逸群打仗回来了。

穆清秋 周逸群就交给你了，必须除掉这个心头之患。

穆清秋掏出一把枪递给许彪。

许彪 杀周逸群？他警惕性非常高，我怎么杀？

穆清秋 在二十军，你还是有不少兄弟的，我相信许营长也不想让共产党这么折腾下去吧，干掉周逸群，就干掉了二十军的共产党，我们才能抓住二十军，不让二十军改变颜色。你拿了我的钱，什么事也没有干成，小心你的脑袋。

72. 江边 / 日 外

沈雨菲手中拿着沈小虎平时戴的狗牙，两眼全是泪水。

【沈小虎画外音】 姐，我已经递了入党申请，放心，我一定努力成为一名优秀的共产党员。

沈雨菲将狗牙戴在自己的脖子上。

沈雨菲 小虎，我一定会为你报仇的！

73. 军营 / 日 内

周逸群正在照相，大门口，金桐一身军装站在门口。

沈雨菲用照相馆作为掩护，她正在给周逸群照相。沈雨菲摆弄了一下相机，停了下来。

沈雨菲 先生，照片如果要给领导和重要的人看的话（与重要领导人会面），我建议细节一定要注意。

周逸群 此话怎讲？

沈雨菲 先生的头上好像有一根白头发（指有一个敌人，穆清秋）。

周逸群 是吗？依你之见？

沈雨菲　一头黑发里夹根白发，肯定很扎眼，我觉得还是拔了好（杀了穆清秋）。

周逸群　对，见重要的客人形象很重要，白发一定要拔，但千万要注意别伤了头皮，我准备给她做一个"笼子"，让她钻进去。

周逸群小声对沈雨菲说着……

沈雨菲　明白。

74. 街道 / 日 内

街道上人来人往，人群拥挤。身着便衣的金桐领着一个"领导"匆匆走来，发现没有人跟踪，便快速拐进一条小巷，小巷连着一座靠山的四合院。

早已等候在远处的穆清秋暗示两个随从先别急，自己走到一个高位置看了下去，金桐拐进巷子后见无人跟踪，便走进了四合院，四合院里有沈雨菲的照相馆。

不到片刻，金桐走出来，看四下无人，快速离去。

穆清秋　这个照相馆就是共党的联络点，大鱼上钩了，可以行动了。

75. 四合院照相馆 / 日 外

照相馆里，沈雨菲正在给"领导"照相，突然镜头里出现了穆清秋。

沈雨菲一愣，刚想说话，镜头里的穆清秋露出一个迷人的笑容。

穆清秋　一个好的照相师你不应该抓住这美丽的瞬间吗？

沈雨菲　你看上去真美丽，但世界上最美丽的不是化妆出来的躯体，而是根植于内心的善良的灵魂。

穆清秋　你不按下快门怎么知道是躯体漂亮还是所谓的灵魂漂亮呢？

沈雨菲刚想说什么，穆清秋手下特务的枪已经顶在了沈雨菲的后背。意料之中，沈雨菲只是笑笑。

  穆清秋 我早就给你说过，跟错老板毁一生啊，你就是不听姐姐的。雨菲，你好好看看这是什么？

  沈雨菲瞪眼一看，一个特务手里拿着一双脚底板。

  【闪回】

76. 南昌／北伐军司令部／机要室／夜 内

  蒙面女人（沈雨菲）翻窗而出，在走廊里，她快速将脚底板抠掉丢入远处的下水道里。

  【闪回结束】

  穆清秋 这双脚底板还不够吗？

  沈雨菲 （假装镇定）哈哈，清秋姐真会说笑呢！这双脚底板能说明什么？

  穆清秋 不能说明问题吗？那姐带你去认识一下看见你扔脚底板的美男子。

  穆清秋 带走！

  沈雨菲缓缓地将相机闪光灯对着特务，突然按动相机快门，趁相机闪光、特务分神的瞬间，沈雨菲和"领导"突然将持枪的特务摔倒，夺门而出。

  穆清秋带着手下朝沈雨菲追去。

77. 某街道高处／日 外

  看着沈雨菲身后一群追逐的国民党特务，周逸群放下手中的望远镜，转身离去。

78. 街道 / 日 外

沈雨菲一路奔跑，可以看出沈雨菲对当地的地形特别熟悉，很快沈雨菲就甩开了穆清秋和她的几个手下。

穆清秋手下跟丢了沈雨菲，大气不敢出，穆清秋冷哼一声，带队追去。

79. 街道 / 四合院 / 日 外

沈雨菲见四下无人，便朝另一个四合院里快速闪身走进去，盯着的特务看见沈雨菲进去，暗赞穆处长厉害。

远处，穆清秋带着十几个人快速走来，应该是其在特勤处的所有人手了。

穆清秋　确定已经进去？

手下　对，之前还进去了几个人，感觉像是要开会的样子。

穆清秋笑笑，示意两人留守，其他人跟着进了四合院。

穆清秋小心戒备地走进四合院，十几个人在四合院里搜索半天，空无一人，穆清秋走到一个水缸前，发现水缸正在灌水，但是地上有磨动的痕迹，穆清秋让手下搬开水缸，原来水缸下面是一个山洞洞口。

穆清秋让手下朝洞里开了几枪，见没有反应，便朝洞里走去。

80. 四合院门口 / 日 外

在门口警卫的两个特务见很久无人过来，刚想抽支烟，突然金桐从旁边窜了出来，迅速用刀割断二人的脖子，拖进四合院。

81. 洞内 / 日 内

穆清秋顺着山洞来到一个大的洞室里，洞的墙壁上写着一张字条：多行不义必自毙。

里面空无一人。

穆清秋　不好。

穆清秋刚想转身朝外走去，突然洞口被一块巨大的石头堵死，洞内一下暗了下来。

沈雨菲　穆处长刚进来，怎么这么快就想走啊？

穆清秋　别装神弄鬼，30 分钟后我不出去，我手下就会带人来炸了这里。

沈雨菲　是吗？现在还有 25 分钟。但是估计你等不到那个时候了。

穆清秋　雨菲，你是一个人才，只要你回头，特勤处还是你的家，我们联手把共产党在武汉的地下组织端掉，荣华富贵都会跟着你。

沈雨菲　荣华富贵？我们革命的目的就是能让全中国的百姓有饭吃，有衣穿，不再受欺负，你的那些荣华富贵留着自己享用吧，你要挡我们革命的路，绝不容许。

一阵密集的枪声响起，穆清秋死在了枪下。

82. 宿舍 / 夜 内

周逸群的宿舍里。

周逸群、沈雨菲、金桐正在交谈。

沈雨菲　逸群哥，还记得我们第一次相见吗？

周逸群　记得啊，当时在南河中学，你是我们的校花，学校的文艺晚会，你朗诵辛弃疾的《破阵子·为陈同甫赋壮词以寄之》，同学们都说你是当代花木兰。

沈雨菲　哎……我那是读人家的词，你却是大作不断，说真的，有时候多希望我们不是生在这个年代，但有时又特别庆幸我们生在这个年代。

周逸群　此话怎讲？

沈雨菲　看到你在《贵州青年》发表的《三民主义与贵州》《女子的自由在哪里》等文章，尤其是你进入黄埔军校后成立的中国青年军人联合会，出版的书如《中国军人》等每一部都看得我热血沸腾。

周逸群　我们既然生在这个年代，就应该为国家做出我们自己的努力，因为这是我们自己的国家。

沈雨菲　我记得你还自告奋勇地对孙中山先生说，革命要取得成功，单凭国民党是不行的，必须要团结更多的民众，团结更多的革命群体，联合工农、武装工农，得到了孙先生的赞许和肯定。

周逸群　我们必须联合工农，武装工农……

沈雨菲　拔掉穆清秋这颗毒瘤，排除泄密的可能性，接下来恩来同志与贺龙军长的见面就可以安全顺利了，二十军就有前途和希望了。

突然一个人影一闪。

金桐　谁？

沈雨菲　有刺客，小心！

沈雨菲把周逸群推开，一声枪响，沈雨菲倒在血泊之中。

金桐掏出枪朝屋外射去。

开枪的人已经离去，金桐朝屋外追去……周逸群用手堵住沈雨菲的伤口，鲜血直涌。

周逸群　沈雨菲！你坚持住！我马上叫医生！

沈雨菲　你见过不流血的胜利吗？我也要为我们的党，为我的信仰献身了。

沈雨菲慢慢睁开眼睛。

沈雨菲　能给我再读一遍《望海潮·一生交给党》吗？

周逸群满眼泪水地点头。

【闪回】

83. 黄埔军校 / 日 外

周逸群　从今天起，我就是一名共产党员了，我们要用生命来呵护我们的信仰，我写了一首词以表达我入党的心情，送给你们，送给我们的党！

沈雨菲抢过字条朗诵起来。

沈雨菲　硝烟弥漫中华，有斑斑血泪，遍体痕伤，军阀横行，列强争乱，九州魔怪猖狂，今日宏愿酬，一生交给党！

【闪回结束】

84. 宿舍 / 夜 内

沈雨菲微笑着闭上双眼。

85. 二十军驻地 / 日 外

二十军在召开宣判大会，许彪被五花大绑，站在台子右侧，周逸群站在台中央。

胡广　同志们，今天的中国，已经到了一个万分危急的关头。蒋介石悍然发动四·一二反革命政变，大肆屠杀共产党员和爱国人士。他想借刀杀人，让我们"清共"，我们为了民族的利益走到一起，一起北伐，我们不仅仅是同胞，更是生死与共的战友，屠杀同胞屠杀战友的事情，我们能做吗？

众人　（齐声高喊）不能！

胡广　我们能把枪口对着共产党吗？

众人　（齐声高喊）不能！

胡广　可是，有的人却把枪对着我们战友的头颅！

说到这里，胡广愤怒地扭转头去，指着许彪。

胡广　许彪早已被国民党特务收买，昨晚在军营里，企图暗杀周主任。

台下一片呼声　杀了许彪，杀了许彪！

胡广　把许彪拖下去枪毙。

四个军士上前，把五花大绑的许彪拖了下去。

胡广　下面请周主任给大家讲话。

周逸群　（在台上高声说）我们当中每一个人都有敬爱的父母，心爱的妻子，可爱的孩子，也有情深义重的兄弟，我们热爱世间的一切，可是，这一切的美好却被反动派强行抹杀了，枪只有掌握在人民的手里，才会为人民打天下，掌握在革命军人手里，才会有军心、民心，才会有无与伦比的战斗力！我们打仗，就是要让广大的民众能看见那黑暗中的光明，重新去获得我们想要的爱、自由、尊严……让我们的国家不再软弱……让我们的民族站起来，所以，我们再也不能沉默了，我们将来奔赴战场，用革命的武装，打败反革命的武装！

周逸群　中国军人的使命是什么？

众军人　（齐喊）为人民打天下！

胡广等人听着周逸群的讲话，深深地被打动。

86. 二十军军部／办公室／日　内

周逸群正在伏案疾书，这时，金桐来了。

周逸群　金桐，你来得正好，请通过保密电台，把这份电报发出去。

金桐接过电报一看，是发给周恩来的。电文说道：为了争取二十军走上革命的道路，务必请恩来同志与贺龙军长面叙，共商革命前程大计。

金桐看了电报，长长地嘘了一口气。

87. 武汉 / 周恩来住所 / 日 内

两个警卫站在门口，室内毛泽东与周恩来在密谈（只见侧影）。

周恩来的声音　面向蒋介石似的反革命暴动，我们必须拿起革命的武器。

毛泽东的声音　枪杆子里面出政权嘛！武装起义，迫在眉睫，我们要创造中国共产党崭新的历史。

毛泽东和周恩来的手紧紧握在一起。

警卫员久久凝视着这两位革命的领袖……

【字幕】1927年7月20日，临时中央政治局常委会扩大会议决定在南昌举行武装起义！

88. 苏联公使馆 / 日 内

胡广、金桐等人正在室外警卫。

周逸群等人正在密谈，可以看出主桌上的是周恩来、贺龙等的背影。

周恩来、贺龙、周逸群等正在商量，贺龙不停地在地图上指点，周恩来坚毅地将手指指向地图中的南昌。

【字幕】在周逸群等同志的努力下，临时中央政治局常委周恩来在苏联公使馆成功会见了贺龙，周恩来同志向贺龙介绍了严峻的形势和共产党的主张，贺龙明确表示：我一直追求能让工农大众过上好日子的政党，我认定共产党就是这样的党，我坚决听党的话，跟党走！

周逸群走到室外，与胡广、金桐等相见。

周逸群　临时中央政治局决定了，南昌起义！

金桐　（高喊）南昌，我来了！

众军人　（高喊）南昌，我来了！

89. 二十军军营 / 日 外

红旗飘飘，二十军军容整齐，浩浩荡荡向南昌城开拔。

行进中的军人　（高呼）河山统一、河山统一。高呼声响彻云霄！喊声带出军人群情激愤的画面。

歌曲《浩气天地间》响起（歌曲中出字幕，出南昌起义战斗画面）。

90. 南昌城 / 夜 外

【字幕】1927年8月1日，中国共产党领导了南昌起义，打响了武装反抗国民党反动派的第一枪，揭开了中国共产党独立领导武装斗争、创建革命军队和武装夺取政权的序幕。

枪声、炮声隆隆，南昌城处处是喊杀声，脖子上系着红领巾，手臂上绑着白色布条的起义军英勇杀敌。

91. 南昌城 / 夜 外

敌军火力很猛，金桐、李欢带领的队伍遭到激烈抵抗。周逸群在沉着冷静地分析指挥战斗。

金桐倒在血泊之中壮烈牺牲，红旗险些倒掉，李欢拼死撑住红旗。

胡广提起轻机枪，身先士卒，轻机枪强大的火力瞬间将敌人的火力压了下去。胡广带队往敌人阵地冲杀过去。

李欢接过金桐手中的旗帜，往前冲去……

金桐微笑地看着冲向前去的战友，革命战士们奋不顾身，敌人的阵地很快被攻破。

【字幕】南昌起义中，周逸群身先士卒，其率领的起义军指挥部与敌军隔街相望，相距不到200米，革命军部队与敌军激战逾四小时，歼敌4 000余人。周逸群身先士卒，亲率二十军三师教导团、第六团，歼灭敌军第九军七十九团、八十团。

南昌起义取得伟大胜利！

92. 南昌城 / 日 外

天色转明，日出东方。南昌城头，红旗招展，战士们胜利的欢呼声响彻南昌上空。

周逸群看着城内升起的红旗。

在红旗里，周逸群似乎看到了沈雨菲、金桐、顾北伐、沈小虎、老李等为革命献身的英雄战士朝自己飞奔而来。

沈雨菲　我们胜利了！

金桐　我们胜利了！

沈小虎、老李、顾北伐　（齐声）我们胜利了！

周逸群拥抱跑过来的众人。

93. 日 外

一轮红日喷薄而出。

94. 瑞金 / 绵江中学 / 日 外

瑞金，绵江中学，一间简陋的教室里面。教室正中，挂着一面鲜艳的党旗。

一批军人在周逸群、谭平山的介绍下加入中国共产党，里面有贺龙、胡广和李欢等人。他们一起面对党旗庄严宣誓：严守秘密，服从纪律，牺牲个人，阶级斗争，努力革命，永不叛党。

（叠印周逸群、沈雨菲、沈小虎、金桐等人的入党宣誓）

瑞金，苍山如海，山河壮丽……

【字幕缓出】从贵州铜仁大山深处走出来的中国共产党优秀党员周逸群同志，始终以共产主义为自己的最高信仰，把自己的满腔热血和生命全部托付给了党组织。周逸群的崇高品格和卓越才能，为党和军队做出了不可磨灭的贡献，无数与周逸群一样的共产党员与人民英雄，把"一生交给党"，他们的崇高信仰与丰功伟绩，必将永远镌刻在共和国的丰碑上！

主题曲响起：《一生交给党》。

全剧终

红　星

编剧：曾羽、李鸿、徐杰、曾晓婧、高玉朋

故事梗概

　　1930年8月，中共长江局军事部部长蔡申熙奉中共中央之命，赴鄂东组建中国工农红军第十五军。

　　蔡申熙的到来，让红军官兵看到了希望，在蔡申熙的卓越领导下，红十五军成立。此刻，国民党反动派"第三次围剿"的炮声越来越近了，蔡申熙带领红十五军开始了反围剿的征程。在一次战斗中蔡申熙右臂负伤，但国民党却谣传蔡申熙阵亡。

　　曾广澜看到报纸上关于蔡申熙牺牲的新闻，坚决不信，她在江西吉安和蔡申熙一起做地下工作时建立了深厚的情谊，把假夫妻变成了真夫妻，深爱给了曾广澜巨大的勇气，一个千里寻夫的大胆想法在曾广澜的大脑里萌发，在党组织的帮助下，曾广澜历经千辛万苦，终于找到了自己的丈夫蔡申熙。

　　1932年6月，在红二十五军处于极度危难的时刻，蔡申熙临危受命，出任二十五军军长。1932年10月，河口战役打响了，蔡申熙为了掩护红四方面军跳出敌人包围圈而奋力狙击，在战斗中，蔡申熙身先士卒，不幸中弹负伤，但他仍然带伤指挥战斗，光荣牺牲。

　　蔡申熙牺牲了，将星陨落，但红星依然闪烁。

主要人物表

蔡申熙　　男，26岁，中华人民共和国军事家，红军重要创建人之一，红十五军军长、红二十五军军长，在河口阻击战中壮烈牺牲。
曾广澜　　女，29岁，蔡申熙夫人，党的地下工作者，红军战士。
萍　萍　　女，2岁，蔡申熙和曾广澜的女儿，最小的红军战士。
张英俊　　男，21岁，英勇机智的红军警卫连连长，能打善打，总能逢凶化吉。
杜莉莉　　女，22岁，红军政保科科长，国民党特务，"左倾"机会主义的执行者。
贺东明　　男，32岁，中国苏河县委书记，掩护身份为裁缝。
柴老大　　男，28岁，苏河县游击队交通员，护送曾广澜到苏区时英勇牺牲。
卢　山　　男，28岁，苏河县游击队队长，叛徒。
姜小妹　　女，16岁，苏河县大地主楚霸天的童养媳，她保护了曾广澜母女。
楚霸天　　男，45岁，苏河县大地主。
胡　鲁　　男，30岁，国民党师长，同情共产党，帮助共产党。
商荡鳅　　男，31岁，伪苏河县警察局局长。

剧 本

【字幕】 1930年8月，蔡申熙奉中央之命到鄂东组建中国工农红军第十五军，发展壮大红军力量。

1. 武汉街头 / 汽车 / 日 内

熙熙攘攘的武汉街头，车水马龙，人来人往。表面的繁华掩饰不住血腥后的落寂，随处可以听见枪声和妇女儿童的哭喊声，人们小心翼翼地行走着。

一辆小轿车驶来，中共长江局军事部部长蔡申熙和夫人曾广澜坐在车上，曾广澜心里有许多疑问，显得有些不安。

曾广澜 老蔡，长江局领导这么紧急召见你，是有什么重要任务吗？

蔡申熙没有马上答话，他用坚毅的目光看着曾广澜。

曾广澜 老蔡，你说句话好不好，你不说话，急死我了。

凝重中的蔡申熙看着曾广澜。

蔡申熙 （严肃地）广澜，国民党反动派大肆屠杀共产党人，制造白色恐怖，革命处于低潮时期，我们随时都有危险，你一定要有思想准备，这一次不管组织上交给我们什么任务，刀山火海都要上！

2. 武汉 / 敌中央军司令部 / 日 内

"嘀嘀嗒嗒"的电报声。敌电讯处侦收到一份武汉共产党发往鄂东的电报，敌电讯处处长问话。

电讯处长　共产党的电报破译了吗？什么内容？

译电员　破译了。武汉共产党将派一个大人物去鄂东红军根据地，具体任务不详。

3. 武汉 / 长江局 / 日 内

中共长江局领导正在给蔡申熙下达任务，这时刚好交代完工作，听了领导的话，蔡申熙举手敬礼。蔡申熙在黄埔军校受过严格的、规范的训练，保持着军人严谨的姿态。

蔡申熙　请组织放心，蔡申熙坚决完成任务！

领导　中央信任你一定会不辱使命！

有一种战斗的激越在蔡申熙胸中涌动。

蔡申熙　首长，我什么时候出发？

领导　任务艰巨，时间紧迫，就下午吧！组织安排广澜和你一起去，有广澜在路上便于掩护，也有照应。

蔡申熙走出长江局领导的办公室，等候在外的曾广澜急迫地迎了上去。

曾广澜　组织上交给你什么任务？

蔡申熙　时间很紧，任务很重，这里不方便，回家说。

4. 武汉 / 警察局审讯室 / 日 内

武汉地下党机要员何腾被捕，经不住敌人的严刑拷打，何腾叛变了。

何腾　我说，我交代。共产党要在鄂东成立红十五军，派蔡申熙去当军长，蔡申熙和曾广澜要离开武汉了，你们快去码头抓人。

特务头子　你见过蔡申熙吗？

何腾　见过一面。

警察局局长商荡鳅在另一间审讯室监听到了这一切。

商荡鳅拿起电话给敌中央军司令部打电话。

5. 武汉 / 码头 / 日 外

江水缓缓流淌，碧波荡漾。码头上，三教九流，鱼龙混杂，吆喝声、叫卖声此起彼伏。打鱼人、地下党员张英俊挑着一担鱼急匆匆地向码头走去。

地下党武汉特别行动队队长卢山提着一个鸟笼，装扮成一个花花公子，大摇大摆地踱着方步来来回回地行走，眼睛滴溜溜地转，观察着周边的一切。

6. 武汉 / 伪警察局 / 日 内

警察局局长商荡鳅正在得意地给一钵金鱼喂食，他认为只要控制住钵里的鱼，让它们属于自己，就能随意欣赏，他的控制欲很强。

这时女特务杜莉莉（公开身份为警察）急匆匆来到商荡鳅的办公室门外。

杜莉莉　报告。

商荡鳅　进来。

杜莉莉进办公室。

杜莉莉　局长，为什么不让我去参加抓捕蔡申熙和曾广澜的行动，我和蔡申熙有深仇大恨。

商荡鳅　家仇是要报的，但是，你还有比报家仇更重要的任务，党国正处在关键时刻，你要担大任。

杜莉莉　党国要我担什么大任。

商荡鳅指着地图上的鄂东说。

商荡鳅　据可靠情报，蔡申熙要去鄂东组建红军第十五军，我们正在围堵他，不管蔡申熙去得成还是去不成，你都要像孙悟空钻进如来佛的肚子里一样，打入红军内部，搞清楚鄂东的情况，鄂东的红色种子必须扑灭。

杜莉莉　但是，抓捕蔡申熙的行动我还是想参加……

商荡鳅　没有但是，抓捕蔡申熙的行动已经开始了。

7. 武汉 / 街道 / 黄包车 / 日 外

装扮成一对国民党军官夫妇的蔡申熙、曾广澜抱着八个月大的女儿坐着黄包车向码头驶去。路途中，蔡申熙发现后面有黄包车跟踪，顿时警惕起来。

蔡申熙　你把孩子照看好，后面有人跟踪，路上有危险，随时都有可能战斗。

曾广澜用诧异的眼光看着蔡申熙。

曾广澜　老李说都安排好了，他说过保证万无一失的。

蔡申熙　没有万无一失，情况随时都在变化，后面有人跟踪我们就说明情况已经变了。你要提高警惕，保护好萍萍，拿好武器。

蔡申熙递了一支勃朗宁手枪给曾广澜，曾广澜熟练地把枪插在腰间，然后，把萍萍护住。

这时，在拐弯处一辆黄包车横在他们面前。

8. 武汉 / 街道 / 日 外

拉黄包车的是武汉地下党负责人老李。

老李　老蔡，情况有变化，我们改变护送你们的方案了，你们下来坐我的黄包车，快。

这时从老李的黄包车上走下来两位年轻人，他们也穿着国民党军服。不容蔡申熙、曾广澜分说，就被换乘了黄包车。曾广澜明白，这两位是来替他们去面对危险的，在换乘的时候，两个年轻人很从容，他们微笑着，笑得那么坦然，那么自信，她有些佩服他们。

老李扔了一个包袱给蔡申熙。

老李　老蔡，把帘子放下，把衣服换了。蔡书记，你们已经不能穿国民党的军服了，请执行。

老李拉着蔡申熙、曾广澜走了另一条路。

9. 武汉 / 码头 / 日 外

黄包车驶进码头，青年军官夫妇拎着手提箱，从容不迫地从黄包车上走下来，向停靠在码头边的客船走去。

码头上许多不明身份的人朝穿国民党军服的夫妻走来，他们以为找到了目标，准备抓捕这对军官夫妻。

张英俊和卢山拉开架势准备行动，两人正准备拔枪，有人向他们走来，冲突一触即发。

10. 武汉 / 小码头 / 日 外

蔡申熙和曾广澜乘坐的黄包车驶入码头的上游处，这边比较隐蔽，没有人注意。

一路上，蔡申熙都在和老李争吵。

蔡申熙　老李，不能这样，不能让两个年轻人去为我们挡子弹。

老李　别看他们俩年轻，可已经是身经百战的老战士了，这种情况他们能对付。

蔡申熙　应该让我去码头，我比他们经历的事更多，取胜的把握更大。

　　老李　别忘了你的任务，你们俩带着一个不满一岁的孩子，我们还要保证孩子安全。

　　蔡申熙　广澜身手好，他们绝对伤不了孩子。

　　曾广澜下意识地看看孩子，欲言又止。

　　老李　申熙、广澜，赶快上船吧，你的使命更重要。

　　突然，码头上传来激烈的枪声。

11. 武汉 / 码头 / 日 外

　　激烈的枪战中有战友牺牲，刺痛了蔡申熙，眼看两个年轻人顶不住了。

　　蔡申熙　（对曾广澜说）我不能袖手旁观、见死不救。

　　蔡申熙向码头中央奔去，老李一把没有拉住蔡申熙，只好跟着冲了过去。蔡申熙枪法很好，一枪打死一个敌人。

　　张英俊和卢山等人加入战斗。

　　曾广澜背着孩子躲在货箱背后，看见有敌人冲过来，她开枪射击，打死了一个敌人。

　　两名"青年军官"在张英俊等人掩护下，跳进江里，敌人冲到江边，向江里盲目射击。

　　这时卢山受伤被捕。

　　不能再和敌人纠缠了，老李让蔡申熙、曾广澜赶紧撤出战斗，他刚把他俩推到船上，自己却不幸中弹牺牲。

　　蔡申熙　老李！

　　曾广澜的眼泪夺眶而出。

　　忍受着战友牺牲的巨大悲痛，蔡申熙、曾广澜乘船而去。

12. 武汉 / 学校 / 日 外

几个进步青年学生在学校后门处集合，他们将要去鄂东投身革命，杜莉莉和何腾混在其中。不一会儿，张英俊也来了，由于卢山被捕，张英俊不能继续开展地下工作，所以张英俊也要撤到苏区，另外，共产党地下组织得到情报，这支去根据地的队伍里有特务和叛徒，派他加入这支队伍，也是为了保护进步学生，查出叛徒和特务。

【字幕】鄂东红色根据地。

13. 鄂东 / 根据地小广场 / 日 外

大山深处，茂密的森林里，有一支秘密的红色武装。

扛着红缨枪的赤卫队员正在操练，虽然红军的武器装备很差，但战士们的精气神很足，气势高昂。

蔡申熙来了解部队情况。

蔡申熙 同志们好！

众战士 军长好！

蔡申熙 大家训练辛苦了，过来坐一会，我们聊聊天，大家叫我军长，我还不敢当啊，但是，我坚信，我们的红十五军一定会建立起来的，我一定会成为你们真正的军长。

大家鼓掌，围着蔡申熙坐下。

战士甲 军长，成立了十五军，是不是就可以给我们发枪了？

战士乙 军饷要增加吧？

战士丙 要入冬了，天气冷，发棉衣吗？

战士们的话让蔡申熙陷入了深深的思考中，解决武器装备是建军的关键。

14. 鄂东 / 根据地营地 / 日 外

进步青年的队伍终于走进了根据地，张英俊和何腾扔下行李，躺在密林中的草地上，尽情地享受阳光的照耀。

杜莉莉看看张英俊，再看看何腾，心想，这两个人里不知谁是敌谁是友，来者不善，或许他们都是自己的对手。

15. 鄂东 / 根据地指挥室 / 日 内

蔡申熙和政委在研究军情。

蔡申熙 在红十五军正式成立之前，我们必须打一仗，打出军威，解决粮食、衣服、枪弹不足的问题，为即将成立的十五军打一个奠基礼。

政委 申熙，我同意打，问题是打哪里？怎么打？

蔡申熙 拿地图来，我们一定要找到一个突破口。

蔡申熙的目光停留在广济县，他用铅笔在广济县上指了指。

这时张英俊来到门口。

张英俊 报告！军长、政委，军部警卫排排长张英俊前来报到。

蔡申熙看了一眼这个在武汉码头上大展身手保护"国民党青年军官"的张英俊，他对这名青年有好印象。

16. 广济县 / 县城街道 / 日 外

蔡申熙带着张英俊混进了广济县进行化装侦察，蔡申熙打扮成一个商人，张英俊就像一个小伙计紧随其后。

蔡申熙 （对张英俊）你当警卫排排长还是合适的，警卫排排长要智勇双全啊！其他几位进步青年呢？安排得好吗？

张英俊　杜莉莉能歌善舞，安排到政治部宣传队了，何腾会电器，安排到电讯室了，皮皮会爆破，安排去研究炸弹去了，总的来说，都安排得不错。

蔡申熙　你们都是有知识的革命力量，一定要发挥好作用。

这时，蔡申熙看见一辆运菜的马车驶来，蔡申熙上去搭讪。

蔡申熙　伙计，你这菜往哪里运啊？

伙计　我这菜拉去填那些狗东西的肚皮，这些狗东西吃饱了不干人事，净欺压百姓。前天，我稍微来晚了一点，他们差点打断了我的腿。

蔡申熙　这些人真狠。你下一次送菜应该是什么时间？

伙计　后天，后天呗。

蔡申熙　哦，隔一天一次。

蔡申熙心头有了主意。

17. 营地 / 密林 / 日 外

杜莉莉在密林山洞里发电报，电文：蔡申熙已去广济县侦察，准备攻打广济县，大鲵。（杜莉莉代号大鲵）

曾广澜在屋外摘果子，准备弄一点果汁给萍萍喝，她突然听见远处的一个小山洞里传来"嘀嘀嗒嗒"发报的声音，她觉得不对劲，怎么会在山洞里发报？她走进山洞一看，什么都没有，曾广澜想，是不是自己神经质，过于敏感了？

杜莉莉受过特殊训练，反侦察能力很强，她在距离曾广澜不远处拿着枪紧张地对着曾广澜。

不远处，还有一双眼盯着她们。（何腾）

18. 广济县 / 东城门 / 日 外

蔡申熙和张英俊正好在广济县东城门察看敌人火力布置情况,突然听见有人高喊:"蔡申熙进城了,捉住蔡申熙,别让他跑了。"

听见叫喊声,蔡申熙吃了一惊,这个小县城根本没有人认识自己,怎么喊起我的名字要抓我了?不容多想,蔡申熙和张英俊急忙向城门走去。

到了城门,张英俊打了响亮的一个口哨,十几名战士从城门外打了进来,张英俊掩护蔡申熙出城,蔡申熙才脱离危险。

19. 营地 / 小屋 / 日 外

整整一天了,从早到晚曾广澜都盯着门外看,眼巴巴地看着从广济县回来的路,她相信昨天山洞发报的事不是错觉,她担心敌人收到情报后会对蔡申熙采取行动,直到蔡申熙出现在路上,曾广澜悬在心头的一块石头才落地。

曾广澜拉住蔡申熙。

曾广澜　老蔡,你在广济县是不是出危险了?

蔡申熙十分惊讶地看着曾广澜。

蔡申熙　广澜,你是怎么知道的?

曾广澜　我有话要说,我怀疑我们内部不干净。走,进屋说。

20. 营地 / 警卫排驻地 / 日 内

张英俊进门就拍桌子,警卫排战士看见排长发脾气了,都站着不吭气。

张英俊　你们说敌人是怎么知道蔡军长和我进广济县城的?幸好我事先

留了一手，在城门外埋伏了一个班，否则，蔡军长出了事，我们怎么向组织交代？

　　战士甲　我们内部肯定有敌人的奸细。

　　张英俊　这个话我都会说，关键是谁能找到这个奸细。

　　战士乙　只要这个奸细还敢送情报，就一定会留下蛛丝马迹。

　　张英俊　那你们就去找蛛丝马迹！

21. 营地 / 小屋 / 日 内

　　曾广澜把她听到有人发报的前后经过都告诉了蔡申熙，蔡申熙进城就被发现，他心里就有了疑问，蔡申熙想，敌人既然知道自己进城，还能喊出自己的名字，一定是接到情报了。

　　曾广澜　你准备怎样找出内奸？

　　蔡申熙　我们不是要攻打广济县，放一条假信息出去，谁传递假信息，谁就是内奸。

　　曾广澜　这个办法好，不过，还得密切观察那个山洞。

22. 密林 / 营地会议室 / 日 内

　　蔡申熙召开作战会议，部署进攻广济县的任务。

　　蔡申熙　作战任务已经向各团下达，还有没有不清楚的？

　　王团长　作战时间还没有告诉我们。

　　蔡申熙看了一眼政委，政委点点头。

　　蔡申熙　今天是16日，各团务必在18日到达指定位置，19日上午八点打响战斗，军令如山，不得有误！（时间是迷惑敌人的）

　　众人　坚决完成任务。

23. 密林 / 小山洞 / 夜 内

小山洞发出"嘀嘀嗒嗒"的声音，杜莉莉拿着枪来到洞外，被里面的发报人察觉到了。

发报人 洞外是大鲵吧！

杜莉莉 别胡说，什么大鲵，我猜你是何腾吧！你这个狗叛徒，你的末日到了，我代表人民枪决你。

何腾 大鲵，厉害，连我是谁都瞒不过你，别装了，谁不知道谁的底细。电报我发出去了，任务完成了，你行个好，给我让让路，我们各走各的阳光道。

两人都没有料到，这时曾广澜来了。

曾广澜 杜莉莉，谁在里面发报？你和谁说话？

杜莉莉 是一个狗特务，他负隅顽抗，我正准备枪毙他。

杜莉莉把枪口转向了曾广澜，想杀曾广澜，这时，她听到了许多红军战士的脚步声和捉特务的叫喊声，红军朝洞口涌来，杜莉莉明白，这个时候不能杀曾广澜了，她不能暴露，怎么办？对策在哪里？

何腾也知道形势不妙，他想打死曾广澜再跳跑，情急之下，朝曾广澜开了一枪，打在了曾广澜的手臂上，擦破了皮。

杜莉莉知道，何腾开枪是找死路，他必须死了，只有他死才能保住自己。杜莉莉突然单脚跪地，开枪，何腾应声倒地，死了。

蔡申熙、张英俊等人围了上来，他们都看到了杜莉莉保护曾广澜并击毙了内奸的一幕。

杜莉莉把枪一扔，哭哭喊喊地装疯卖傻。

杜莉莉 我杀人了，我杀人了……

不管杜莉莉怎么装疯，曾广澜总是在琢磨杜莉莉的跪姿射击，她没有想到，整天娇滴滴舞文弄墨的杜莉莉也会做出这么规范的射击动作，而且一枪毙命，枪法真准。

【闪回】

江西省军委在南昌组织军事干部进行培训，教员在讲解如何进行手枪射击。

教员　手枪射击有多种姿势，最主要的是站姿、跪姿和卧姿，跪姿稳定性比较好，也便于隐蔽，同时命中率高。曾广澜，你来练习一下跪姿。

曾广澜　是！

曾广澜进行跪姿射击。

【闪回结束】

曾广澜判断，杜莉莉有背景，她在演戏，有点演过头了。

24. 广济县 / 道路 / 日 外

9月18日红军突然发起进攻，红军提前行动了，张英俊在路上截住了送菜的伙计，假扮送菜人推着车"送菜"去了，一个班的红军战士，化了装尾随其后，到了城门处，讲了情况，敌人放行，进了门，张英俊等人突然开火，占领了城门，一个小头目吓得直哆嗦。

小头目　我们接到命令，说红军9月19日要攻城，你们提前了？

蔡申熙指挥红军大部队攻打城墙，城破，歼灭敌军一个营，广济县被红军解放。

红军缴获大量武器、布匹、粮食。

红军战士拿着钢枪欢呼。

【字幕】1930年10月15日，中国工农红军第十五军成立。

25. 黄梅县 / 考田 / 日 外

这是一个值得纪念的日子。

青山环抱、绿水环绕，这里有一个小广场，四周是稻田。广场上搭了一个台子，台上悬挂着红十五军军旗，两边立柱上有长对联，周围有各色标语，红十五军成立大会在考田隆重举行。红军战士头戴八角帽、肩扛乌黑发亮的长钢枪，个个容光焕发，人人神采奕奕，雄赳赳气昂昂地步入会场。一支支赤卫队，一列列赤色少年先锋队，一行行共产主义青年团，一排排童子团肩扛土铳、马刀、梭镖和举三角小彩旗的红缨枪手，从四面八方进入会场。

张英俊在巡逻，他记得曾广澜对他说的一句话，所以，他时刻保持着警惕。

【曾广澜画外音】我们的队伍里还有敌特。

蔡申熙身穿灰色军装，头戴八角帽，腰扎武装带，肩挂手枪走上主席台。会场上响起雷鸣般经久不息的掌声。

政委 （宣布）庆祝中国工农红军第十五军成立大会现在开始。

军号齐鸣，鞭炮声、欢呼声响彻云霄！

26. 考田 / 会场一角 / 日 外

杜莉莉站在红军的队伍里，看着台上风风光光的蔡申熙，眼里冒出怒火，她的右手下意识地摸摸手枪，左手摸出两颗子弹，捏在手心里。

【闪回】

湖南老家，蔡申熙组织赤卫队打土豪分田地，杜莉莉家的田被分了，粮仓给打开，粮也被分了，她父亲被抓去游行，夜里，杜莉莉从家里逃走，她父亲被赤卫队员一枪打死。

杜莉莉从梦中醒来，咬牙切齿。

【闪回结束】

杜莉莉正要拔枪，张英俊来了，杜莉莉急忙松手。

张英俊　杜莉莉，走，我们去换装，准备跳舞去。

杜莉莉心想，好一个张英俊，早不跳舞晚不跳舞，我要干大事了，你来喊跳舞，你是不是有意捣乱？张英俊一出现她就什么事也干不了，她恨死张英俊了。

杜莉莉跟着张英俊走了。

27. 考田 / 会场 / 日 外

庆祝大会继续进行。

蔡申熙在热烈的掌声中发表富有鼓动性的演讲。

蔡申熙　在旧中国，蒋介石叛变革命后，被压迫的劳动大众要翻身求解放，必须依靠共产党和党领导的中国工农红军！今天，我们红十五军正式成立了，它象征着我们党领导的武装力量又壮大了。别看我们都是些"煤黑子""泥腿子"，也不要小看我们手中的大刀、土枪。我们是工农的队伍，人民的武装，是志同道合的阶级兄弟，只要一心跟着共产党，我们的力量就能够移山填海，我们的队伍会越来越强，大刀土枪也一样打胜仗。

蔡申熙的话激励着每一个红军战士，全场掌声热烈。

曾广澜站在红军战士队伍里，热泪盈眶。

会后，曾广澜激动地跑出人群，来到旷野里，她放开自己的感情，高声地大喊。

曾广澜　老蔡，十五军成立了，党交给你的重要任务完成了，成立十五军，你可以大展宏图了！

曾广澜看见远处的蔡申熙在向自己挥手，曾广澜也向蔡申熙挥手，挥动的两只手久久停不下来……

28. 密林 / 曾广澜小木屋 / 日 内

屋内有一个小桌子，桌子放着几个碗，碗里有一些小菜，曾广澜围着土灶台炒菜，一锅铲一滴泪，她没有办法让自己的情绪平静下来，蔡申熙太辛苦了，她很心疼他，她想用这种方式犒劳蔡申熙。

做完菜，曾广澜如释重负，做菜本来就不是她的强项，再加上日久不做菜，也生疏了不少，但她今天一定要做，她要用自己的实际行动庆祝十五军成立。

菜冷了，但蔡申熙还没有回来。

曾广澜抱着萍萍坐在床头，喂萍萍喝米汤。之后她望着满天的星星，静静地等待蔡申熙回来。曾广澜起身，把萍萍放在竹编的摇篮里，她一边推摇篮，一边唱起了江西吉安老家的民歌《宝贝曲》。

曾广澜 （唱）宝贝啊宝贝，你才小小年岁，爸爸行军打仗，妈妈陪你入睡；宝贝啊宝贝，爸爸打倒土豪，不图荣华富贵，妈妈高喊红军万岁，红军万岁……

乖乖的萍萍甜甜地进入了梦乡。

29. 密林 / 红军指挥部 / 日 外

连续战斗了几个昼夜，人们都躺下了，蔡申熙却毫无睡意，仗打得不容易，胜利更不容易，战斗的空歇，蔡申熙想孩子了，此刻他想起他和曾广澜的一段对话。

【闪回】

夜深人静，在属于蔡申熙、曾广澜的小木屋里，他们有说不完的话。

蔡申熙　广澜，我们的孩子太幸运了，生下来就和我们一起经历枪林弹雨，城市大小姐可没有这样的机会享受。

曾广澜　老蔡，枪林弹雨是好玩的吗？子弹可不长眼睛，你不知道我是多么地担心你。等革命胜利，我们的孩子不要打仗，一定要去读书，她应该有自己的美好未来。

蔡申熙　现实一点，萍萍还是做一个小红军吧，做一个革命的种子。

【闪回结束】

蔡申熙拿了一张纸，在纸上画五角星，他要给自己的女儿做一顶漂亮的小军帽。

隆隆的炮声越来越近，蔡申熙不得不再次进入指挥状态。各团不断向军部报告战况。

"嘀嘀嗒嗒"的电报声越来越强。

30. 前线指挥所 / 日 内

红十八团正在向敌人的纵深推进，军参谋长正在给蔡申熙提建议。

参谋长　十八团不能再追了，我们的武器太差，子弹不足，一旦进了敌人的伏击圈，被敌人打反击，我们一定会吃大亏。

政委　不行，难道我们就看着敌人从我们的眼皮底下溜了吗？

参谋长　政委，英雄难做无米之炊，这就是英雄气短，要面对子弹缺乏的现实啊。

政委　是啊，只差一口气就全歼敌人了，这不是放虎归山吗？

蔡申熙终于下决心了。

蔡申熙　参谋长，传达我的命令，十八团停止追击，原地待命。

政委　真是不甘心啊！

31. 红军营地 / 住所 / 日 内

特务杜莉莉接到上峰命令，他们要困死红军，要她提供红军武器装备和后勤保障的情况，杜莉莉想接触红军后勤保障人员，了解十五军的武器装备情况。她假借采访，来到后勤部，见有一个小战士在值班，杜莉莉出示了证件，与小战士攀谈起来。

杜莉莉　我是红军报的记者，现在来采访你。红军战士都在前线英勇杀敌，你在这里站岗，你有什么想法？

小战士　我是负伤后从战场上下来的，部队人少事多，我要求轻伤不下火线，首长才安排我到这里来站岗的。

杜莉莉　战斗中的你一定很勇敢，我要好好宣传你。

小战士　红军战士都很勇敢，只是我们的武器差了，缺少子弹，否则，国民党兵根本不是我们的对手。

杜莉莉　现在我们军队库存的子弹还有多少？

小战士　我不知道，知道我也不说，这是军事秘密。

杜莉莉　小战士保密意识很强，要表扬。不过没有子弹怎么打仗啊？

小战士　从敌人那里缴获，不过，首长说，也要买子弹，光靠缴获不行，太被动。我告诉你一个秘密，我们部长去买子弹了，就连蔡军长都派自己的爱人去沙窝镇买子弹去了。

杜莉莉终于获得了一个重要情报，她异常兴奋。

32. 沙窝镇 / 小街 / 日 外

乔装打扮成富太太的曾广澜出现在沙窝镇街头，沙窝镇地理位置虽然偏僻，但确实是一个发战争财的好地方，连年战争，使这里形成了一个地下武器交易市场。

  曾广澜走进一家商铺。

  曾广澜 老板，有"花生米"（子弹）卖吗？

  小老板 我们这里不敢卖"花生米"，你去别的商铺问吧？

33. 营地 / 后勤部岗哨 / 日 外

  惶恐不安的小战士站在哨位上，这时，后勤部长过来了，小战士看到部长忙敬礼汇报。

  小战士 报告首长，你可回来了，昨天我说错话了。

  部长 怎么回事？说错什么话？不要紧张，慢慢说。

  小战士 昨天我警惕性不高，把军长爱人去买子弹的事，告诉了一个女红军……

  "啪"的一声枪响，小战士倒下了。

  "抓刺客！"

  远处似乎出现了杜莉莉的身影，红军战士朝那个身影跑去。

  部长 （心想）广澜有危险。

34. 沙窝镇 / 另一商铺 / 日 内

  曾广澜带人抬着几个大箱子走进了另一家商铺。

  曾广澜 （对小伙计大声喊）你们家老板在吗？我们准备跟他做一笔大买卖。

  老板 哎哟！是哪位财神爷来了，做大买卖可不行，我们是小本生意，只能做点小买卖。

  曾广澜 我看你这茶壶就不俗嘛，景德镇的吧！这年头用得起景德镇陶瓷的人家可不多啊，何况是在这深山老林……

老板　让太太您见笑了，什么都瞒不过你，太太您想买点什么？

曾广澜　主要是想买"花生米"，当然，只要能"走火"的，我们都要。这样说，您有多少我买多少。

老板　这"花生米"可是紧俏货……

曾广澜　我带来的也是紧俏货，抬上来。

曾广澜一招手，随行抬上50根金条，老板看得眼睛发亮，这个细节让曾广澜注意到了，曾广澜判断他是一个见财眼开的"商人"。

曾广澜　老板，您看看这货色多好，南京中央银行的存货。我们不说空话，来的是实打实，你还不接招？

老板　太太，你要多少"花生米"？

曾广澜　您有多少？

老板　小店只有五万发。

曾广澜　五万发？您打了多少埋伏？

老板　说实话了，总数15万发，我全给您了！

曾广澜　（高喊一声）成交！

突然，一群士兵涌进了商铺，为首的是张英俊，他打扮成"敌团长"。

张英俊　都别动，你们非法买卖军火，人赃俱获，全部带走。

这时，一匹快马飞奔而来，通讯兵下马，给张英俊敬礼。

通讯兵　报告"团长"，"薛军长"有令，命令张团长速速将非法买卖军火的商人带回军部受审，"土匪"马上就要到了，不要和"土匪"发生冲突。

张英俊知道"土匪"指的是中央军。

张英俊　好，坚决执行薛军长命令！

老板　你们军长姓薛？我们是好朋友了，这军火就是他让我卖的，你们是不是弄错了……

35. 红十五军 / 指挥部 / 日 内

11月中旬，蔡申熙收到中央的指示，要蔡申熙率红十五军北上大别山，为了保存红十五军这支弱小的红军部队，蔡申熙决定率红十五军向鄂豫皖红一军根据地转移。

政委 申熙，我们走了，广澜和孩子怎么办？

蔡申熙 这一次北上，部队实行轻装，留守处、修械所、红军医院都要留下，所以，广澜也得留下。我相信广澜一定会和当地的老百姓、红军战士一起坚持在老根据地里继续战斗，等待红军主力部队的归来。

政委 部队的行军路线是……

蔡申熙 首战太湖！部队必须一边打仗，一边缴获，一边补充，才能到达鄂豫皖根据地。

曾广澜抱着孩子站在门外，她知道，他们将面对长久的离别。

蔡申熙看见了曾广澜和孩子，他走过去，把萍萍抱过来，用嘴亲了亲萍萍红红的小脸蛋。

此情此景，曾广澜禁不住潸然泪下。

36. 太湖 / 红军指挥所 / 日 外

炮声隆隆，太湖战斗打响了。红军向敌军发起了一次次冲锋，蔡申熙在打电话。

蔡申熙 必须速战速决，我们消耗不起，最后三发炮弹，一定要打中敌人的指挥所，让敌人群龙无首，否则，敌人就会组织反击，我们的仗就更难打了。什么？瞄准和计算有问题，打不准，等我来。

37. 太湖 / 红军炮阵地 / 日 外

所谓红军炮阵地，也只有稀稀落落的几门炮，几个战士围着一门山炮，瞄准了，没有把握，正在犹豫。

蔡申熙站在炮前，举手测距，报数据。

蔡申熙　装弹，开炮。

第一发炮弹打远了十米，蔡申熙调整了一下，准备第二次打炮。

蔡申熙　装弹，开炮。

敌人的指挥所飞上了天，冲锋号响起，红军战士跳出战壕，向敌人猛扑过去，蔡申熙兴奋起来。

蔡申熙　打得好，打得好！

38. 红十五军驻地 / 山野 / 夜 外

（电报声）杜莉莉收报，电文：再不作为，就地处罚！

杜莉莉的牙齿咬得嘎嘎响。

39. 红十五军 / 军部 / 夜 内

蔡申熙在看地图，政委进来，蔡申熙抬头看政委一眼，尽管政委表现得很从容，但蔡申熙还是看出了问题。

蔡申熙　按照中央要求，我们要和红一军会师整编，以壮大力量，红一军还没有联系上吗？

参谋长　还没有，敌特侦破密电的能力太强了，估计是红一军更换密码了。我在想，现在电台联系有困难，我们能不能派几支小分队去寻找红一军？我们红十五军现在还弱小，各方面都很艰难，部队行军打仗都很难支撑了。

蔡申熙　参谋长，你的想法很好，但操作上有难度，派小分队到林子里寻找，就像在大海里捞针，不太现实。

政委　军长，你有没有什么好办法呢？

蔡申熙　联系武汉，也许长江局能帮助我们。

40. 武汉 / 长江局 / 日 内

中共长江局领导做指示。

首长　迅速与红一军取得联系，让他们报告自己的位置。

41. 红十五军 / 指挥部 / 日 内

蔡申熙正在焦急地等待。电报的"嘀嘀"声由远及近，蔡申熙突然兴奋起来。

机要处长　报告，长江局急电。

蔡申熙接过电报，认真看了一遍，然后迅速走到地图前，寻找着一个地名。政委、参谋长等人也围了过来，蔡申熙的手停在"福田河"上，红一军正朝着福田河走来，意思是，打下福田河就能和红一军会师。

蔡申熙抬起头，众人看着蔡申熙，从蔡申熙的嘴里坚毅地吐出十个字。

蔡申熙　攻打福田河，迎接红一军。

42. 麻城福田河 / 战场 / 日 外

红十五军向福田河发起猛烈进攻，敌人的城墙防御工事修得非常坚固，火力布置很强，红军久攻不下，蔡申熙提出用隧道爆破的方式攻打敌人。

经过努力，红军把隧道挖到了城墙下，蔡申熙命令部下用一口大棺材装满炸药，通过隧道抬到城墙下，"轰"的一声，敌人的坚固工事飞上了天。

这是红军战史上第一次使用"隧道爆破"战法。

43. 阳新 / 红军医院 / 日 内

曾广澜已经有两个月没有蔡申熙的音讯了，她思念蔡申熙，看着萍萍头上的八角帽，她沉浸在难忘的回忆之中。

【闪回】

蔡申熙风一样地回到家里，手里拿着一个红军帽。

蔡申熙　萍萍，来看看爸爸请叔叔给你做的红军帽怎么样？

蔡申熙一边说，一边把帽子给萍萍戴上。

蔡申熙　广澜，快来看，我们的萍萍也是小红军了。来，萍萍，爸爸教你敬礼。

蔡申熙一边喊"敬礼"，一边把萍萍的手举起来，萍萍乖巧的动作，逗得蔡申熙、曾广澜哈哈大笑。

【闪回结束】

曾广澜　老蔡，你现在在哪里？

44. 战场 / 日 内

蔡申熙骑着战马，向着城墙冲杀而去。谁都没有注意到，鲜血从蔡申熙的右手臂上流了下来。受了伤的蔡申熙不吭一声，继续指挥战斗，继续带领战士们冲锋，大部队跃上敌人的城墙，红旗插上敌人的城头，蔡申熙一下子摔倒在马下。

"军长""军长",众人焦急地呼喊。

蔡申熙缓慢地睁开眼睛,嘴角出现微微的笑意。

红一军和红十五军胜利会师,北上大别山的任务完成。可惜蔡申熙没有看到这激动人心的场面,蔡申熙住进了医院。

45. 阳新 / 红军营地 / 日 内

已经很久没有联系上蔡申熙了,曾广澜心里的焦急与日俱增,她多次托人打听,都没有蔡申熙的准确消息,曾广澜心想,一个红军军长,就这样蒸发了?不可能吧!

这天,护士小李手里拿着一张国民党的报纸,慌慌张张地跑进医院,看见曾广澜,小李战战兢兢地说。

小李　广澜姐,蔡军长有消息了……不过……你一定要坚强啊!

曾广澜　看你这样吞吞吐吐的,一定不是好消息。

曾广澜用急迫和疑问的眼光看着小李,小李半天不开口,曾广澜急死了。

曾广澜　是老蔡出事了吗?你快说!

小李　广澜姐,我不知道怎么说,你自己看报纸吧。

说完,小李眼泪掉了下来。

曾广澜展开报纸,看见一个醒目的标题:红十五军军长蔡申熙被击毙!

犹如晴天霹雳。

曾广澜　不可能!老蔡不可能牺牲!国民党的报纸尽是胡说八道!

46. 红军医院 / 病房 / 日 内

病床上的蔡申熙刚醒来就听见有人喊报告。

张英俊　彭杨军政学校保卫科科长张英俊前来向校长报到。

蔡申熙满脸疑惑。

蔡申熙　向校长报到，谁是校长？

张英俊　红军总部任命蔡申熙同志为彭杨军事政治学校的校长！

蔡申熙　让我当校长，对我是新的考验啊！

47. 阳新 / 曾广澜屋 / 夜 内

夜深人静，曾广澜拿着敌人的报纸翻来翻去，眼泪盈眶，她怎么也不会相信蔡申熙牺牲了。蔡申熙非常热爱生活，生命力旺盛，他不会牺牲，她坚信这点。

【闪回】

【字幕】1928年8月，蔡申熙由党中央派往江西任中共江西省委军委书记，为了革命工作的便利，党组织安排蔡申熙与曾广澜假扮夫妻，以便开展革命工作。

48. 江西九江 / 码头 / 日 外

一个西装革履的年轻商人出现在码头，他的真实身份是中共江西省委军委书记蔡申熙，随后跟着提着一个大皮箱子的小伙计。一个管家模样的中年男人站在码头，见蔡申熙来了，便迎了上去。

中年男人　是姑爷回来了，太太在车里等你，吩咐当管家的我来接你。

管家顺手递了一个手杖给蔡申熙，蔡申熙一看有"申熙显雄才，广澜积富贵"字样，便哈哈一笑。

蔡申熙　辛苦你了，管家，请带路。

他们来到车边，管家拉开车门，年轻漂亮的地下党员曾广澜满脸羞涩，用期待的眼神迎接自己的"丈夫"回家。

49. 江西九江 / 军委会议室 / 日 内

  蔡申熙　策反游击武装司令罗平辉参加起义的工作务必要抓紧，只要罗平辉愿意加入起义队伍，起义的胜率就会增大，革命的力量就会壮大。
  委员甲　我们已经做过多次工作了，但罗平辉还是有一点犹豫。
  蔡申熙　什么原因？
  委员甲　他担心大鱼吃小鱼，另外……
  蔡申熙　他怕打散他的队伍！那就必须让他信任党、信任红军，如果需要，我去拜访罗平辉。
  委员乙　申熙书记，你不能去，太危险，你是书记，没有你，军委的工作就不好推动了，你如果有三长两短，我们无法向中央交代，还是我去。
  蔡申熙　如果危险就不去，策反罗平辉的可能性就会变小，革命工作不能这么干！
  这时，曾广澜推门而入。
  曾广澜　老蔡说得好，革命就要不怕牺牲，我赞成申熙去见罗平辉，不入虎穴，焉得虎子，并且，我要求组织同意我陪老蔡去，我们有"夫妻"身份，路途上更好照应，另外，我肯定是合格的警卫员。
  众委员认为曾广澜说得有道理，但大家还是看着蔡申熙，因为只有他能拍板。
  蔡申熙看着曾广澜点点头。

50. 九江某地 / 罗平辉营地 / 日 内

  罗平辉哈哈一笑。

罗平辉 是谁想来当我砧板上的肉？

手下 是中共江西省委军委书记蔡申熙。

罗平辉 蔡申熙，是不是江湖上说的蔡大胆，来了好，我倒想看看他给我带了什么礼物？有什么本事？把蔡申熙给我带上来。

蔡申熙及随行人员进大堂。

蔡申熙 哈哈，堂堂罗大队长还怕我失礼吗？把我带来的礼物送上来。

随行人员把几个大箱子抬了上来。

蔡申熙 我给罗大队长带来了两件礼物和一个表演。第一件礼物是一百支步枪二挺机关枪，第二件礼物是任命书，任命罗平辉为江西红军直属游击大队的大队长，你的兵还是你的兵。这表演嘛……

蔡申熙手起枪响，一根挂着灯的绳索被打断。

蔡申熙顺手把一个杯子抛向空中，曾广澜举手一枪，杯碎。

室内一片哗然，掌声响起。

曾广澜 罗大队长，知道谁会成为砧板上的肉了吧！你还想看什么本事？

罗平辉 不看了，不看了。红军大哥好仗义，红军大姐好厉害，佩服佩服，我跟你们走，干革命去！

51. 九江 / 军委小广场 / 日 外

蔡申熙把曾广澜叫到军委小广场的一棵大树下，蔡申熙神神秘秘地拿着一个纸卷在曾广澜面前晃了晃。

蔡申熙 广澜，好消息，组织上批准我们结婚了。

曾广澜 老蔡，这是真的吗？

蔡申熙 是真的，你看，这就是组织的意见。

曾广澜忘情地扑进蔡申熙的怀里，两人幸福地相拥，他们是生死考验的战友，更是生死相依的革命夫妻。

曾广澜的眼角流下幸福的热泪。

52. 九江 / 曾广澜住房 / 夜 内

新婚之夜，曾广澜深情地望着自己的丈夫蔡申熙，从假夫妻到真夫妻，他们的感情有了质的飞跃。

这时，一群人走了进来，把党旗往墙上一挂，就要进行入党宣誓了，宣誓人中曾广澜只认识罗平辉，她还知道蔡申熙是罗平辉的入党介绍人。

蔡申熙（领誓）严守秘密，服从纪律，牺牲个人，阶级斗争，努力革命，永不叛党。

宣誓刚结束，屋外突然响起两声枪响，然后是"捉拿共党"的叫喊声。

蔡申熙 我们分散离开。

说完，蔡申熙便持枪而去。

坐立不安的曾广澜担心着蔡申熙的安危，一直睡不着觉，蔡申熙出去一个多小时了，曾广澜实在坐不住了，她便也持枪出了门。

53. 九江 / 小路 / 夜 外

曾广澜刚走到街上，便看见不远处一个人在追另一个人，后面的人朝前面的人开枪，前面的人倒下了，在那瞬间，曾广澜看清了倒下的是蔡申熙，曾广澜双手举枪，跪姿射击，后面的人一枪毙命。

曾广澜急步走到蔡申熙身边，蔡申熙腿部受伤，曾广澜背起蔡申熙向安全的地方走去，他们一步一步艰难地走着。

【闪回结束】

54. 红军营地 / 草地 / 日 外

曾广澜找首长汇报工作。

曾广澜　首长，我坚信蔡申熙还活着，无论有多大的危险和困难，我一定要去找到蔡申熙，否则，我寝食难安。

说着说着，刚强的曾广澜眼泪掉了下来。

首长　两千多里的路程，你还带着年幼的孩子，难以想象有多艰难，你行吗？你要考虑清楚，不要草率行事。

曾广澜　我去意已定。

首长知道不能再劝说曾广澜了，只好同意。

首长　你执意要去，我不拦你，我派人把你送过封锁线，进入白匪区以后，一切小心。记住，有困难想方设法找当地的党组织。

55. 长江 / 小船 / 日 外

一叶轻舟在江面上行驶。

曾广澜抱着萍萍坐在船舱里，心里有说不出的焦急，她问担任护送并以"大哥"相称的同志。

曾广澜　大哥，洪州县快到了吗？

大哥　很快就要靠岸了，岸上就是白匪区，你一定要小心，要是暴露了身份，被敌人抓走就不容易脱身了。

曾广澜点点头，表示她明白了。其实，她什么都不明白，上了岸怎么走啊？她心中真的无数。

大哥　到了洪州，地下党会派人接你，不管发生什么事，你一定要沉住气，随机应变。

56. 医院 / 小林子 / 日 外

蔡申熙的伤已经好了许多,他开始通过锻炼恢复体力了。蔡申熙喜欢骑马打枪,他看着前来看望他的张英俊。

蔡申熙 弄匹马,出去遛遛。

张英俊心领神会。

张英俊 好嘞!

张英俊明白,蔡申熙虽然现在是彭杨军事政治学校的校长,但他的愿望还是带兵打仗,驰骋沙场,总有一天他还是要上战场的。骑马打枪是士兵的本领,蔡申熙不愿丢了老本。

57. 县城 / 江岸 / 日 外

曾广澜刚上岸,就有匪军过来盘问。

匪兵 你是不是匪区来的探子?这孩子是你的吗?前几天就有一个女匪,假装抱着一个孩子,在这里拉响手榴弹,把我们连长都炸死了,你抱的到底是孩子还是手榴弹?

大哥 老总,她就是上河街王家的媳妇,回娘家去带孩子回来,这还有假?我是他们家请来管护送的,你看,她家当家的来接她了。

王家是这一带的大户,路人皆知。

这时,路上走来一个人,匪兵一看来的人的确是本地有名的王老板,匪兵满脸堆笑。

匪兵 王老板好,王太太请,我们例行公事,你们不要介意。

王老板来到曾广澜身边,拥着曾广澜,把她接走了,幸亏曾广澜搞过地下工作,熟悉地下党的做法,否则,两人配合不好就露馅了。

58. 红军医院附近 / 小路 / 日 外

蔡申熙扬鞭催马，快速奔跑，不时还举枪瞄准。张英俊等人紧跟其后，唯恐掉队，这时，不远处传来妇女的哭喊声，听起来很凄惨。蔡申熙勒住缰绳，马停了下来，张英俊等人也站住了。

蔡申熙判断，又有老百姓被地主老财欺负了。

蔡申熙　张科长，你带两个人过去看看发生了什么情况？

张英俊　是，校长。

59. 洪州县 / 道路 / 日 外

中共洪州县委书记兰文峰（隐蔽身份王老板）给曾广澜送行。

曾广澜走在兰文峰后面，兰文峰后面是一个挑夫，一头挑着一些物品，一头挑着萍萍，兰文峰陪着曾广澜走了一段路。

兰文峰　广澜，我就只能送到这里了，这是老柴，我们请来送你的农户，路上你们以夫妻相称，他会照顾你们，你要多多保重。

曾广澜点点头。兰文峰又对挑夫说。

兰文峰　老柴，路上照顾好这母女俩，遇到紧急情况，这就是你媳妇和孩子，回娘家的，一定要把她们母女俩安全送到苏区。

兰文峰见老柴迟疑了一下，又追问了一句。

兰文峰　听明白了吗？

老柴这才点点头。

远处有一个人盯住了曾广澜一行，这人是卢山。

60. 医院附近 / 小路 / 日 外

蔡申熙等了不一会儿，张英俊带着一男一女走来，男的 50 岁上下，是地主楚霸天，女的 16 岁左右，是童养媳姜小妹。

张英俊　这个楚霸天太不像话了，趁他老婆不在家，偷看姜小妹洗澡，还想霸占她，姜小妹不从，就打姜小妹，姜小妹拼命反抗，跑出了家，就遇到我们了。

蔡申熙　你这个老不死心的流氓，张科长，你说怎么处理？

张英俊　首长，他犯的是死罪，我把他毙了。

楚霸天一听要毙了他，尿都吓出来了。

楚霸天　红军长官，饶命，我不敢了，请你饶我一条狗命。

蔡申熙　你要再敢欺压百姓，我绝不饶你。

张英俊　还不快滚。

姜小妹"扑通"一声跪下了。

姜小妹　红军大叔，你们把我留下吧，我会做饭，我会洗衣，我会上山打柴，我还会治病，你们要我做什么都可以，我死也不回这个狗地主家了。

61. 某地 / 山村 / 日 外

经过长途跋涉，曾广澜已经很累了，老柴也是饥寒交迫，便对曾广澜说他去找点吃的。

曾广澜　快去快回。

没多久，曾广澜看见卢山带着几个警察押着老柴，向她这边走来，她急忙抱起萍萍，躲进小树林。

卢山　你说你是带媳妇孩子回娘家，人呢？

老柴 刚才还在，这一会儿，不知去哪儿了？

老柴突然大喊起来。

老柴 媳妇，别躲了，快出来，警察说，他送我们回娘家。

曾广澜知道老柴在暗示她有危险了，警察发现老柴异常，但看看四处又的确无人。

卢山 你在给谁通风报信？我看你像赤匪，走，回警局，大刑伺候，我不怕你不招。

62. 军政学校 / 操场 / 日 外

蔡申熙在看学员们进行军事训练。张英俊当起了教官，在给学员们训练刺杀。

"杀""杀"的喊声震天响。

这时一男一女穿着红军衣服，打着背包，精神抖擞地走到蔡申熙面前。

张松、李莉举手敬礼。

张松 报告校长，学员张松、李莉前来报到。

蔡申熙有似曾相识的感觉，他努力回忆。

李莉 校长是在想在哪里见过我俩，对吧！校长，你还记得武汉码头的那对国民党夫妻吗？

蔡申熙恍然大悟。

蔡申熙 原来是你们！跳进长江，洗了一个澡，又到哪里去了？

张松 校长，我们哪儿也没去，一直在你眼皮底下。

李莉 我们从武汉来到苏区，整编进入红十师，我们正要去拜会师长你，谁知你躲进了医院，这不，知道你当校长了，我们俩就追来了，这一次，你没有地方躲了。

蔡申熙 两个机灵鬼。

这时，通讯员急急忙忙地来了。

通讯员　校长，有重要情况报告。

63. 某地 / 山间 / 日 外

曾广澜带着孩子继续在山里行走，突然，天暗了下来，马上就要下雨了，曾广澜赶紧走进一个破房子里，瓢泼大雨倾盆而下，破房子到处漏雨，没有遮挡处，曾广澜用身体护着萍萍，不让萍萍被雨淋。曾广澜看见屋脚有一个破雨伞，就像见着救命稻草，她撑着伞为萍萍遮风挡雨，母亲的爱，保护着萍萍。此时，坚强的曾广澜更是想念蔡申熙，眼泪从她眼里大滴大滴地掉了下来。

这时，屋外传来两声狗叫，曾广澜的心再次提紧，曾广澜想，我们母女俩走不出这个屋子了吗？她的手伸向头部，取下一根钗子，她只能进行最后一搏了。

64. 军政学校 / 小屋 / 日 内

蔡申熙得到报告，据洪州县地下党报告，曾广澜正千里迢迢来寻找他，蔡申熙被深深感动。但是，另一条情报更让蔡申熙担忧，情报说，总部已经派杜莉莉科长寻找曾广澜，以便让曾广澜早日到达彭杨军事政治学校。

蔡申熙　（自言自语）帮倒忙。

站在一旁的张英俊明白蔡申熙的担忧。

张英俊　校长，我带张松、李莉去寻找曾广澜同志，如果杜莉莉使坏，我就……

蔡申熙　学校工作这样忙，你们不能离开学校。

张英俊　校长，曾广澜同志是优秀的红军战士，如果她出了危险，也是红军的损失,我们能够看见自己的战友有危险而见死不救吗?

  蔡申熙 我请示一下……

65. 洪州县 / 警察局审讯室 / 日 内

  在警察的严刑拷打下,老柴招供了,他护送的就是赫赫有名的红军军长蔡申熙的夫人曾广澜。

  得到这么重要的情报,卢山很得意,县警察局局长马上给武汉警察局长商荡鳅汇报。

  县警察局局长 报告商局长,我们已经发现蔡申熙夫人曾广澜的行踪。

  【商荡鳅画外音】好,老弟,你立功了,我马上去洪州,我要亲自抓捕共党分子曾广澜。

  商荡鳅知道,薛军长一直为打不败蔡申熙而发愁,如果抓住曾广澜,就可以劝降蔡申熙,他就会在薛军长面前立一功,显摆一下,让薛军长高看一眼。

  商荡鳅做起了白日梦。

66. 某地 / 山间 / 日 内

  曾广澜拿着钗子的手都冒汗了,两只野狗还在嚎叫,曾广澜最担心是萍萍哭出声来,那可就暴露了,就必须和野狗搏斗了。这时,一阵脚步声传来,几个白匪从门前跑过,这一跑,把野狗也吓跑了。虚惊一场,曾广澜松了一口气,她赶紧抱着萍萍,从后门进山了。

67. 某地 / 三岔路口 / 日 外

曾广澜走到一个三岔路口，不知道该走哪条路，她便停了下来，烈日烤干了身上的湿衣服，她又担心萍萍的皮肤被阳光灼伤，拿了一个小手绢把萍萍的脸挡上。等了许久，路上来了一个五十多岁的老头，曾广澜就像看到了救星。

曾广澜　老人家，请问去阳新走哪边？

老头　阳新？那可去不得，是匪区……

曾广澜　老人家，我不知道什么匪区，我家老婆婆病了，丈夫跑生意去了，我再不回去，老婆婆性命难保。

说着，曾广澜的眼泪下来了。

老头　好好好，不说匪区的事了，可是从这里去阳新，要过一个悬崖，你肯定过不了。

曾广澜　我一定要过去。

老头　壮汉都过不去，你一个女人家，还带着一个孩子，肯定过不去。这事太难了，真是难为你了，看你可怜，我送你去碰碰运气。

68. 某地 / 山间 / 日 外

张英俊带着张松、李莉向悬崖方向快步走去。

姜小妹在山上采药，看见张英俊等人，她很好奇，便跟了上去。

张英俊　姜小妹，我们在执行任务危险，你来干什么？

姜小妹　我常在这一带采药，认识路，我给你们带路。

69. 某地 / 山间 / 日 外

杜莉莉带着一帮人朝三岔路口走来，来者不善，她知道蔡申熙、曾广澜感情非常好，她要置曾广澜于死地，从而打垮蔡申熙的精神防线。

70. 山间 / 悬崖边 / 日 外

曾广澜和老头带着萍萍来到悬崖边，悬崖上只有一条独路可走，摔下去，一定是粉身碎骨。

老头 孩子，我没有骗你吧。

曾广澜 知道了，老人家，你能不能想想办法，让我们母女俩过去。

老头 实在没有办法，我也没有把握。

突然听到杜莉莉的声音。

杜莉莉 不用想办法了，广澜，我有办法，你和我从原路回红军总部，蔡军长在那里等你呢。

这时，张英俊等人也出现了。

张英俊 杜莉莉，别演戏了，蔡军长在彭杨军政学校呢。你想把广澜大姐骗到什么地方去？

杜莉莉 （对随她一起来的战士说）蔡军长是不是在总部，我骗她了吗？

战士们是真不知道蔡军长在哪里。

姜小妹 我亲眼看见蔡军长在彭杨军事政治学校，别耽误时间，大家快跟我走，我认识谷底的小路，可以从谷底过悬崖。我是怎么把张科长带来的，我就怎么把你们带回去。

杜莉莉不跟着走还不行，她带来的是红军战士，他们都不知道她的底细，所以她要把戏演下去，穿帮了，她就成了孤家寡人，就会被红军战士打死，她眼睛贼溜溜地转，在打着鬼主意。

71. 山间 / 悬崖边 / 日 外

眼看已经通过悬崖，离军政学校只有五六里地了，突然枪声响起，商荡鳅和一个国民党军官带着一队人马冲了上来。

张英俊等人急忙应战。杜莉莉趁乱抢到了萍萍，并用枪指着曾广澜，恶狠狠地说。

杜莉莉　跟我走，保你和孩子不死。

曾广澜没有动。

李莉绕到曾广澜身后，时刻准备保护曾广澜。

72. 军政学校 / 操场 / 日 外

枪声惊动了正在焦急等待的蔡申熙，蔡申熙意识到此时的曾广澜有危险了。

蔡申熙　警卫排，跟我走。

蔡申熙带着警卫排向山里奔跑而去。

73. 山间 / 悬崖边 / 日 外

枪声越来越激烈，商荡鳅见久攻不下，他着急了，命部队要不顾一切代价抓住曾广澜。

曾广澜和杜莉莉对峙着。

曾广澜　杜莉莉，你的真面目早就暴露了，你没想到吧？你的跪姿射击出卖了你，你还想表演下去吗？

  杜莉莉　我知道你是射击高手，但是，我绝不会在你之下。

  曾广澜的话激怒了杜莉莉，她一手放下萍萍，一手拔枪，瞄准曾广澜，展示她的跪姿射击，杜莉莉开枪了。看见地上的萍萍，曾广澜分神了。李莉推开曾广澜，挡了一枪，李莉倒下。

  曾广澜　李莉……

  愤怒的曾广澜从手里飞出一把小刀扎在杜莉莉手上，杜莉莉惨叫一声，手枪落地，杜莉莉知道自己失去进攻能力了，便转身朝岩上跑去。真正的夺路而逃。

  曾广澜快速捡起杜莉莉的手枪，追了上去。

74. 山间 / 悬崖边 / 日 外

  蔡申熙带着警卫排加入了战斗，商荡鳅的队伍招架不住，节节败退，蔡申熙举枪瞄准，商荡鳅一枪毙命。

  敌人溃败。

75. 山间 / 大岩石 / 日 外

  曾广澜把杜莉莉逼到了一块大岩石边，这时张英俊、张松等人从三面团团围住杜莉莉，杜莉莉已经没有退路了。曾广澜讥讽杜莉莉。

  曾广澜　杜莉莉，我给你上最后一课：站姿射击。

  曾广澜双脚站立，右手举枪，"呼"的一声，子弹打中杜莉莉的心脏。

  杜莉莉从岩石上滚下山坡。

  另一边，张松抱住了牺牲的李莉，泪流满面。人们向天空鸣枪，给李莉送行。

76. 山间 / 旷野 / 日 外

不远处的蔡申熙、曾广澜相见了，两人非常激动。

蔡申熙 （高喊）广澜、广澜……

曾广澜 （高喊）老蔡、老蔡……

呼喊声在山谷里回荡。

此时的萍萍安静地躺在石头上，老头守护在身边。蔡申熙、曾广澜从不同的方向朝萍萍跑来。

蔡申熙、曾广澜抱住萍萍，一家三人在热泪中相拥，在战胜艰难险阻中相聚。

两千里艰苦跋涉，换来的是相聚的幸福，曾广澜心满意足。

【字幕】蔡申熙临危受命，任红二十五军军长。1932年10月8日，掩护红四方面军西征的河口镇战斗打响。

77. 黄才畈村 / 指挥所门前 / 日 外

军团首长都在黄才畈村开会，部署大部队西征的工作。

河口镇战斗仙人洞一带打得异常激烈，双方在山头上形成了争夺战，必须打退敌人，才能确保红四方面军主力撤退。

蔡申熙要亲自到仙人洞去指挥阻击敌人，以完成掩护红四方面军主力突围的任务。

红四方面军首长不同意。

首长　申熙，你在指挥所指挥作战就行了，不一定非要到前线去指挥打仗。

蔡申熙　首长，此战非同小可，非胜不可，这关系到红四方面军的安危和前途，我必须去。

首长知道犟不过他，只好握手送别。

首长　注意安全，辛苦了！

78. 山间 / 道路 / 日 外

蔡申熙骑着战马，带着警卫员和几个战士，向河口镇战斗的主阵地仙人洞疾驰……

蔡申熙军长要亲自上前线杀敌的消息传到部队中，红军战士被蔡申熙的精神激励着，个个英勇杀敌，奋勇争先。

英雄气概，气贯长虹！

79. 河口 / 仙人洞战场 / 日 外

蔡申熙横马立刀，站在山腰上，指挥着红军战士向敌人拼杀，英勇的红军战士和敌人展开了肉搏战，把敌人从山上赶了下去。

突然，一颗子弹打中了蔡申熙的腹部，蔡申熙忍着剧痛，一边继续指挥战斗，一边挥枪向敌人射击。

蔡申熙　十八团从左路压制敌人，十九团从右路阻击敌人，二十团正面攻击，把敌人给我全部消灭。

说完，蔡申熙从马上倒了下来。

政委　蔡军长负伤了，同志们听我指挥，我们是英雄的二十五军，一定要打垮敌人，为蔡军长报仇！

"冲啊！杀啊！绝不后退一步，为蔡军长报仇！"红军战士的喊声震天动地。

冲锋号响起，红军全线出击，敌人被打下山去。

80. 山间 / 道路 / 日 外

在红二十五军的掩护下,红四方面军军旗招展,先头部队大步流星地向西部而去。

一支支红军队伍相随而来……

81. 山间 / 道路 / 日 外

得知蔡申熙负伤的消息,曾广澜心如刀绞,她背着萍萍,不顾一切地向红二十五军军部奔去。

82. 山间 / 道路 / 日 外

抬着蔡申熙的担架急速地向前,躺在担架上的蔡申熙的腹部还在流血,他一手捂住腹部,一边询问护送他的政委。

蔡申熙　战斗结束了吗?红四方面军冲出去了吗?

政委　战斗胜利了,你安静下来,不要操心了,红四方面的首长们还等着见你。

细心的政委看见蔡申熙把流出来的肠子塞进了肚皮里。整个担架都被鲜血染红了,鲜血透过担架滴落到地面的黄沙中。

政委流泪了。

战友们流泪了。

蔡申熙的牺牲精神感天动地。

83. 黄才畈村 / 二十五军军部 / 日 外

曾广澜赶到黄才畈村，蔡申熙已经被抬到了二十五军军部门前，首长们围着蔡申熙，关心他的安危。曾广澜看见躺着的蔡申熙，忍不住扑了上去。

蔡申熙看见曾广澜一阵激动，他从军服的口袋里拿出两只带血的鸽子，用颤抖的手把鸽子交给曾广澜。

蔡申熙　给萍萍熬汤喝，我们家乡的秘方，吃了孩子会长得更健康。

曾广澜泣不成声，连连点头。

曾广澜把萍萍抱过来，让萍萍靠近蔡申熙，蔡申熙用颤抖的手抱住了萍萍。

蔡申熙　广澜，我不能陪你们了，你一定要坚持到底，死也要死在革命路上！

曾广澜　老蔡，你慢慢说，我和萍萍都听着呢。

蔡申熙　你们要永远听党的话，坚持斗争下去，革命一定要胜利，人类一定要解放，你别难过，要永远跟党走，坚持下去！多突围一个战士，就为革命多保存一颗种子……

曾广澜泪流满面。

蔡申熙　我死也死在光荣的路上。

蔡申熙永远地闭上了眼睛。

曾广澜　老蔡……

【字幕】1932年10月10日，在河口镇战斗中蔡申熙光荣牺牲，时年26岁。

84. 黄才畈村 / 山地 / 日 外

擦干眼泪的曾广澜安葬了蔡申熙,蔡申熙的生命永远地停留在他战斗的鄂豫皖革命根据地,将星陨落,红星闪烁,热血铸忠魂!

美丽的鲜花,青青的松柏环绕英雄墓。

曾广澜向蔡申熙三鞠躬。

战友们向蔡申熙三鞠躬,为英雄军长送行。

小萍萍步履蹒跚,站在爸爸墓前,把两只带血的鸽子放飞了,这预示着和平、幸福、自由很快就要到来。

这也是蔡申熙为之奋斗、为之努力、为之付出而期盼的!

85. 山间 / 道路 / 日 外

曾广澜背着萍萍和红四方面军的战友一道跋涉在西征的路上,萍萍头上的红军帽有一颗耀眼的红星在闪烁!

她们永远走在革命的征程上!

全剧终

困牛山战斗

编剧：曾羽

故事梗概

1934年8月7日，红六军团奉命西征，为中央红军战略转移先遣探路，拉开了红军长征的序幕。红六军团转战赣、湘、桂、黔四省，先后突破国民党四道封锁线，于10月7日进至贵州石阡县甘溪地域，陷入湘、桂、黔、滇国民党军24个团的重围之中。红六军团第十八师第五十二团八百余名红军战士为掩护军团主力突围，在师长龙云、团长田海清的率领下，将敌诱至石阡困牛山地区，成功掩护军团主力突出重围。最后退守困牛山的一百多名红军战士，面对国民党军的疯狂进攻，在新一营营长童湘哥的指挥下，浴血奋战，英勇打退了敌人的一次次冲锋，但在面对被胁迫走在敌人前面的当地群众时，他们为了不伤及人民群众，毅然决然地选择了集体跳下几十米深的悬崖，用鲜血和生命谱写了气壮山河的千古壮歌。

主要人物表

田海清　　男，23 岁，红六军团十八师五十二团团长。
龙　云　　男，31 岁，红六军团十八师师长。
童湘哥　　男，20 岁，红六军团十八师五十二团新一营营长。
金　珠　　女，18 岁，红六军团十八师卫生员，侗族女战士。
何天亮　　男，16 岁，红六军团十八师五十二团司号员。
胡德华　　男，18 岁，红六军团十八师五十二团战士，神枪手。
胡大伯　　男，51 岁，困牛山村民。
丁大妈　　女，50 岁，困牛山村民。
大　顺　　男，16 岁，困牛山村民，丁大妈的儿子。
小　顺　　男，14 岁，困牛山村民，丁大妈的儿子。
邢　贵　　男，32 岁，民团团长。
张云飞　　男，30 岁，敌师长。
刘小弟　　男，18 岁，红六军团十八师五十二团战士。

剧 本

1. 黔东地区 / 山野 / 傍晚 外

红军司号员何天亮站在高高的山岗上，吹响了嘹亮的冲锋号，号声响彻天际。

军号声中出现以下叠影：

（1）红军战士从四面八方的阵地里冲杀出来，向敌军猛扑过去，冲破一道道封锁线。

（2）红军战士的大脚踩在泥水上，泥水飞溅，骏马奔驰，马蹄声声，杀声阵阵。

（3）一支红军队伍冲杀在第一线，红六军团十八师五十二团团长田海清奔跑在队伍的最前列，见一小战士步履蹒跚，他拉着小战士勇往直前。

（4）营长童湘哥举着军旗往前冲，昂扬的斗志刻在他的脸上。军旗的旗套上写着：中国工农红军第六军团第十八师第五十二团。

推出片名：困牛山战斗。

【字幕，画外音】1934年8月7日红六军团奉命西征，为中央红军战略转移先遣探路，拉开了红军长征的序幕。红六军团转战赣、湘、桂、黔四省，先后突破国民党军四道封锁线，于10月7日进至贵州省石阡县甘溪地域。

2. 走马坪 / 山间 / 夜 外

激烈的枪炮声逐渐稀疏下来，刚冲过敌人封锁线的红六军团十八师五十二团来到石阡县走马坪。

在长途作战和奔袭之后，五十二团得到了短暂的栖息，团长田海清召开临时作战会议，安排任务。

参谋长　报告团长，据师部通讯班快马传讯，军团首长和军团主力在我前方大约十里路的马扶堰一带集结，命我团就地待命。

田海清　执行师部命令。一营一连负责警戒，其他营连清点人数，检查武器，就地抓紧休息。特别强调一点，枪不离手，保持警惕，随时准备战斗。

二营长　报告团长，部队还没有吃东西呢！

田海清　各营自行解决，这山林里果子多，派人采摘一点就能充饥了。

二营长　是。

通讯班班长来报告。

班长　报告团长，我们的电台出现故障，与师部中断联系已经四个多小时了，现在我们与师部只能靠快马联系了。

田海清　想尽一切办法，必须赶紧修复电台，恢复与师部的联系。

3. 山间 / 小路 / 夜 外

一匹快马在山间奔跑，十八师师部通讯员不断地催促："快，快。"

山路上滚落着马蹄踢起的碎石，突然从林地里冒出几个国民党士兵，朝红军通讯兵放了几枪，通讯兵伏在马上，趁着夜色跑了。

4. 石阡一带 / 敌师部 / 夜 内

敌师长张云飞在接电话，他有点战战兢兢。

张云飞　军座，共匪真的来了吗？靠我这几条枪，怕是顶不住啊。

敌军长　（电话里）窝囊废，你欺压百姓的威风到哪里去了？平时大言不惭，总是夸海口要消灭共匪，真他妈的叶公好龙，我告诉你，这次真龙来了！

张云飞　姐夫，不，军座，共匪现在到哪里了？

敌军长　（电话里）共匪已经进入石阡县了，昨天，剿匪总指挥召开了作战会议，这一次我们桂军加上黔军、湘军和地方民团，共 24 个团来围剿共匪，区区几千人的红军，恐怕插翅难逃了。

张云飞　军座，你无论如何都要再派两个团过来，我一定打一个大胜仗，否则，要是我去见了阎王爷，你怎么向我姐交代？

敌军长　（电话里）你是军人，军人要有军人的样子。要你打头阵，就是想让你立头功，振作起来，不要烂泥扶不上墙。共匪是疲惫之师，明天上午八点，趁共匪立足未稳，必须发起进攻。

5. 走马坪一带 / 山间 / 晨 外

红军十八师师直部队驻地。

红军卫生兵金珠很早就起来了，她总是惦记着受伤的战士，由于红军卫生队缺医少药，她准备上山采一些草药熬制创伤膏。

金珠来到不远的山里，山里有一条小河，她有点累了，就在河边坐下，美丽的身影倒映在水面上，自己都看得不好意思了，此时的她完全忘记了危险。

金珠对着水面梳起了头，嘴里哼着湖南侗乡的新民谣：

哥哥去打仗，

妹妹想断肠，

老百姓生活实在苦，

征战去远方，

难舍情谊长。

河面上出现了一个人的倒影，金珠警觉起来，突然拔枪，对准来人。

来人　别开枪，我是好人。

6. 走马坪 / 五十二团营地 / 晨 外

红军部队正在原地休息。天刚蒙蒙亮，司号员何天亮就起来了，他准备去给战友们采摘一点果子。刚进入林地不久，何天亮便看见了远处有一匹快马驶来，有一个人伏在马上，好像是受伤了，他赶紧跑出林子，去找营长童湘哥。童湘哥看见了慌里慌张跑来的何天亮。

童湘哥　天亮，什么情况？跑这么快？别摔了。

何天亮　我看见一匹马向我们这边跑来，马上的人好像受伤了，不知是敌人还是战友。

童湘哥　你真是孩子，疑神疑鬼，我们都把敌人丢了几百里，这哪来敌人？

何天亮　（委屈地说）团长不是常常说要我们提高警惕吗？

童湘哥　呵呵，天亮长大了，会说大人的话了，是我小瞧你了，你说得有道理，好，提高警惕，带我去看看是敌是友。

7. 走马坪一带 / 红十八师指挥所 / 日 内

"嘀嘀嗒嗒"的发报声,红军收报员收到来自军部的急电,电文:敌情有变,在走马坪一带有枪声,估计有敌人,但敌情不详,命你部摸清情况报军部。

师长龙云看完电报,急忙伏倒在地图上。

龙云　来人,叫侦察科长过来……

8. 走马坪一带 / 山间 / 晨 外

来人(胡大伯)　姑娘,我是困牛山的村民,他们都叫我胡大伯,你是红军吧,我听说过红军的好,说红军是帮老百姓的,我有一个侄儿,受不了地主欺压,跑到江西当红军去了,我还盼着他回来给我撑腰呢。你们来,我很高兴,但是我听民团的大胖子团长邢贵说,国军在四周都埋伏好了,要打你们,你们知道吗?好怕你们吃亏。

金珠睁大了眼睛。

金珠　这四周真有白军?真的吗?

"轰"的一声,一颗炮弹落在水面,金珠被气浪掀倒在水里。

9. 走马坪 / 五十二团驻地 / 日 外

童湘哥背着浑身是血的红军通讯员,何天亮见通讯员往下滑,便伸手扶住。三人来到田海清面前,田海清仔细一看,通讯员背上中了两枪。

通讯员　报告田团长,师部命令。

通讯员将一个小纸卷交给田海清,便闭上了眼睛。通讯员的牺牲让战友们愤怒起来，嚷着要为通讯员报仇。

田海清 （展开纸卷，看命令）命你团保持战斗姿态，不可松懈，速向师部集结，以应变。

田海清 童湘哥。

童湘哥 到。

田海清 掩埋战友尸体。

童湘哥 是。

田海清 全体都有，执行师部命令，司号员，吹集合号，马上出发！

擦干眼泪的五十二团出发了！

10. 走马坪一带 / 红十八师指挥所 / 日 内

炮弹的爆炸声惊响了红十八师师属部队，战士们紧紧地握住钢枪，做好了战斗的准备。

远处传来枪炮声。

龙云站在地图前听敌情报告。

参谋长 刚接到侦察员报告，师属的保卫连与黔军在白虎山一带交上火了，另外，五十三团来电，听师部命令，由于敌我双方不明底细，战斗不够激烈，部队推进缓慢，但如果敌人摸清我军情况后，情势就会变化，我军就会出现危险。

龙云 军团总部在什么位置？

参谋长 估计在距离我们不到十公里的地方。西征以来，军团首长的位置一直是比较靠前的。

龙云 这才是我最担心的。

11. 白虎山 / 阵地 / 日 外

红十八师师属保卫连与敌军张云飞师展开了激战，随着战斗的展开，敌人发现红军兵力不足，火力不足，便嚣张地开始了进攻，红军保卫连开始边打边撤了。

张云飞　红军也没有三头六臂，传令：给我狠狠地打，打死一个赏大洋五块，活捉一个赏大洋十块。

重赏之下，敌人的火力明显加强了。

12. 山间 / 小河边 / 日 外

胡大伯把金珠从河里拉了出来，传来的激烈枪声把金珠惊醒，她突然朝着白虎山阵地跑去。

胡大伯　姑娘，你要干什么？

金珠　我要上战场，我要去救红军伤员。

胡大伯　姑娘，危险，你过来，我带你走一条安全的路。

13. 走马坪一带 / 红十八师师部 / 日 内

枪声距离十八师师部已经很近了，龙飞已经感觉到子弹在头上飞了。

龙飞　参谋长，传我的命令，师部所有战斗人员立即集合，马上投入战斗。

参谋长接令而去。

14. 走马坪附近 / 山间 / 日 外

何天亮站在高高的山岗上,吹响了进攻的冲锋号,五十二团从天而降,红军战士猛虎般从山岗向敌人冲杀过去。

黔军哪见过这种阵势,他们根本不是五十二团的对手,一下就溃败了。

田海清带头冲杀在最前头。

童湘哥举起五十二团的旗帜冲向敌群。

金珠不知什么时候冒出来了,跟着五十二团冲锋,胡大伯跟在金珠身后,着急万分。

胡大伯 姑娘,趴下,危险。

15. 山岗 / 阵地 / 日 外

一发炮弹落在张云飞指挥所旁,吓得张云飞屁滚尿流,张云飞慌忙下令。

张云飞 撤,快撤!

敌人溃退,五十二团解了师部的危。

16. 银水寨 / 村庄 / 日 外

由于敌情不详,五十二团战士胡德华和刘小弟奉命侦察,他们来到村庄,但村庄里的老百姓听到枪声都跑到山里躲起来了,胡德华见有一户人家的门是虚掩着的,便推门进去。谁知道门框上放着一个土罐,门一开,土罐掉了下来,眼看就要砸在胡德华的头上,刘小弟眼疾手快,推了胡德华一把,土罐没砸在胡德华头上,却砸在了刘小弟腿上,刘小弟"哎哟"一声坐在地上。

声音惊动了屋里的人，两个持刀少年冲了出来，刘小弟用枪对着来人，胡德华把枪按住。

17. 银水寨 / 道路 / 日 外

胡大伯背着金珠走在通向村庄的路上，昏迷中的金珠醒来，发现自己被一个老人背着，顿时觉得不好意思，她挣脱了胡大伯的手，坐到了地上。

胡大伯　姑娘，你负伤了，我要带你去养伤，你看，前面就是银水寨，就是我的家了，你养好伤再去找部队。

金珠这才发现自己的腰部有疼痛，子弹擦破了她的腰部，看见血涌出来，又没有东西包扎，金珠马上慌乱起来。

胡大伯　姑娘，我扶着你，再坚持一会，我们到村里再好好包扎伤口。

金珠　（看着胡大伯，心想）他还懂包扎。

18. 走马坪附近 / 十八师指挥所 / 日 外

田海清急匆匆地走进指挥所，龙云还在看地图，他头都没有抬，问了一句。

龙云　海清来了，说说你的情况。

田海清　敌人被我们打退以后，暂时处于静默状态。但是，敌情不清楚是目前最大的问题，不了解敌人就不能制订有针对性的作战方案，急死人了。

龙云　你派出去的侦察员摸到什么情况？

田海清　目前我们派出去的侦察员了解情况有限，就像瞎子摸象，看不到整个战局。

龙云　参谋长，必须保持和军团的联系，目前只有军团了解全面的战况，我们只能听命于军团。

19. 后寨 / 五十二团营地 / 日 外

战士们在后寨得到短暂的休整，他们在擦枪，何天亮在擦号。战士们议论着。

战士甲　我们怎么突然走进了敌人的包围圈，敌人也太狡猾了，给我们布了一个陷阱。

战士乙　在走马坪我们是怎么和敌人遭遇的？埋伏这么多敌人我们都不知道，可怕，这一战就像做了一个噩梦，我们应该被打清醒了，不应该大意了。

战士丙　目前敌人只是暂时被打退，还没有被打垮，恶仗还会有的，松懈不得。

何天亮把童湘哥拖到一边，问童湘哥。

何天亮　他们说的都是什么？我怎么没听懂！

童湘哥　他们在讨论战斗形势？

何天亮　讨论战斗形势。什么是战斗形势？营长，我还有一个问题，你们经常喊共产党员开会，什么是共产党员？你是共产党员吗？

童湘哥　好，你的问题好，我们的小天亮开始动脑子想问题了，等打完突围战，我给你仔细讲讲什么是中国共产党。

何天亮眨着眼睛看着童湘哥。

20. 银水寨 / 百姓家 / 日 内

胡德华等人推开里屋的门，见一位老妇人躺在床上，身边是大顺、小顺两个儿子。胡德华靠近老人，伸手一摸，老人发烧了。

  大顺 红军哥哥，村里的人听说红军来了要打家劫舍，大家都跑了，我妈病重跑不了，我们两兄弟只好守着她，但我们治不了她的病，只能干着急。

  胡德华 小兄弟，我们红军不是打家劫舍的土匪。你俩不要着急，我去请我们团的医生来给老人家看病。

21. 银水寨旁 / 小路 / 日 外

  金珠从包里拿出创伤膏，往腰部伤口抹了抹，胡大伯好不容易找了一块布，给金珠把腰缠了起来。

  金珠 （对胡大伯说）胡大伯，别忘了我是医生，我要回部队去抢救伤员。

  胡大伯突然紧张起来。

  胡大伯 别动，有动静，可能是民团的人回来了。

22. 走马坪附近 / 十八师驻地 / 日 内

  参谋长向龙云报告。

  参谋长 报告师长，军团首长命令，十八师向板桥一带集结，设法渡过乌江，去印江与红三军会师。

  龙云 按军团命令执行，五十二团和师直部队打前卫，五十三团随军团主力移动。

  众人 坚决完成任务！

23. 走马坪 / 五十二团营地 / 日 外

  马蹄声，逐渐靠近，有人喊："团长回来了。"

集合的哨子声响起，战士们迅速集合，田海清来到队伍前面。

田海清　师部下达了作战命令，我们五十二团打前卫，朝北部方向前进。马上清点人数，准备出发。

童湘哥　报告团长，除胡德华、刘小弟两人执行侦察任务未归，其他人员均已入列。

田海清　童湘哥带人去把胡德华、刘小弟找回，其余全体人员听令出发。

24. 银水寨 / 百姓家 / 日　内

胡德华刚推开门，"叭叭"两颗子弹迎面而来，胡德华赶紧退回屋内。

大　顺　应该是民团的人回来了，抓我们兄弟俩。

小　顺　哥，怎么办？

胡德华　看我怎么收拾他们。

胡德华举枪瞄准，刘小弟急忙制止。

刘小弟　民团的人也是老百姓，你开枪伤了人，误会就大了。

大　顺　把枪给我，我来打。

胡德华　你会打枪？

大　顺　我也是民团的人，受过训练。

这时，听见有人高喊："民团的兄弟，我在这儿，有种的来抓我。"说完，那人拔腿就跑，是胡大伯的声音。胡德华一听，这是自己叔叔的声音啊，叔叔怎么会在这个时候出现？

"叔叔"一跑，五六个民团的人朝"叔叔"追去。

胡德华正要趁机出门，一个女红军（金珠）堵在门口。

25. 村外 / 小路 / 日 外

胡大伯跑了一会儿，撞上了童湘哥等红军，民团的人一看真正的红军来了，他们扭头就跑，也顾不得抓胡大伯了。

26. 银水寨 / 百姓家 / 日 内

胡德华正想说什么，一支手枪对准了自己的脑门。金珠朝里使了一个眼神。

金珠 进去。

胡德华认识金珠，看见金珠喜出望外。

胡德华 你是红军医生金珠，我是五十二团的胡德华，快来，这里有一位老大娘病了。

金珠一听有老大娘病了，她急步进屋。

27. 大山 / 小路 / 日 外

田海清带着五十二团向本庄一带的干榜子方向前进，他和龙云约定在干榜子会合。

队伍行军速度很快，田海清看见何天亮逐渐慢下来，便和何天亮说起了话。

田海清 天亮，行吗？

何天亮 行，童湘哥营长说干革命不能掉队，再怎么困难，我都要坚持。

田海清 天亮真是好样的。童湘哥还给你说了些什么？

何天亮　童湘哥营长说入党要写申请书，团长，申请书怎么写？我什么都不会。

何天亮的话启发了田海清，党组织很重要。

28. 银水寨 / 百姓家 / 日 内

金珠看了老大娘，对胡德华说。

金珠　胡同志，我问了大顺，老大娘姓丁，丁大娘发烧不轻，要想办法马上退烧，否则有生命危险，我这里有一支阿司匹林，是师部的备用药品，但我没有注射器，要赶上师部才有可能给丁大娘打针治病。

胡德华　糟糕，师部在哪儿我都不知道了。

童湘哥等人进门。

童湘哥　德华，团长和师长约定在本庄一带的干榜子会合。

金珠　（喜出望外）湘哥？

童湘哥　金珠。

胡大伯　德华？

胡德华　叔叔。

无巧不成书，这里有人喜相逢。

胡德华　湘哥，我们赶紧去追赶部队。

金珠　丁大娘怎么办。

胡德华　抬走。

29. 施秉 / 敌总指挥部 / 日 内

敌总指挥部在大发雷霆。

总指挥　24个团打缺编少人的六个团，还被别人打得落花流水，真不成体统。

张云飞低着头，大气都不敢出。

岳军长 总指挥息怒，虽然甘溪之战未能一举歼灭红六军团，但是我们把它们分成了三段，虽有一路去了冷家榜，但红六军团主力仍在石阡，这也是重大战果。总之，红匪还在石阡，就像孙悟空还在如来佛的手心里，我们集中兵力，聚而歼之，还有机会。

总指挥 听岳兄这般话，已经胜券在握，你有什么高招。

岳军长 在总指挥前面我不敢班门弄斧，但我有一计。

总指挥 文绉绉的还怎么打仗，有屁快放。

岳军长 情报显示，红六军团主力在向北移动，有通过板桥，进入印江与红三军会合之意图。我军可在板桥一带围歼，只需要做一个口袋阵即可。

岳军长用指挥棒指着地图上的板桥。

总指挥 那我们就在板桥喝庆功酒。

30. 本庄附近 / 山路 / 夜 外

童湘哥和胡德华用门板抬着丁大娘走在前面，金珠、胡大伯等人跟在后。

丁大娘 把我放下，治不好的，你们救不了我。

大顺、小顺喊着娘，掉着眼泪。

31. 干榜子附近 / 营地 / 日 外

田海清带着五十二团刚抵达干榜子，侦察排长就来报告，说附近发现敌人。

田海清 参谋长,加强警戒。

参谋长 是。

田海清 侦察排长(张有贵),你们去抓几个俘虏,把敌情搞清楚。

远处传来激烈的枪声。

通讯员 团长,在距离我军营地800米的地方有枪战,估计龙云师长遇到敌人了。

田海清 参谋长,带上一营机枪连,去接师长。

32. 干榜子附近 / 道路 / 日 外

童湘哥等人抬着丁大娘已经走到了干榜子附近,眼看就要和田海清团长会合了,突然响起的枪声引起了童湘哥的警觉。

童湘哥 胡大伯、大顺、小顺,你们原地不动,照顾好丁大娘。胡德华、刘小弟、金珠,跟我走,还有多少子弹?

胡德华 我有六发,有两颗手榴弹。

刘小弟 我有三发。

金珠 我只有两发子弹。

童湘哥 走,如果是龙云师长有危险,一定要保护好师长。

33. 干榜子附近 / 村庄 / 日 外

枪声惊醒了村庄里的百姓,外号大胖子的民团团长邢贵跑到街口,吹起了哨子。

邢贵 共匪来了,共产共妻,有命逃命,快跑啊!

村民王三毛 邢团长,他们都说红军救苦救难,是帮助老百姓的队伍。

邢贵 (用枪指着王三毛)王三毛,你知不知道你这是赤色宣传,是会掉脑袋的。念你是我的远房亲戚，我不追究你。去帮我把村民们都叫到山上去，如果哪个村民吃了亏，我饶不了你。

34. 落石坡 / 山地 / 日 外

龙云的师属部队与白匪接火了，由于师属部队的非战斗人员比较多，逐渐处于弱势，龙云师长亲自上阵了。

龙云一枪打倒一个敌人。

由于师属部队缺乏子弹补给，战斗力慢慢减弱，被敌人压缩到了一个狭小的地带。

师部危在旦夕之时，龙云听见了冲锋号，一听熟悉的号声，他知道是五十二团来了。田海清冲锋在前，但不幸小腿中弹负伤，这一幕被童湘哥看见了，童湘哥愤怒了。

童湘哥　胡德华，还有子弹吗，把敌人的指挥官干掉。

胡德华　还有两发。

胡德华举枪瞄准敌人，扣动扳机，敌指挥官倒地，敌人一见营长被打死了，乱作一团。

红军乘势追击。

龙云跑到田海清面前。

龙云　海清，怎么样，伤势严重吗？

田海清　小腿被狗咬了一口。

35. 干榜子 / 营地 / 日 内

田海清腿上缠着绷带，在审俘虏。俘虏是在战场上抓获的，是敌军连长。

田海清　黄连长，我看你也是穷苦人出身，为什么要给国民党军队卖命呢？

黄连长　我父母年迈又有病，家里穷，没钱给他们看病，我被抓了壮丁，想想还能挣几个钱养父母，这就认命了。

田海清　只有革命才能救穷苦的老百姓，这个道理你要明白。

黄连长　是。

田海清　把你知道的你军的兵力布置情况告诉我们。

黄连长　这……

田海清　不说是吧，你父母还等着你去救命，你不想去吗？

36. 干榜子 / 战地救护室 / 日 内

由于没有很好的消毒治疗，田海清的伤口开始化脓，病情恶化，开始发烧。这时，金珠突然出现在田海清的"病房"。

金珠　海清，海清，我是金珠，来看你了！

田海清有一点迷糊，但并不是不省人事。

田海清　是金珠妹妹，只顾打仗，都没有去见你，你不要生气哈。

田海清的话让金珠很感动，眼泪盈眶。

金珠　是我不好，你都伤成这样了，我才知道。对了，我这里还有一支阿司匹林，我去拿针管，我给你打。

这时，附近的"病房"里有人在喊"丁大娘晕过去了"。金珠心头一怔。

37. 干榜子 / 龙云指挥所 / 日 内

龙云　田海清团长获得的情报非常重要，敌人在板桥一带布了口袋阵，幸好我们没有盲目去打江口，否则就会造成更大的损失。

参谋长 那下一步怎么办？

龙云 军团首长的初步意见还是要向南突围，以逃出敌人的包围圈。五十二团是一个神勇的团，关键时刻都是五十二团起作用，这次五十二团又要挑大梁了。

参谋长 可是，五十二团团长田海清负伤，还能指挥作战吗？

龙云 田海清可不能倒啊。走，我们去看看田海清。

38. 干榜子 / 战地救护室 / 日 内

童湘哥、胡德华、刘小弟、大顺、小顺涌进田海清的"病房"，看见田海清和发愣的金珠。

童湘哥 金珠，你在这啊，我们还到处找你，丁大娘烧得厉害，都昏迷了，就等你去给她注射了。金珠，走，快去救丁大娘。

金珠站着没动。

胡德华 金珠，走啊，莫非你……

大顺、小顺用乞求的眼光看着金珠。

大顺 金珠姐……

金珠手里握着一支阿司匹林。

金珠看看田海清，看看童湘哥，看看胡德华、刘小弟，再看看大顺，小顺。

金珠 田海清团长也需要阿司匹林救命。

童湘哥 这……

童湘哥这下理解金珠了，金珠的确很为难。

【闪回】

39. 湖南侗乡 / 村寨 / 日 外

红军连长田海清带着一支小分队到侗乡开展扩红工作，田海清他们把摊子一摆开，就引来了许多侗族同胞的围观。

田海涛　乡亲们，我们红军是老百姓的队伍，我们是为老百姓谋幸福的军队，我们为百姓打天下，欢迎大家参加红军。

逃荒到此的胡德华刚好路过。

胡德华　长官，参加红军要交钱吗？我已经分文没有了。

众战士嬉笑。

田海清　小兄弟，参加红军不用交钱，红军还要给你饭吃，给你衣穿，教你认字，给你讲革命道理。

胡德华　那我参加红军。

这时，一个地主追着一个女孩子跑了出来，女孩子没有站住，摔倒在田海清面前，地主举起鞭子打小女孩，被田海清一把抓住。

田海清　你为什么打人？

地主　她逃婚，我花了钱，就是我家的人，我不该打？

一村民　这个地主太不像话，强迫金珠姑娘嫁给他残疾的儿子，金珠不从，他就把金珠打得遍体鳞伤。

田海清这才知道金珠身上都是鞭打的伤痕。

田海清　地主老财，不准你欺压百姓，否则我"枪毙"了你。

金珠　红军哥，我早就听说红军是救苦救难的菩萨，我要参加红军。

【闪回结束】

40. 干榜子 / 战地救护室 / 日 内

龙云悄悄走进田海清病房。金珠和童湘哥的对话，田海清都听见了，金珠这么关心他，他很感激，但是，在田海清心里，老百姓的生命重于他的生命。

田海清 金珠，老百姓的生命高于一切，红军有今天，得益于老百姓的支持和帮助。以后，我们还要依靠老百姓，去，把针给丁大娘打了。

金珠 那……团长，你怎么办？

这时，龙云师长发话了。

龙云 金珠医生，去，给丁大娘打针。

金珠见师长发话，军令不可违，可是……

金珠 是，师长。

41. 干榜子 / 战地救护室 / 日 内

在另一间病房，金珠将药注射进丁大娘的体内。

站在一旁的胡德华、胡大伯、刘小弟、大顺、小顺见丁大娘得救了，自然高兴，但是，田海清怎么办，大家心情还是很沉重，他们也很担心田海清的安危。

胡大伯 （对胡德华说）团长把药让给了丁大娘，团长怎么办？

胡德华 不知道，也许团长想扛过去，但是马上就要打仗，不知有没有时间给他扛。

胡大伯 （对大顺、小顺说）孩子，你们一定要记住，红军是好人啊！是红军救了你们妈妈的命。

42. 干榜子 / 战地救护室 / 日 内

龙云对和他一起过来的师部医疗队队长说。

龙云　把阿司匹林拿出来。

队长心里非常清楚，这药是关键时候给师长保命用的，不到最危险的时刻不能用。

队长　这药就最后一支了，是留给师长的备用药，用了就没有了。

龙云　仗打到这个地步还谈什么备用药，这个药就是给战士备的。

43. 干榜子 / 战地指挥所 / 日 内

龙云正在开军事会议。

龙云　现在整个部队的行军打仗都到了关键时刻，大家说说还有没有什么急需解决的问题。

后勤部长　还是两大问题，弹药和粮食，尤其是粮食问题，有的连队已经靠野果子充饥了。

红五十二团参谋长　我们团正在发动战士去村里筹粮，有一位胡大伯愿意帮助我们。

龙云　现在去筹粮，只怕远水解不了近渴，不过只要有一线希望我们都要做百倍的努力。

师参谋长　（进来报告）军团首长已经到了朱家坝。

龙云看地图，朱家坝距他们的营地只有三里路。

龙云　（下令）向朱家坝出发。

44. 本庄附近 / 山路 / 日 外

胡大伯带着小顺，用一个小车推着丁大娘行走在山路上。丁大娘的病情显然有了很大的转变，精神也好了许多。

丁大娘把小顺搂在胸前，就像小顺要跑了一般。

小顺　娘，你还在想大顺？

丁大娘点点头。

【闪回】

大顺、小顺两人扶着丁大娘上小推车准备往本庄走。

大顺　（突然说）娘，我想当红军。

丁大娘愣了一下。

小顺　妈，我也想当红军。

丁大娘犯了难，还是胡大伯解了围。

胡大伯　丁大娘，让大顺跟着红军走吧，大顺跟着红军有出息，这小顺就留下来照顾你，和我们一起去筹粮。

丁大娘只好点点头。

【闪回结束】

45. 朱家坝附近 / 道路 / 夜 外

柱着拐杖的田海清很快走到了队伍的前列，由于高烧刚退，他还是有些虚弱，步子也不是太稳。童湘哥和胡德华赶紧扶住田海清。

何天亮从口袋里抓了一把"叫鸡粮"（一种红色的果子）给田海清。

何天亮　团长，你一定饿了，吃一些果子吧。

田海清接住果子，童湘哥扶田海清在路边的石头上坐下，让他歇一会儿。

田海清　这个果子好啊，从江西到湘南再到贵州，我们都用它充饥，大伙还叫它"红军粮"呢。

何天亮　"红军粮"，这名字好，来，大家都尝一点，这是早晨我在山上摘的，新鲜。

田海清　胡德华，你叔去筹粮我不放心，你到本庄去帮帮你叔。

46. 本庄 / 村里 / 夜 外

胡大伯一行刚进村子，就看见有一群人在挨家挨户地敲门，嘴上还喊着骂着，领头的是民团团长邢贵。

民团队员　各家各户注意了，红军要来抢粮食了，大家把粮食藏好了。

47. 朱家坝 / 田地 / 夜 外

十八师五十二团已经到达朱家坝，龙云要去给军团首长汇报工作，龙云命令部队原地休息。

田海清坐在稻田边上，战士去弄了一些稻草给他垫在地上，让他休息。

这时，童湘哥前来汇报。

童湘哥　前面发现白匪军了，他们也在稻田里抢稻草，距离我们很近，但双方没有发生冲突，暂时相安无事。

田海清　不可能相安无事，告诉战士们要提高警惕，做好战斗准备，明天这一仗非打不可。

金珠来给田海清换药。

田海清从衣服包里抓出几颗"红军粮"递给金珠。

田海清　金珠，饿了吧，吃一点"红军粮"充充饥。

金珠把"红军粮"捧在手上。

金珠　团长,不是我饿了,是全团战士都饿了。

48. 本庄 / 村里 / 夜 外

小顺听见民团队员说红军来抢粮食,就想冲出去与民团队员讲道理,胡大伯赶忙制止小顺。

胡大伯　小顺,不要轻举妄动,你这样过去无济于事,反而会招惹麻烦。现在还不是讲道理的时候,现在的关键是抢到粮食。

小顺　大伯,你说怎么办。

胡大伯　小顺,动动脑子,国民党兵和民团正在抢百姓的粮食,我们就抢他们的,这叫螳螂捕蝉,黄雀在后。

49. 本庄 / 村里 / 夜 内

民团的一伙人扛了三四袋的粮食运到住处,夜深了,邢贵吩咐大伙休息。

邢贵　大伙辛苦一天了,抓紧时间休息,明天还有几个村要去,任务还重呢!宋三,看好粮食,丢了我要你的命。

50. 本庄 / 村里 / 夜 外

夜深了,胡大伯等人正要行动,胡德华带了三个战士过来了。

胡德华　叔叔,情况怎样啦?

胡大伯　民团抢了老百姓的粮食,我们正要去抢民团的粮食。你来得正好,我们一起干。

胡德华 叔叔，我们红军不能抢老百姓的粮食，我们是来买粮食的，革命胜利了一定要付钱的。

胡德华等人潜进了民团住宅，看见了三袋粮食，他们扛起粮食就要走，这时有一个民团队员起来撒尿，胡德华等人只好不动，不巧，小顺一不小心碰掉了一个瓷碗，"咣当"一声，这声音在宁静的夜里非常刺耳。

"抓盗贼，有人偷粮食"，随后枪声响了起来。

敌人一闹，胡德华有些担心，这时小顺被瓷碗碎片划伤了，胡德华更是冒火，他沉不住气，开枪还击，打死一个敌人。

胡大伯 德华，蛮干不行，粮食重要。小顺，你的伤不重，你快回去照顾你娘。胡德华，你和你的战友带着粮食快走，把你们不用的东西都给我，我掩护你们。

胡大伯把几件破衣服装在一个麻袋里，扛着麻袋跑了出去。

"这里有盗贼"，敌人朝胡大伯追去，边追边打枪，不久，胡大伯倒下了。

胡德华 （压低嗓门）叔叔……

小顺 大伯……

51. 朱家坝 / 田野 / 日 外

板桥战斗打响了。

田海清刚率领五十二团到达板桥，就与先前到达的湘军五十五旅相遇，田海清命令部队在板桥的毛坝构筑工事，正面迎敌。田海清的五十二团打退了敌人的三次进攻。胡德华回到部队。

胡德华 报告团长，我把粮食带回来了，顺利完成任务，但是胡大伯牺牲了。

田海清 胡德华，你来得正是时候，现在我要分给你一个任务。

  胡德华　团长，请下命令。
  田海清　胡德华，把敌人的指挥官给我干掉，给胡大伯报仇。
  胡德华　是！坚决完成任务。
  胡德华走进战壕，举枪瞄准，敌人指挥官应声倒下。
  田海清　好，干得好！何天亮，吹冲锋号！
  冲锋号响起！

52. 本庄 / 村里 / 日 内

  丁大娘手里拿着一张纸条，着急得直掉眼泪，纸条是胡德华写给大娘的，大娘不识字，小顺来了。
  小顺只认识几个字，连蒙带猜地搞清了大意。
  小顺　妈，这字条上写的意思是：红军忙着去打仗，粮钱先欠着，待红军打了胜仗，再凭这张纸条去兑换钱。
  丁大娘再一次被感动，急忙让小顺把欠条藏好。
  丁大娘　红军，好人啊！

53. 毛坝 / 战场 / 日 外

  红五十二团把敌刘建文团打退了，战斗间隙，参谋长送来战报。
  田海清　参谋长，念。
  参谋长　据情报，我军北有湘军五十五旅刘建文团驻板桥。
  田海清　这个知道，我们刚把他们打退。
  参谋长　南面有黔敌柏辉章部在晏家湾，东有湘敌五十五旅唐伯寅团在龙硐，独立三十二旅在石阡县城，西南有黔敌王天锡部在困牛山的甘溪槽，西南后方有万式炯部在乌江对岸，四面都有地方民团。

田海清　我们四面受敌，好在敌人包围圈还没有完全形成，否则，我们就无路可走了，看来，越往北越危险。

参谋长　是啊，情况相当危险。

田海清　我们不能再等了，马上派童湘哥和胡德华去南面侦察一下，看看有没有突破口。

54. 朱家坝 / 小路 / 夜 外

童湘哥和胡德华走出不远，胡德华便敏感地发现后面有人跟踪，他给童湘哥做了一个手势，两人蹲下。

胡德华　后面有人。

童湘哥做了一个抓捕的动作。

两人伏在地下，等待后面的人过来。

55. 本庄 / 木屋 / 夜 内

丁大娘刚让小顺把纸条藏好，便听见有人敲门，小顺打开门，进来两个民团的人，他们看见小顺，不由分说抓住他就走。

丁大娘　你们干吗抓我家小顺？

民团队员　共匪来了，我们要抓人去打共匪。

56. 毛坝 / 小路 / 夜 外

来人刚走到童湘哥和胡德华面前，就被两人使绊，来人倒地，童湘哥和胡德华伸手抓来人。

金珠　湘哥，是我。

童湘哥很诧异。

童湘哥 你来干什么？你不知道出来有多危险吗？

金珠 你不知道我除了会打针，还会打枪，如果要化装侦查，还离不开我。

童湘哥 胡闹。

57. 毛坝 / 营地 / 日 外

何天亮在擦军号，不时吹几个音，"嘟嘟"。

战士们有的擦枪，有的检查武器装备，一副大战来临的样子。

天亮了，童湘哥等人还没有回来，田海清有一些焦急。正在这时，他看见参谋长领着童湘哥过来了，田海清脸上有了笑意。

田海清 童湘哥，任务完成怎么样？

童湘哥 幸亏金珠姑娘去了，否则……

田海清 金珠怎么去了？童湘哥，说重点。

童湘哥 是，团长，说重点。

【闪回】

去村里的路上，一个太太模样的人（金珠）坐在地上哭喊。

金珠 来人啊，有土匪啊，他们抢走了我的财宝。

一个敌连长带一个兵，恰好路经这里，连长见金珠很漂亮，便去搭讪。

连长 小女子怎么了？

金珠 我的手镯被抢了，你去帮我追回来，卖了钱，分你一半。

连长 （命令小兵）给我看好她，我去看看谁有这么大的胆，敢白天抢劫。

连长走到拐角处，就被童湘哥和胡德华拿下了。

童湘哥 把你们的兵力部署情况告诉我。

【闪回结束】

  童湘哥 团长，据敌连长交代，南部敌人还没有完全到位，包围圈还没有完全形成，还有缝隙，只有往南打，才有出路。

  田海清 我马上给龙云师长汇报。

58. 本庄 / 村里 / 日 外

  民团团长刑贵领着一群国民党兵和民团的人把抓来的老百姓押上了道路，小顺也在其中。

  这时，丁大娘突然出现在队伍的前面挡住去路。

  刑贵 老太婆挡住路，要干什么？

  丁大娘 我不准你们去打红军。

59. 板桥 / 十八师师部 / 日 内

  田海清在向龙云汇报军情。

  田海清 师长，从甘溪之战以来，我军团奋力搏杀，三路出击，从马扶堰到板桥，目的是渡过乌江，北上印江，与红三军会合，从目前的形势来看，这条路走不通啊。

  龙云 要到印江，必须通过川岩坝，可是敌人在川岩坝已经有重兵把守，我们要另寻出路。

  田海清 据我团侦察员报告，在南部，敌人还未完成敌军合围，寻找突破口有很大机会，我们要想跳出包围圈，只有这一步棋可走了。

  龙云 军团首长一定会知晓这一情况，做出正确判断的。海清，你们获取的情报我马上向军团首长汇报，感谢你们。

  田海清 我们等待军团命令。

60. 本庄 / 村里 / 日 外

刑贵　老太婆，你不让道，就是破坏军事行动，我可以开枪毙了你。

丁大娘　你们要去打红军，我就不让道，除非你从我们身体上踏过去。

刑贵举枪瞄准。

刑贵　老太婆，你不要逼我开枪，让路。

61. 板桥一带 / 五十二团营地 / 日 外

何天亮吹响了集合号，五十二团官兵整齐列队，等待命令。不一会儿，田海清等人来到队伍前面。

田海清　五十二团的全体战士，刚才我团接到师部的命令，红六军团主力决定突围向南转移，经葛荣二进甘溪，越石镇大道出石阡，以粉碎敌人的围追堵截。军团令我们十八师五十二团由前卫改为后卫，断后掩护军团转移，我们一定要完成军团交给我们的光荣任务，大家有信心没有？

众官兵　有！坚决完成任务。

田海清　好！自西征以来，我们五十二团能打善战，是红第六军团的铁拳头，这一次，我们这个铁拳头，一定要把敌人的包围圈打他个稀巴烂！

童湘哥　战士们还要记住，红军来自老百姓，红军保护老百姓，红军将来还要造福老百姓，我们红军之所以越战越勇，不断取得胜利，就是得益于老百姓的支持。就在昨天，胡大伯给我们红军筹粮，被国民党反动派残忍地杀害了，我们一定要为胡大伯报仇。

众官兵　为胡大伯报仇！打倒反动派！

这时，小顺跑了过来，大顺看见小顺很诧异。

大顺　小顺你怎么来了，妈呢？

小顺　妈妈被国民党杀害了！

【闪回】

刑贵用枪指着老大娘，老大娘就是不让步，不仅不让步，她还高喊。

老大娘　乡亲们，快回去吧，红军是好人，不要打红军。

"啪"的一声，刑贵扣动扳机，朝老大娘开枪，老大娘倒下了。

小顺扑倒在老大娘身上，老大娘用最后的力气对小顺说。

老大娘　去找大顺，去当红军！

【闪回结束】

红军们神情激奋，金珠带头高喊口号。

红军战士　为胡大伯报仇！为丁大娘报仇！

62. 毛坝一带 / 战场 / 日 外

战斗打得异常激烈，由于国民党军的武器装备优于红军，红军处于劣势。

战士　子弹，快送子弹。

大顺扛着一箱子弹进了战壕，突然一发炮弹落在大顺身边，大顺牺牲了。

童湘哥　大顺……

童湘哥一边抱着机枪向敌人扫射，一边大喊。

童湘哥　为大顺报仇！

战壕另一端，田海清在接龙云的电话。

【龙云画外音】海清，再坚持一个小时，军团首长和第六军团主力已经南撤，现在大概快到关口了。

田海清　请师长放心，我们无论如何都要坚持一个小时，再撤出阵地。

田海清放下电话，心想：怎么才能坚持一个小时呢？

63. 毛坝一带 / 战壕 / 日 外

田海清来到战壕,童湘哥一见田海清就着急了。

童湘哥 团长,你怎么到战壕里来了?这不是你待的地方,你回指挥所去,这里危险。

田海清 你不怕危险,红军战士不怕危险,我何惧危险?

不知什么时候,金珠跟着龙云来到战壕。

金珠 报告师长,我不怕危险,我请求参加战斗。

龙云看了金珠一眼,他没有时间理会她,他在用望远镜观察敌人阵地。

金珠 报告团长……

田海清 湘哥,师长要我们再坚持一个小时,你有什么办法?

童湘哥 我们没有优势,办法也不多,对了,我们连有几个神枪手,能不能擒贼先擒王。

田海清 你的意思是……

金珠 这还不明白吗?先打当官的,给我一支枪,让他们看看我这个猎人女儿的本事。

64. 毛坝一带 / 战壕 / 日 外

金珠和胡德华一人带着一支步枪,从战壕迅速向前推移并隐蔽起来,这时敌人的进攻开始了。

金珠看了一眼胡德华,做了一下手势:"左边我的,右边你的"。

胡德华点头。

"啪啪"两枪,敌人的两个指挥官倒地,敌人一下乱了。

65. 朱家坝 / 敌军指挥部 / 日 外

敌师长大发雷霆。

敌师长 一群饭桶，武器比红军好，吃的饭比红军多，毛坝这么一个巴掌大的地方还久攻不下，再不拿下，我毙了你。

敌团长 报告师长，他们有神枪手，专打当官的，军官都怕上战场了。

敌师长 那就你上。

敌师长拿枪顶着敌团长的头，把他逼上前线。

66. 毛坝一带 / 红军阵地 / 日 外

红军边战边撤，团参谋长向田海清报告。

团参谋长 军团首长和主力部队已经进入关口一带，军团首长命令我们向关口集结。

田海清 传令，执行军团命令，到关口集结。

67. 关口一带 / 道路 / 日 外

邢贵带着国民党兵和民团押着抓来的老百姓从本庄一带向关口方向走去。由于许多老百姓不愿意跟着他们，所以行进得很慢，邢贵着急了。

邢贵 所有的人都要加快步伐，若有懈怠者，诛九族！

慑于邢贵的淫威，村民们加快了步伐。

68. 关口 / 山坡 / 日 外

田海清带着五十二团边打边撤,来到距关口只有几公里的一个山坡,田海清命令部队暂时集结,放出警戒哨。

田海清 赶快清点人数和弹药,到了关口必有恶战。

团参谋长 报告团长,全团加上伤员只有 800 余人了,武器和弹药也剩不多了。

田海清 为了顺利完成断后阻击任务,提高战斗力,我决定把全团临时整编为两个营,原一、二营合并为新一营,由童湘哥任营长,继续完成断后阻击任务。原三营和团属部队组成新三营,由参谋长兼任营长,担任前卫,由龙云师长指挥并协同师部作战。

童湘哥 是,坚决服从命令。

参谋长 是,坚决服从命令。

田海清 我随新一营作战,童湘哥,如果我牺牲了,你就是团长。

童湘哥 团长,你不能说这样的话……

田海清 五十二团的红军战士们,党考验我们的时刻就要到了,为了让红六军团首长和主力冲过关口,冲出敌人的包围圈,我们要克服一切困难,英勇杀敌。

战士们 我们一定英勇杀敌!

田海清 好,何天亮!

何天亮 到!

田海清 吹号!

何天亮 团长,在吹号之前,我有一个请求,请求加入共产党。

田海清 还有谁要加入中国共产党?

众战士 我们也要加入中国共产党。

田海清　好样的，五十二团的战士都是好样的！我希望你们在火线上经受考验，成为党的好战士，党需要你们，党一定会记住你们！

军号响起，部队出发。

69. 关口 / 敌阵地 / 日 外

张云飞带着他的人马严阵以待，敌参谋长开张云飞的玩笑。

参谋长　师座，我们面对的是老对头五十二团，你不会害怕吧？

张云飞　你看看我们的炮兵阵地、机枪阵地，五十二团可能还没有冲锋，就被大炮炸飞了。记住总指挥的命令，放过前面的三分之二，打后面的三分之一。

参谋长　这是什么战法？

张云飞　习惯战法，执行命令。

70. 关口大田 / 山坡 / 日 外

我军正隐蔽前进，龙云师长带领队伍紧随军团主力，军团主力已经接近关口大田了。

田海清来到龙云师长面前。

田海清　师长，敌人怎么没有动静，太不正常了，我们会不会又进包围圈了。

龙云　看看敌人又要耍什么鬼花招！

龙云从望远镜里看到，军团首长和军团主力开始翻越关口，突然，从敌军阵地打来敌人的炮火，敌机枪阵地也突出密集的火焰。我军在大田被分割成两个部分。

71. 关口 / 敌阵地 / 日 外

张云飞得意地大笑。

张云飞　总指挥英明，把红军炸成两段，我们就打后面的五十二团，田海清，这一次你逃不出我的手心了。

72. 关口大田 / 红军阵地 / 日 外

红五十二团参谋长带领的新三营和师属部队没有打过关口，回来了，正赶上龙云师长和田海清团长在研究下一步的行动方案。

田海清问团参谋长。

田海清　参谋长，新三营损失大吗？

团参谋长　损失不大，但敌人的炮火太猛烈，眼看着军团首长和军团主力过了关口，我们却被炮火拦下了。团长，新三营向你请战，我们要再战一次，一定要冲过关口，紧随军团首长和军团主力，保护军团首长、掩护军团主力南移。

龙云手里拿着一张地图，想了一阵儿。

龙云　不，海清、参谋长，五十二团不随军团主力过关口，我的意见，五十二团向西走困牛山。

田海清、参谋长　走困牛山？

龙云　对，走困牛山，来，我们看地图。

73. 关口大田 / 五十二团阵地 / 日 外

田海清匆匆来到新一营阵地，童湘哥急忙迎了上去。

童湘哥　团长，师长的命令是什么？

田海清　向西打，把敌人引向困牛山。

童湘哥　我们不随军团主力往南往葛荣方向走了？没有我们断后打阻击，军团首长和军团主力会很危险的。

田海清　龙云师长不这么认为，他说恰好相反。如果我们跟着军团走，敌人就会跟着我们走，军团首长和军团主力的压力不但没有减小，相反会增大，如果我们朝困牛山走，把敌人吸引到困牛山，军团就会更安全。

童湘哥恍然大悟。

童湘哥　龙师长想得很周到，棋高一筹啊！

田海清　通讯员，去叫金珠过来，我要交给她一项特殊任务。

金珠的声音在门外传来。

金珠　团长，卫生兵金珠听令。

74. 困牛山 / 鼎罐堡战场 / 日 外

鼎罐堡是困牛山的一座山峰，龙云带着五十二团新二营率先占领鼎罐堡山峰，构筑工事，准备正面迎战。

田海清率领五十二团新一营，从山谷一直打到山顶，边打边退。五十二团不是打不赢，而是要吸引敌人到困牛山。

敌师长张云飞越打越嚣张，大声叫喊。

张云飞　打上困牛山，活捉龙云，活捉田海清。

声音传到童湘哥耳朵里，童湘哥气不过。

童湘哥　团长，让我好好揍白狗子一顿，司号令，吹冲锋号。

冲锋号响起，红军战士像猛虎一样冲下山，展开肉搏战，在英勇的五十二团红军战士面前，敌人不堪一击，被红军打退了。

75. 困牛山 / 山路 / 日 外

民团团长邢贵押着一群老百姓向困牛山走来。

敌阵地上的张云飞从望远镜里看到了越走越近的老百姓，就像打了强心剂，兴奋起来。

张云飞　（阴阴地笑，冷冷地说）挡箭牌来了。

76. 困牛山 / 鼎罐堡 / 日 外

龙云正在临时指挥所看地图，田海清走了进来。

龙云　海清，你看鼎罐堡距困牛山虎井沟直线距离不足200米了，虎井沟是一个悬崖峭壁，无险可探，无路可走啊！

这时，参谋长来报。

师参谋长　军团首长已经过了葛荣，暂时安全了。

龙云　这就好，军团首长和军团主力安全了，我就放心了。

田海清　师长，虎井沟不是无路可走，一定有路的，金珠怎么还没有回来，金珠回来，就有答案了。

这时，金珠回来了，前来报告。

龙云、田海清见金珠一身农妇打扮和小顺傻站在门口，他俩都笑了。

【闪回】

田海清指着地图上的虎井沟对金珠说。

田海清　金珠，虎井沟是悬崖峭壁，我们已经无路可走，你带小顺去虎井沟侦察一下，看看有没有山路到谷底，我要为龙云师长和五十二团寻一条后路。

金珠点头而去。

虎井沟，金珠和小顺来到崖边。

小顺　金珠姐姐，你看这里有一条小路可以去谷底。

【闪回结束】

77. 困牛山/鼎罐堡/日 外

枪炮声响起，敌人发起新一轮进攻。龙云、田海清迅速回到指挥所位置上。

鼎罐堡是一个隘口，一夫当关，万夫莫开，敌人的进攻被新一营一次又一次打退，但是，敌人越来越多，而红军却越打越少，而且红军的弹药快要没有了。

师参谋长接到军团首长电报。

龙云　参谋长，念。

师参谋长　命龙云速到军团总部，接受新的任务。

龙云　这……我走了困牛山怎么办？

田海清　师长，困牛山交给我，请你放心，请军团首长放心，我们一定会完成断后阻击任务的。

田海清要龙云快走，由他断后，龙云还在犹豫，突然一颗子弹，打中了龙云的手臂，田海清把团参谋长叫来。

田海清　参谋长，我命令新三营跟着龙云师长离开困牛山，去寻找军团主力。

团参谋长　坚决完成任务。

田海清　让金珠和小顺给你们带路。

78. 困牛山 / 鼎罐堡 / 日 外

龙云紧紧抓住田海清的手。

龙云　海清，多多保重。

田海清给龙云敬了一个军礼。

田海清　师长保重。

田海清送别了龙云，来到阵地上，远远看见对他傻笑的金珠。

田海清　金珠，你怎么不走？

金珠　我要留下来和你一起战斗。

田海清十分无奈，他知道金珠已经下了必死的决心。

田海清　金珠，走，准备战斗。

79. 困牛山 / 敌阵地 / 日 外

张云飞在望远镜里看到高高飘扬的五十二团的军旗。

张云飞　（咬牙切齿地说）决战的时刻到了。

80. 困牛山 / 阵地 / 日 外

激烈的战斗又打响了。一发炮弹在五十二团军旗附近爆炸，军旗倒了，金珠向倒下的军旗冲过去，张云飞接过狙击步枪，向正在扶起军旗的金珠瞄准开枪，金珠倒地。

田海清举枪向张云飞打了一枪，张云飞吓得趴在地上不敢起来。

一名战士冒险把金珠背到田海清面前，金珠已经奄奄一息了，她很吃力地把手伸到田海清面前，田海清打开金珠的手一看，是田海清给金珠的"红军粮",她一直舍不得吃。

  田海清 （心想）金珠,你傻不傻啊。

  金珠牺牲了,田海清泪如泉涌。

  田海清 为金珠报仇!

81. 鼎罐堡 / 战场 / 日 外

  营长童湘哥指挥新一营再次打退了敌人的进攻。

  田海清来到前沿战壕,通讯员来报,龙云师长已经顺利从虎井沟谷底突围,田海清长长出了一口气。这意味着五十二团断后狙击的任务基本完成了。

  "敌人上来了",有战士喊。

  田海清和童湘哥往前一看,惊呆了,敌人匪军前面的是老百姓（也可能有民团的人）。

  童湘哥着急了。

  童湘哥 敌军里有老百姓,怎么打?

  田海清 绝不能伤了老百姓。

  看见老百姓,田海清着急了,他突然站了起来,大声叫喊。

  田海清 乡亲们快散开,不要给敌人挡子弹,红军战士不要伤了老百姓。

  突然一颗子弹打中田海清的胸膛,田海清牺牲了。

  童湘哥和战士们十分悲痛。

82. 鼎罐堡 / 战场 / 日 外

  敌人押着老百姓,越追越近,红军战士无法还手,开始退后。

童湘哥忍住心头的悲痛和怒火对胡德华说。

童湘哥　打他几个冷枪，为团长报仇。

胡德华找了一个有利地形，一枪一个，连续击毙了三个敌人。

敌军官　红军打冷枪，赶快躲在老百姓身后。

敌人都躲在老百姓身后，红军战士无奈，只能一边朝天放枪，一边往后退。

83. 困牛山 / 虎井沟崖边 / 日 外

五十二团的红军战士已经被敌人挤压到一个狭长的悬崖边上，打不能打，走不能走，已经到了绝境。

童湘哥　红军战士们，田海清团长牺牲了，他临终前嘱咐我们"不能伤了老百姓"，这是红军的纪律，也是党的纪律，我们能对老百姓开枪吗？

众红军　不能。

童湘哥　我们能当俘虏吗？

众红军　我们宁死不伤老百姓，宁死不当俘虏。

童湘哥　好！五十二团的战友们，我们是红军的骄傲，是共产党的骄傲。何天亮，我告诉你，宁死不伤老百姓，宁死不当俘虏，这就是共产党员！我们背后就是悬崖，悬崖下是黑滩河，跳下去，也许还有生的希望，不管生死我们都跳了，来生还是红军。

何天亮　营长说得对，营长，你说的共产党员我听懂了，宁死不伤老百姓，宁死不当俘虏，这就是共产党员，不管生死我们都是红军战士。

胡德华　营长，我是共产党员，我先跳。

童湘哥　胡德华，你还有子弹吗？

胡德华　还有一颗，是留给我的。

童湘哥　留给你浪费了，那里有一个目标，干掉他，为团长报仇。

胡德华一枪把张牙舞爪的敌师长张云飞干掉了。

童湘哥 好，打死这个狂妄之徒，我死而无憾了，唯一的遗憾是不能多杀敌人了。司号员，吹号，我们冲锋，我们跳，红军万岁！

战士们 红军万岁！

"红军万岁！"响彻天际！

军号声中，童湘哥一纵身跳下去了。

红军战士们一个接一个跳了下去！

豪气在天地回荡，红军战士书写了千古壮举！

84. 冷家榜 / 红军驻地 / 日 外

"嘀嘀答答"的电报声，10月18日红六军团给中革军委发报，电文：我军顽强抵抗，于昨晚全部通过，今日进至冷家榜，明日继续向闵家场前进。

85. 印江 / 红军营地 / 日 外

10月24日，红六军团主力在印江黄木与红二军团（红三军恢复为红二军团）胜利会师。

红旗飘扬，军号嘹亮！

红军战士又踏上了新的革命征程！

全剧终

红 嘴 鸥

编剧：曾羽、张艳

故事梗概

1935年1月，中央红军攻占黔北重镇——遵义，随即召开了彪炳史册的遵义会议。遵义会议在革命最危急的关头，挽救了党、挽救了红军，中国革命从此翻开了新的篇章。但在遵义会议后，面对几十万国民党大军的围追堵截，中央红军何去何从？如何才能迅速跳出敌人的包围圈？成为中央红军迫切需要解决的问题。在此背景下，中央红军政治部地方工作部向刚刚成立的中共贵州省工作委员会（贵州工委）下达了指令：中央特派员近期将抵达筑城，务必尽一切可能协助中央特派员获取蒋介石在重庆亲自制订的《黔北剿匪计划》，任务代号："红嘴鸥"。一场惊心动魄的地下斗争由此在筑城展开。

一生交给党

主要人物表

杨云海　　男，28 岁，中共地下党员，代号：穿山甲，军校毕业，机智勇敢，长期潜伏在敌中央军核心高层，多次完成窃取敌军情报任务。

青　云　　女，25 岁，筑城地下党成员，"红嘴鸥"小队队长，系杨云海青梅竹马的恋人，聪慧果敢，为完成任务英勇牺牲。

冷美霞　　女，28 岁，贵阳警察署科员，黔军副司令冷少云之女，信仰三民主义，工作能力突出，也非常痴情于杨云海，后替杨云海挡枪，死去。

陈远征　　男，29 岁，国民党特务，与杨云海为军校同学，成绩优异，体格健壮，是贵阳警察署侦缉队大队长，死于杨云海之手。

杨大树　　男，45 岁，筑城地下党负责人，代号：老板，沉着冷静，足智多谋。

郭成刚　　男，32 岁，中央红军特派员，代号：乙山，斗争经验丰富，最终顺利完成情报传送任务。

兵油子　　男，42 岁，坚定的筑城地下党成员，对党忠贞不屈。

陆德福　　男，38 岁，贵阳警察署署长，阴险狡诈，老奸巨猾。

紫　云　　女，24 岁，"红嘴鸥"小队成员，代号：麻雀，筑城地下党组织叛徒，被青云除掉。

红　云　　女，25 岁，"红嘴鸥"小队成员，杨云海的入党介绍人、革命领路人。

冷少云　　男，55 岁，黔军副司令，为人豪迈，不拘小节。

剧 本

【字幕，画外音】1935年1月，中央红军到达遵义，批准建立中共贵州省工作委员会，这是中共中央在长征途中批准建立的唯一的省级党组织。面对湘、川、桂、黔、滇五省军阀及国民党中央军的围追堵截，为及时破译敌军电报，全面弄清敌人的兵力部署和作战路线，尽快跳出包围圈，中央红军总政治部地方工作部决定派遣中央联络员紧急赶赴筑城，协助贵州工委尽快获取蒋介石的《黔北剿匪计划》，行动代号"红嘴鸥"。

1. 苗绣商铺 / 日 内

贵阳城内一条石板街上，行人三三两两。

街边，苗绣商铺的大门敞开着。

里屋内，杨大树（筑城地下党负责人，代号：老板）正在和筑城地下党的外围组织"红嘴鸥"小队的队长青云及成员红云、紫云开会。

杨大树　告诉大家一个好消息，中央已经批准我们贵州成立党工委了。

青云　（小声惊呼）真的？！

青云、红云、紫云面露喜色，相视而笑。

杨大树　成立了贵州党工委，我们就有组织了，就可以在党工委的领导下工作了。对了，党工委也给我们下达了紧急任务，是中央安排的。

2. 石板街街口 / 日 外

街口有一正在卖豆腐圆子的小摊。

一名身着黑衣、头戴檐帽的男子（陈远征，贵阳警察署侦缉队大队长）走向小摊。摊主抬起头望着黑衣人，微微点了点头。

黑衣人从腰中抽出枪，手一挥。突然从街边冲出一群与黑衣人一样装束的人，手中均拿着枪。

一群人朝苗绣商铺冲去。

3. 苗绣商铺 / 日 内

杨大树　省工委林青、秦天真同志要求我们尽快获取蒋介石在重庆制定的《黔北剿匪计划》，完成"红嘴鸥"行动，帮助红军突破国民党几十万大军的包围圈。

杨大树顿了顿，眼睛望向红云。

杨大树　红云，红军危在旦夕，任务十分艰巨，"穿山甲"一直由你保持单线联系，你要尽早联系"穿山甲"，尽快将任务部署下去。

红云　是。

4. 石板街上 / 日 外

黑衣人离苗绣商铺越来越近。

一个蒙面人（杨云海，潜伏在敌人内部的中共地下党员，代号：穿山甲）紧紧跟在黑衣人后面。

5. 苗绣商铺 / 日 内

杨大树又望向青云。

杨大树　青云，中央特派员郭成刚同志（代号：乙山）已经在来贵阳的路上了。他很可能来苗绣商铺接头，你要做好准备，一定要保证他的安全。

青云　请放心，我保证完成任务。

6. 苗绣商铺 / 日　内

紧闭的房门突然被撞开，店小二急匆匆地跑进来。

店小二　不好，有特务冲进来了。

四人迅速从腰中掏出枪，子弹上膛。

杨大树　（镇静地）大家镇静，我们店有一个后门，抓紧从后门冲出去，安全了，明天老地方见。

红云　老杨，我留下掩护你们。

杨大树　红云，注意安全。

7. 苗绣商铺 / 日　内

四人迅速冲向屋外，与迎面而来的黑衣人相遇。

一时枪声大作，一场激烈的枪战展开。

突然，红云中弹倒下。青云不顾一切冲了过来，抱着倒地的红云。

红云奄奄一息，悄悄对青云说。

红云　青云，我有一块蜡染手帕，上面印有一只红色的红嘴鸥，这张手帕在"穿山甲"手里，是我们约定的接头信物，记住，有人出示蜡染手帕就是"穿山甲"。青云，我不行了，"红嘴鸥"小队交给你了。

红云说完，壮烈牺牲。

青云强忍着悲痛，继续还击。

此时，店小二冲了出来，向敌人射击。店小二壮烈牺牲。

这时，敌人的身后响起了枪声，蒙面的杨云海向敌人射击，把敌人吸引走了,杨大树、青云趁机冲了出去。

紫云向另一个方向跑了。

枪声逐渐消失。

8. 苗绣商铺 / 日 外

一辆黑色轿车急速驶来,在苗绣商铺门口停下。

坐在副驾驶的国民党青年军官杨云海迅速下车,拉开后门。

陆德福(贵阳警察署署长)走下车朝苗绣商铺内走去,杨云海紧随其后。

9. 苗绣商铺 / 日 内

陈远征正在指挥黑衣人打扫战场,看见走进来的陆德福,立即敬礼。

陈远征　报告署长,此次行动共击毙共匪两名。

陆德福微微颔首。

陆德福　嗯。其他人呢?

陈远征　跑了。

陆德福　一群饭桶,好好查查有没有什么可疑的地方。

陆德福扫视一圈,拂袖离去。

杨云海紧随其后,两人上车,轿车扬长而去。

陈远征呆呆地站在原地,他在想杨云海怎么和陆德海走得这么近。

远处的青云看见杨云海,有似曾相识的感觉。

10. 轿车内 / 日 外

轿车在街道上快速行驶。

车内陆德福正在对杨云海训话。

陆德福　云海，你和陈远征到署里都快一年了吧？

杨云海　是的，署长。

陆德福　你看人家陈远征，虽然鲁莽了些，但是人很勇猛，最近接连破获了几起大案，击毙了多名共匪。刚才，我明着在骂他，心里是喜欢的。

杨云海　远征一直以来都是属下学习的榜样，今后属下一定会更加努力，绝不辜负署长您的栽培。

陆德福　你人很聪明、灵活，但终究还是双手太干净了。只有双手沾满共匪鲜血的人，才是党国信得过的忠诚卫士。

陆德福闭目沉思。

11. 贵阳警察署 / 日 外

轿车驶入贵阳警察署院坝内停下。杨云海迅速下车给陆德福打开轿车后门，陆德福从车内走出。

二人向楼内走去。在大楼门口，遇见正从楼内走出的冷美霞（贵阳警察署科员，黔军副司令冷少云之女）。冷美霞向陆德福敬礼。

冷美霞　署长好！

陆德福　美霞姑娘好！代问你父亲好。

说完，陆德福径直向楼内走去。

12. 贵阳警察署 / 日 内

冷美霞朝紧跟在陆德福身后的杨云海使了个眼色，杨云海停了下来。

冷美霞　听说小十字新近开了一家香酥鸭铺子，味道很不错，下了班我们去尝尝。

杨云海　今天我要加班，还有材料要写，下了班估计很晚了，如果你嘴馋，就自己去吧。

冷美霞　你，太没劲了。

冷美霞转身扭头朝楼外走去。

13. 贵阳警察署 / 日 内

杨云海走进办公室，反手锁好门。

杨云海坐在办公椅上怔怔出神。

杨云海脑海里出现红云躺在冰冷的地上牺牲的样子，回想起红云介绍他入党时在党旗下宣誓的场景，他再也忍不住悲痛的心情，眼泪唰地流了下来。

14. 贵阳警察署 / 日 内

陈远征正在陆德福办公室汇报工作。

陈远征　属下无能，致使共匪跑脱，属下已安排兄弟们全城搜捕。

陆德福　最近红匪在遵义一带闹得很凶，听说委员长都坐不住了，亲自飞到重庆去督战，搞了一个什么围剿计划，调遣了几十万大军，要把红匪歼灭在遵义，哼哼，好戏才刚刚开始。

陈远征　属下一定竭尽全力，为署长分忧，为党国建功。

陆德福　好，我就喜欢你这份勇气。你尽快与麻雀取得联系，一定要弄清楚红匪的下一步动向，在委员长围剿计划下来之前，把贵阳的共匪一网打尽。

陈远征　是，属下马上就办。

15. 贵阳警察署/日 内

杨云海在办公室内来回踱步，沉思着。

自己一直与红云保持单线联系，现在红云牺牲了，苗绣商铺又被破坏了，自己已和组织失去了一切联络方式，就像一只断了线的风筝……

中央红军已经到了遵义，组织上有没有任务派给自己？陈远征又是如何发现苗绣商铺的？这些问题都得尽快解决。

16. 贵阳警察署/日 内

杨云海打开办公室门，看见了正在走廊行走的陈远征。

杨云海　（轻轻喊了一声）远征。

杨云海朝陈远征招手，示意他到自己办公室来。陈远征走进了杨云海办公室。

陈远征　干吗这么神神秘秘的？

杨云海　我听美霞说小十字新开了一家香酥鸭铺子，好吃得不得了，下了班我请你去喝一杯，怎么样？有空没有？

陈远征　这的确是让我心动的美事，不过，我今天还有任务在身，脱不开身啊，就不当你和美霞的电灯泡了。你们自己去吧。

杨云海　你看你，刚刚破获了大案，难道就没有喘气的时间？

陈远征　云海，实在对不起。我今天真的是有紧急任务要做。改天，改天我请你。

陈远征转身离去。

17. 贵阳警察署 / 日 外

杨云海站在窗户前看着在院坝里急匆匆行走的陈远征，突然若有所思，也急匆匆出了门。

18. 黔灵湖畔 / 日 外

黔灵湖畔，陈远征正在接会一女子。

女子　（紫云，只是背影）今天好危险，我差点就被你们打死了。

陈远征　我也没有想到今天会是这样，你们的人真不怕死，除了你。

女子　你……

陈远征　快说，接下来你们的行动是什么？

女子　你得答应我，我什么时候可以离开他们的组织，这段时间我总做噩梦。

陈远征　哪来这么多废话，我不是给你讲了，做完这件事你就可以回来了。

女子　你可要说话算话。

陈远征　是、是、是。

女子　红匪中央将派一名特派员到贵阳执行秘密任务。

陈远征　什么时候来贵阳？

女子　就在近日。

陈远征　在什么地方接头？

女子　苗绣商铺。

陈远征　任务是什么？

女子　获取蒋总司令亲自制定的《黔北剿匪计划》。

陈远征　好，还有什么？

女子　没有了。哦，对了，你们内部有一个贵阳地下党的钉子，此人代号"穿山甲"，是一个厉害人物，以前一直和红云保持单线联系。

陈远征　红云是谁？

女子　就是被你们打死的那个女共党。

19. 黔灵湖畔树林 / 日 外

杨云海远远望着陈远征和女子的背影，明白是组织内部出了叛徒。为了不被陈远征发现，杨云海悄悄离开。

20. 弘福寺 / 日 内

清晨，弘福寺云雾缭绕，寺内钟声悠扬。

杨大树、青云装作香客，正在拜佛。礼毕，杨大树向青云使了个眼色，二人一前一后向寺庙后房走去。清静处，二人停下。

杨大树　紫云呢？她怎么没来。

青云　不知道。昨天情况紧急，我还没来得及告诉她我们接头的这个地方，就走散了，但愿紫云平安无事。可惜红云牺牲了。

杨大树　现在还不到悲伤的时候，血债总要用血来还。

杨大树停顿了一下，接着说。

杨大树　当前，我们的斗争形势非常严峻。第一，苗绣商铺暴露了，但中央特派员不知道，他将按照原计划到苗绣商铺接头，我们无论付出怎样的代价都要保护他的安全。第二，红云牺牲了，我们已和"穿山甲"失去了联系，我只知道他在警察署里，但不知道他姓啥名谁，如何将贵阳地下党安排的任务传递给他？第三，昨天的事情说明我们内部有叛徒，谁是叛徒？我一定要把他挖出来。青云，你怕死吗？

青云　我不怕死，要革命就不能怕死。

杨大树　好样的。我有一个计划，只是如果实施了这个计划，我们将付出沉重的代价。

青云　只要能完成任务，即使牺牲我也不怕。

杨大树　好，我把计划告诉你，但从现在起，我们的计划要严格保密，不能向任何无关人员谈及，这是铁的纪律。

青云　请组织放心，我坚决做到严守秘密。

21. 贵阳警察署 / 日 内

陆德福、陈远征、冷美霞正在商量工作。

陆德福在房间内来回踱步，嘴里反复念叨。

陆德福　"穿山甲"是谁？红匪居然把手伸到了我眼皮底下，而我们却毫不知晓，简直是胆大妄为。

陆德福　冷美霞？

冷美霞　到。

陆德福　你立即赶到苗绣商铺，让一切恢复原状，恢复正常买卖，红军特派员一定会去的，不能让红匪看出任何破绽。

冷美霞　是。

陆德福　陈远征。

陈远征　属下在。

陆德福　关于"穿山甲"的情况不能向任何人谈起，由你负责秘密查找

"穿山甲"的下落。

  陈远征 是。

22. 贵阳警察署 / 日 内

  杨云海拿着文件夹朝陆德福办公室走去，他远远看见陈远征从陆德福办公室走出，赶紧躲在楼梯拐角，待陈远征走近后装作碰巧遇见陈远征。

  杨云海 远征，这么早就给署长汇报工作？

  陈远征 唉，昨晚忙了一宿，满城搜捕逃脱的红匪。

  杨云海 怎么样？有收获吗？

  陈远征 有个屁，刚刚还被署长教训了一通。云海，我真羡慕你，天天坐在办公室写材料，又轻松又不担风险。

  杨云海 你看，又拿我开涮。咱俩是同学，同一天到警察署，你已经是大队长了，我还是办事员一枚，你提拔快，我还羡慕你呢。

  陈远征 哟，谁不知道你是署长身边的红人，想提拔不就打一个招呼的事。

  杨云海 什么红人不红人的，只是得到署长信任罢了。我看你够累的，快回去休息休息。

  陈远征 哪能休息？我还要到档案室去查一些资料，咱们回头聊。

  杨云海 好，回头见。

  杨云海看着陈远征去档案室，琢磨着陈远征要查谁。

23. 贵阳警察署 / 日 内

  杨云海敲陆德福办公室的门，喊道"报告"，陆德福回应"进来"，杨云海推门走进陆德福办公室。

杨云海　署长，这是你要的材料。

陆德福正在签署文件，头也未抬。

陆德福　放下。

杨云海放下材料转身离开。

杨云海刚走到门口，陆德福抬头喊了一声。

陆德福　等等。

杨云海立即停下脚步。

杨云海　署长有什么吩咐？

陆德福　最近和美霞处得怎么样？

杨云海　谢谢署长关心，我俩挺好的。

陆德福　好，你可要把她照顾好。

杨云海　一定按署长指示。署长没有其他什么事我就走了。

陆德福挥挥手。

陆德福　走吧，走吧。

望着杨云海离去的背影，陆德福心想：如果杨云海是"穿山甲"，共产党就太高深莫测了，冷副司令交代的选女婿的事就要闹笑话了。

24. 贵阳警察署 / 日 内

杨云海回到办公室，脑子紧张地思索着，陈远征是搞行动的，一天打打杀杀，怎么跑到档案室去查档案呢？他决定去探个究竟。

25. 贵阳警察署人事室 / 日 内

档案室一老头正低头办公，杨云海走了进来。

杨云海　老顾，署长要我来调阅新进来的小康的档案看看。

老顾 不巧，今年新进的这批人的档案刚刚被陈远征全部调走了。

杨云海 陈远征？他一个搞行动的，调人事档案干吗？

老顾 那我可不知道，他拿的可是署长的手谕。

杨云海 哦，有署长的手谕另当别论，那我就不打扰你了。我走了，改天请你喝酒。

老顾 那就太好了。

杨云海转身离去，他对自己所处的境况有了进一步警觉。

26. 苗绣商铺／日 内

苗绣商铺门前的街道上行人熙熙攘攘，苗绣商铺像往常一样开门营业了，一位身着长衫的中年男子走进了铺内。

冷美霞装扮成服务员正在忙碌，她看见长衫男子走进来，立即迎了上去。

冷美霞 先生可需要买点什么？我们这儿卖的可都是正宗的苗家刺绣。

长衫男子看了看周围，未发现异常。

长衫男子 可有正宗黔东南产的"一夜红花黔山秀"绣品？

冷美霞 我们这儿只有黔南产的"百日春色大地辉"刺绣。

长衫男子 我买十幅。

冷美霞 我们这儿只有六幅。

长衫男子 我全部要了。

两人接头暗号对上。

冷美霞紧紧握住长衫男子的手。

冷美霞 中央特派员同志，终于把你盼来了。走，我们到里屋说。

长衫男子跟随冷美霞朝里屋走去。

刚进里屋，冷美霞和长衫男子就被埋伏在里屋的一群黑衣男子抓捕。

27. 苗绣商铺街道口 / 日 外

青云正在街边小摊上装作购买商品。

看见几名黑衣人押着冷美霞和长衫男子走出苗绣商铺。

长衫男子走出门时，左脚在地上狠狠地跺了三下。

长衫男子被押上停在街边的轿车，轿车扬长而去。

青云接到长衫男子的信号，迅速离开。

28. 贵阳警察署 / 日 内

杨云海正在办公室伏案写材料，陈远征敲门走了进来。

陈远征　杨兄，可喜可贺，可喜可贺。

杨云海抬头问道。

杨云海　哪门子喜，看把你高兴的。

陈远征　这次"你家"美霞可算是立了大功。

杨云海　立什么功？我昨天还和美霞在一起。

陈远征　你不知道？就在刚才，美霞在苗绣商铺诱捕了红匪从遵义派来的中央特派员。

杨云海心中"咯噔"了一下，表面却装作高兴的样子。

杨云海　真的？那可真是一件大喜事。

陈远征　署长让我过来叫你，我们一起去审讯。

杨云海　审讯犯人我从来没有干过，做笔录我还行。走，我陪你看看，也去见识见识。

杨云海心里紧张地盘算着。

29. 贵阳警察署审讯室 / 日 内

长衫男子正被刑讯逼供，冷美霞被捆在一边，陆德福站在长衫男子面前，他见陈远征来了，就让陈远征来审。

陈远征 你到底说还是不说？到了这个地方，你就是神仙也得下凡。

长衫男子抬起头，狠狠地"呸"了一声。

杨云海冷冷地看着这一切，脑海里闪回红云对他的交代。

【闪回】

30. 民房 / 日 内

红云与杨云海站在鲜艳的党旗下。

红云 云海，你今天加入了中国共产党，正式成为我们的同志。你一定要记住，革命斗争非常残酷，要有随时牺牲的准备。

杨云海 红云姐，我知道，怕死不闹革命，怕死不当共产党。

红云 上级考虑组织安全，只让我与你单线联系，这张手帕你拿好，如果有一天我突然牺牲了，这张手帕就是你身份的证明。

杨云海接过一张绣有红嘴鸥的红色手帕，小心翼翼地放进荷包。

杨云海 红云姐，你不会牺牲的。不过，为了保证和组织上取得联系，我一定将它随时带在身边。

【闪回结束】

31. 贵阳警察署审讯室 / 日 内

杨云海不经意打了个喷嚏，顺手从荷包内拿出了蜡染手帕，一只手捂着鼻子，一只手在腿上轻轻地敲着摩斯密码。

杨云海 "同志，挺住，我一定会救你出去。"

正好陈远征和冷美霞不懂摩斯密码，否则，他俩就暴露了。

长衫男子突然牙齿打战，用摩斯密码回应。

长衫男子 "组织上让我通知你，2月8日前窃取蒋介石在重庆制定的《黔北剿匪计划》，我的任务完成了，为了组织安全，我准备牺牲自己了，再见了，同志。"

长衫男子突然使劲咬舌头。陈远征见状不对，一个箭步冲过去，用手挟住长衫男子的脸腭骨，但为时已晚。长衫男子满嘴是血，昏死过去。

陆德福进来看着这一切，懊恼不已，摔门而出。

没有必要演戏了，冷美霞松绑，她过来拉着杨云海的手，出门。

32. 贵阳警察署走廊／日 内

冷美霞 云海，你怎么手心全是汗？是不是生病了？

冷美霞伸手摸杨云海的额头。

杨云海 没有，只是刚才看见红匪的样子，有一点紧张。现在的红匪真让人敬佩，不知有什么样的信仰让他们如此不怕死。

冷美霞 嘘，这个话可不能乱说。如果被别人听见了，可要说你被赤化了。

杨云海 你是别人吗？

冷美霞 我当然不是，我是你最信任的人。干脆我们一会出去吃饭吧，为你压压惊。

杨云海看着冷美霞，心想能否从冷美霞口中得知一点信息呢？念头一闪，他随后点点头。

杨云海 好吧。

33. 弘福寺后山小道 / 日 外

杨大树正在和青云边走边交谈。

杨大树 青云，你那边情况怎么样？

青云 一切顺利。那天按照你的吩咐，我将中央特派员到贵阳的接头暗号告诉了兵油子，安排兵油子假冒中央特派员去苗绣商铺接头。兵油子被捕出门时跺了三下脚，告诉我特务已经认定他就是中央特派员。

杨大树 还有谁知道中央特派员来接头的事。

青云 紫云知道，我给兵油子安排任务时，紫云刚好路过，紫云的记忆力非常好，听到就能记住。

杨大树 看来真是紫云。

青云 你还有什么新发现吗？

杨大树 前段时间，紫云莫名其妙地失踪了三天。

青云 我知道，当时我问她去哪儿了？她说回清镇卫城老家了。

杨大树 我派人去查了，昨天回来告诉我紫云根本就没有回家，她欺骗了组织。都怪我大意了。

青云 我也没想到紫云会当可耻的叛徒，我一会儿就去除奸。

杨大树 不，先暂时留着。她一死，兵油子的身份就会受到怀疑。

青云 就姑且让她再苟活几天，只可惜我们七姐妹就剩下我们两人了，紫云不该啊。

【闪回】

镜头一 一个老人收养了七个孩子，取名红云、橙云、黄云、绿云、青云、兰云、紫云，每人各得一张绣了红嘴鸥的手帕。长大后的"七彩云"在习文练武。

镜头二 老人对七个孩子说：你们就是一群红嘴鸥，要相互关爱，抱团取暖，向着光明的地方飞翔。面对敌人，要像红嘴鸥一样敏锐，一击即中，绝不手软。

　　镜头三　"七彩云"组成了"红嘴鸥"小队，青云任队长，在筑城地下党的领导下，与敌人展开斗争。红云、橙云、黄云、绿云、兰云为革命先后牺牲。

　　【闪回结束】

　　不等青云细想，杨大树的话将她拉回现实中。

34. 小十字饭馆 / 日　内

　　杨云海正和冷美霞喝酒，杨云海举起酒杯。

　　杨云海　美霞，我敬你一杯，祝贺你立了大功。

　　冷美霞　你比我聪明，终有一天你也会的。

　　杨云海　你也知道，我虽是军校毕业，但就是看不惯打打杀杀。

　　冷美霞　乱世出英雄，云海，我相信你一定行。

　　杨云海　个性使然，我会努力的，我要向陈远征学习。

　　冷美霞　你干吗向他学习？武夫一个，有勇无谋，我真不知道署长怎么会把查内奸的事交给他。

　　杨云海　查内奸？我们内部有奸细？

　　冷美霞发现自己说漏了嘴，匆忙掩饰道。

　　冷美霞　哦，没有没有。来，云海，我敬你一杯。

　　冷美霞的话印证了杨云海的猜测，他告诫自己，今后一定要倍加小心。

35. 弘福寺后山小道 / 日　外

　　杨大树与青云继续交谈着。

青云　兵油子能将任务传达至"穿山甲"同志吗？

杨大树　我也不敢确定，但这是我们唯一的办法，8号就见分晓。

青云　只是不知道兵油子怎么样了？

杨大树　我们党的事业就是需要无数人的牺牲来换取，兵油子同志已经做好了牺牲准备，如果不是他假扮中央特派员引走了特务，后果就不堪设想了。

【闪回】

36. 苗绣商铺 / 日 内

特务刚刚把兵油子押上车，开车扬长而去，杨大树就来和中央特派员接头了。

杨大树赶紧走进苗绣商铺，继续开门营业。不一会，真正的中央特派员郭成刚同志（代号：乙山）走进了苗绣商铺。

杨大树　客官，需要买点什么？我们这儿可是全贵阳最正宗的苗绣商铺。

郭成刚　最正宗？我看未必。

杨大树　客官不信？你说说看什么样的苗绣我们没有？

郭成刚　可有正宗黔东南产的"一夜红花黔山秀"刺绣？

杨大树　实在抱歉，果然没有。但我们这儿有黔南产的"百日春色大地辉"刺绣。

郭成刚　那也好，我买十幅。

杨大树　实在对不起，我们这儿只有六幅。

郭成刚　我全部要了。

暗号对上，二人紧紧握住手。

杨大树　这儿已经暴露，你跟着我赶紧撤退。

【闪回结束】

37. 弘福寺后山小道 / 日 外

杨大树与青云继续交谈着。

青云　干革命就得有牺牲。

杨大树　如果"穿山甲"同志接受了任务，下一步的关键就是如何找到"穿山甲"，让他将情报交到乙山同志手中。

青云　把这一任务交给我吧，我保证完成。

杨大树　这项任务和兵油子的任务一样，随时可能付出生命的代价。

青云　老板同志，请你放心，我已经准备好了。

杨大树紧紧握住青云的手，眼含热泪，狠狠地点了点头。

38. 贵阳警察署陆德福办公室 / 日 内

陈远征正在给陆德福汇报工作。

陆德福　"穿山甲"的事情查得怎么样？

陈远征　按照你的命令，我正在查阅署内所有人的人事档案，但暂时还未有发现。

陆德福　档案是一方面，主要是要寻找内鬼的蛛丝马迹，你可得抓紧。

陈远征　是。

陆德福　杨云海和你是军校的同学，说说你对他的看法。

陈远征回想起和杨云海在军校时的场景。

【闪回】

39. 贵阳军校操场 / 日 外

一名教官正在对杨云海、陈远征等一队人训话。

教官　今天我们将进行二十公里越野拉练比赛，大家准备好了吗？

一队人　准备好了。

教官　出发。

一队人迅速开跑。

在树林里，跑在前面的杨云海回过头看见陈远征已经气喘吁吁站着不动，转回身拉着陈远征。

杨云海　远征，加油。

两人又一起向前跑去。最终，杨云海获得了比赛的第一名。

【闪回结束】

40. 贵阳警察署陆德福办公室 / 日 内

陈远征继续给陆德福汇报工作。

陈远征　杨云海体质好，体力好，机智灵敏，在军校时，不管是文科考试成绩，还是技能比武，常常都拿第一，是个非常优秀的人才。只是……

陆德福　只是什么？别吞吞吐吐的，有什么话尽管说。

陈远征脑海里闪现出冷美霞的模样。

【闪回】

41. 贵阳军校教室 / 日 内

陈远征正和冷美霞说话。

陈远征　美霞，明天是周末，你有空吗？

冷美霞　怎么了？有事吗？

陈远征　我想邀请你去爬黔灵山，我的体质弱，想多锻炼锻炼。

冷美霞　哦，我明天刚好有事，对不起了。

冷美霞看见走过来的杨云海，马上丢下陈远征，向杨云海跑去。

陈远征看着远处的杨云海和冷美霞，一脸落寞。

【闪回结束】

42. 贵阳警察署陆德福办公室 / 日 内

陈远征继续给陆德福汇报工作。

陈远征　杨云海经常一个人外出活动，也不知道他干什么，而且他城府非常深，根本看不透他的内心。

陆德福　如果你都能看清杨云海的内心，那杨云海就不是杨云海了，你陈远征也不是陈远征了。

陈远征　是，属下愚钝，有负署长的期望。

陆德福　看来是得考验考验杨云海了。

43. 贵阳刑场 / 日 外

兵油子被捆绑着跪在地上，旁边站着陆德福、杨云海、陈远征等人。

陆德福　云海，我曾经跟你说过，只有双手沾满了红匪鲜血的人才是党国的忠诚卫士。

杨云海　署长的教诲属下一直铭记在心。

陆德福　好。

陆德福从腰中掏出手枪，递给杨云海。

陆德福　这是红匪的中央特派员，你去把他枪毙了。

杨云海　署长，这可是重要人物，要撬开他的嘴，就这样毙了，会失去许多线索。

陆德福　一个没有舌头的人，撬开嘴也不能说话。怎么这么多废话，执行命令。

杨云海无奈接过枪，向兵油子走去。

杨云海在紧张地思索着，执行还是拒绝？这是假枪毙还是考验？自己暴露牺牲了是小事，但是组织交给的任务还未完成怎么办？杨云海脑中回想起红云的话。

【闪回】

44. 贵阳民房 / 日 内

红云　你的任务非常艰巨，要做长期潜伏的准备，必须得到紧急呼号才能行动，无论在任何情况下都不能暴露自己，做无谓的牺牲。

杨云海　我一定遵守党的纪律，保护好自己。

红云　你将会面临难以想象的考验，当有一天你无法抉择时，你一定要相信自己的判断，做出正确的抉择。

杨云海　我会一直记住你的话。

【闪回结束】

45. 贵阳刑场 / 日 外

杨云海举起枪对着兵油子的胸，抠下了扳机。

"啪"……

枪针撞击声，枪声并没有响起。

陆德福哈哈大笑，走过来拍了拍杨云海的肩膀。

陆德福 你说得非常对，这么重要的人物我怎么能如此草率呢，知我者云海也。

杨云海 这……

陆德福 把红匪押下去。今天我要在鸿宾酒楼设宴为云海压惊。

杨云海内心长长出了一口气。

46. 贵阳鸿宾酒楼包房 / 夜 内

陆德福、杨云海、陈远征等人正在喝酒。

陆德福举起酒杯。

陆德福 今天我非常高兴，我提议，为了祝贺云海通过党国的考验，大家干一杯。

大家举杯一饮而尽。

陆德福又举起酒杯朝杨云海、陈远征二人走过来。二人立即站起来。

陆德福 你们二人都是党国的得力干将，也是我陆某人的左膀右臂，今后一定要精诚团结，为党国效忠。

陈远征 属下谨遵署长教诲。

杨云海 今后属下一定以署长马首是瞻，绝不辜负署长栽培。

47. 贵阳警察署陆德福办公室 / 日 内

陆德福正与陈远征商量工作。

陆德福 昨天刑场的事你怎么看？

陈远征 昨天我在旁边一直仔细观察杨云海的每个动作，没有丝毫破绽，看来他真不是"穿山甲"。

陆德福　你懂个屁，我昨天明是考验，实则是打消杨云海的防备心理。如果杨云海真是"穿山甲"，他一定会有松懈，露出破绽。这几天，你要抓紧时间查，一定要查出个水落石出。

陈远征　还是署长高明。

48. 贵阳警察署杨云海办公室／日 内

杨云海正在办公室来回踱步，紧张地思索着。

看来陆德福已经开始怀疑自己了，昨天幸好凭自己的直觉和对陆德福的了解赌对了，经受住了陆德福的考验。但陆德福会就此放松对自己的怀疑吗？《黔北剿匪计划》会存放在什么地方？冷副司令那里有吗？

杨云海看了看桌上的日历，已经1号了，时间很紧，看来得开始行动了。

49. 贵阳警察署冷美霞办公室／日 内

冷美霞正在伏案处理材料，听见敲门声，应了一声。

冷美霞　请进。

杨云海提着手提袋推门而入。冷美霞抬头一看是杨云海，起身说道。

冷美霞　云海，有什么事？

杨云海　没有事就不能来吗？突然间想你了，不行吗？

冷美霞　少贫嘴，说，什么事？

杨云海　朋友给我寄来了两斤明前茶"都匀毛尖"，我寻思着下午给你父亲送去，怎么样？

冷美霞　好啊！昨天我父亲还在说有一阵子没有见到你了。

杨云海　那就这么说定了，下班我们就去。

杨云海将手中的手提袋递给冷美霞。

杨云海　给，这是我给你买的围巾。

冷美霞接过后将围巾拿出系在脖子上，问杨云海。

冷美霞　好看吗？

杨云海　嗯，好看。

杨云海　我还有点事要处理，我先走了。

杨云海转身离去。

50. 贵阳警察署陈远征办公室 / 日 内

陈远征正在翻看杨云海的人事档案，他将眼光停留在了杨云海的个人简历上。

杨云海上军校前曾就读于清水中学。

陈远征决定从杨云海的就读经历开始查起。

51. 黔军副司令冷少云家 / 夜 内

黔军副司令冷少云正在书房查看军力部署图。书房门被打开，冷美霞走了进来。

冷美霞　爸，云海来了。

冷少云　你陪他先在客厅坐坐，我马上就来。

冷美霞　好，你可快点哦。

冷美霞转身离去。

52. 黔军副司令冷少云家 / 夜 内

杨云海正在客厅四处打量着，桌上放着两包"都匀毛尖"。

冷美霞走了过来。

冷美霞 云海，你坐啊，站着干吗？

杨云海 最近坐得太多了，站站好。

杨云海 顺势伸了个懒腰。

杨云海 冷叔叔在家吗？

冷美霞 他正在书房忙着呢，一会就出来。

正说着，冷少云走了出来。

冷少云 云海来了？

杨云海 冷叔叔好。

冷少云 坐，坐。

冷美霞 人家要站，不坐。

杨云海白了冷美霞一眼，和冷少云一起坐了下来。

冷少云 最近形势很严峻，红匪已经流窜到了遵义，搞得蒋委员长都坐不住了。

杨云海 听说红匪在湘江损失惨重，已不足为患了。

冷少云 话可不能这么说。只不过如果他们胆敢来攻打贵阳，我一定叫他们有来无回。

杨云海 是，是，贵阳有冷叔叔带兵把守，是贵阳人民的福分。

冷少云 哈哈，还是云海会说话。走，吃饭，我们边吃边聊。

53. 贵阳甲秀楼茶楼 / 夜 内

杨大树与青云正在喝茶。

杨大树　最近紫云有什么动作？

青云　按照你的吩咐，我一直在暗中监视她，发现她有两次偷偷溜了出去。

杨大树　有什么新发现？

青云　没有。防止被她发现，所以我每次都不敢跟得太近。

杨大树　好，一定不能让她有所察觉。

青云　我会小心的。

杨大树　你还要在她面前制造一个假象，我们正在想办法积极营救"中央特派员"兵油子同志。只要他们没有识破兵油子同志的真实身份，中央特派员郭成刚同志就是安全的。

青云　好。

杨大树　要将我们与"穿山甲"同志联系不上的情况告诉紫云，紫云一定会送假情报出去，以迷惑敌人放松警惕，为"穿山甲"同志窃取情报提供一些帮助。

青云　我知道了。

杨大树　紫云的问题找一个机会解决，否则是后患，但愿"穿山甲"同志能顺利完成任务。

54. 黔军副司令冷少云家 / 夜 内

冷少云、冷美霞、杨云海等正围坐在桌子旁边吃饭边聊天。

冷少云　云海，听说最近你们抓获了红匪的中央特派员？

杨云海　报告冷叔叔，是美霞亲自带队抓获的。

冷少云　哦，是吗？

冷少云转眼看着冷美霞。

冷少云　怎么从来没听你提起过？

冷美霞　有什么好提的，不就抓了一个红匪吗？这些事就不用你操心了。

冷少云　你看你看，什么都对我隐瞒，还是我女儿吗？就这样一个臭德性。（**对杨云海**）云海，这红匪的中央特派员此时到贵阳，来干什么？

杨云海　这个……我可就不太清楚了。美霞经手这事，应该清楚吧。

冷美霞　我也就听陈远征说了那么一句，好像是来窃取蒋总司令制定的《黔北剿匪计划》吧。

冷少云　哦，有这么回事，这个计划刚送到我们总司令部，正准备实施。红军就派人来窃取这个计划，这么重要的事，那狗娘养的陆德福，怎么不来汇报？

杨云海　冷叔叔，这你可错怪陆署长了，这件事不应该由他来给总司令部汇报。

冷少云　现在的红匪无孔不入，不得不防啊。（**冷少云朝旁边一直站着的、着军服的青年男子喊道**）陈副官。

陈副官　到。

冷少云　你立即通知警卫连，从现在起，加强对我宅子的警戒，未经我批准，任何人不得随意靠近我宅子。

陈副官　是。

陈副官转身离去。

杨云海静静地看着这一切，心里有些明白了。

55. 黔灵湖畔 / 日 外

陈远征正和紫云接头。

陈远征　最近有什么动静？

紫云　他们正在筹划劫狱，准备营救被抓的中央特派员。

陈远征　好啊！现在这帮人简直是胆大包天了。我还正愁没有机会将他们一网打尽呢。

陈远征　"穿山甲"的情况你查得怎么样？

紫云　红云死后，他们已经和"穿山甲"失去了联系。他们也不知道"穿山甲"是谁，怎么和"穿山甲"联系。

陈远征　只要"穿山甲"接受了地下党的任务，他就不可能停止活动。只有从内部着手了，凡是能接触《黔北剿匪计划》的人员都要监控，我就不相信查不出来。

紫云　但是我们怎么知道哪些人能接触《黔北剿匪计划》呢？

陈远征　这就需要黔军总司令部配合了。

紫云　那就必须和黔军总司令部沟通情况。

陈远征　上边的事有署长去做。你最近没有特殊紧急情况，就不要和我联系了，一定不能让他们察觉。盯住青云，她一定会行动的。

紫云　是。

56. 贵阳警察署陆德福办公室 / 日 内

陆德福正在听取陈远征汇报。

陆德福　劫狱？远征，从今天起，你要加派人手，24小时把共匪看好了，千万不能有任何差错，出了事，我唯你是问。

陈远征　请署长放心，我已经布下天罗地网，就等着他们来了。

陆德福　黔军总司令部我会请示上峰去沟通。要窃取情报，"穿山甲"不会停止活动的，杨云海的嫌疑排除没有？

陈远征　没有。

陆德福　那我们就从源头查起。你立即去趟清水中学，查查杨云海当时在学校的表现，看看他的政治倾向。

陈远征　是，我即刻就去。

陈远征转身出门。

陆德福沉思了一会，拿起了电话。

57. 贵阳警察署杨云海办公室 / 日 内

杨云海办公室电话铃声响起，杨云海拿起电话回答道。

杨云海　是，我马上过来。

58. 贵阳警察署陆德福办公室 / 日 内

陆德福的办公室响起敲门声。

陆德福　进来。

杨云海推门而入，走到陆德福办公桌前。

陆德福　云海，接线报，共匪将在近期劫狱。

杨云海　劫狱？共匪的胆子也太大了。

陆德福　你马上去提审共匪，看还能不能问出点什么。

杨云海　是。

杨云海转身离去。

59. 贵阳警察署审讯室 / 日 内

杨云海在审讯室内来回踱步，紧张地思考着。陆德福已经知道地下党要劫狱了，而自己又联系不上地下党，怎样才能将这一情报传递出去，避免损失？现在唯一的办法就是通过中央特派员获得新的联络方式了。

兵油子被押了进来。

杨云海让兵油子坐下，并从公文包里拿出纸和笔。

杨云海　想好没有？你不要以为你不能说话了，我们就拿你没办法。

兵油子低头不语。

杨云海　我可以明确告诉你，你现在就是一颗鱼饵，诱惑你的同党上钩。到时候我们就登报申明，说是你出卖了你的同党，我们要让你身败名裂。

兵油子抬头看了看，又低下头，仍然不语。

杨云海　你不如现在就告诉我们你同党的联络方式，我们还会保护你，你也将享受到荣华富贵，这等好事何乐而不为呢？做一个识时务的俊杰吧。

杨云海静静地看着兵油子，用笔在桌子上轻轻地敲打着，杨云海用摩斯密码告诉兵油子。

杨云海　"同志，情况紧急，快告诉我与组织的联系方式。"

兵油子抬头用询问的眼光看着杨云海，脑海里显现出与青云见面的场景。

【闪回】

60. 贵阳近郊山间小道 / 日 外

青云和兵油子正在交谈。

青云　你被抓进警察署后，如果看见手拿印有红嘴鸥图案的蜡染手帕之人，就是我们的同志。

兵油子　然后呢？

青云　你用摩斯密码告诉他：本月8日前窃取敌军军力部署图和通讯密码本。

兵油子　有个疑惑我能问问吗？

青云　你说。

兵油子　我需要告诉他你的联系方式吗？否则他就是完成了任务也无法将情报传递出来。

青云　现在的情况非常复杂，只要我们一招不慎，就可能满盘皆输。老板同志反复交代，你的任务就是把"任务"告诉他，其他的无论在任何情况下都不能说，这是组织的要求，请你一定要记住。至于他如何将情报传递出来，老板同志另有安排。

兵油子　明白了。

【闪回结束】

61. 贵阳警察署审讯室 / 日 内

兵油子看着杨云海，牙齿打战，突然狠狠地"呸"了一声。

兵油子是在用摩斯密码回答杨云海。

兵油子　"记住你的任务，其他不必多问，等候通知。"

杨云海　来人，把他带下去。

兵油子被带了出去。

杨云海突然意识到这是陆德福的计谋，陆德福并没有放弃对自己的怀疑，还在不停地试探自己。想到这里，杨云海惊出了一身冷汗。

62. 贵阳警察署审讯室 / 日 内

杨云海坐在审讯桌前沉思着，冷美霞走了进来。

冷美霞 云海，怎么样了？有进展吗？

杨云海轻轻摇摇头。

冷美霞 这个共匪就是个死硬分子，要说早就说了，哪还用等到现在？走，我有话，我们出去说。

杨云海起身与冷美霞出门。

63. 贵阳警察署走廊 / 日 内

杨云海与冷美霞边走边交谈。

冷美霞 明天是我父亲的 55 岁生日，你可别忘了。

杨云海故作惊讶，拍着脑门说道。

杨云海 你不说我还真把这事给忘了。

实际上杨云海早就在谋划这天的行动了，这天是窃取《黔北剿匪计划》的最好机会，也可能是唯一的机会。

64. 贵阳民房 / 夜 内

杨大树、青云、紫云及其他地下党员正在开会。

杨大树 中央特派员被特务给抓了，中央指示我们，无论付出多大的代价，都要将中央特派员营救出来。

青云 我们一切听从组织的指挥。

杨大树 好，我就部署一下任务。青云、紫云，你们的任务是在警察署背街的小巷内等候，等我们营救成功后，你们负责掩护撤退。明白了吗？

　　青云、紫云　明白。

65. 贵阳鸿宾酒楼 / 夜 内

　　贵阳鸿宾酒楼张灯结彩，热闹非凡。黔军副司令冷少云正在大办酒宴，庆祝自己的 55 岁生日。

　　杨云海显得异常兴奋，他在酒桌中穿梭，频频敬酒。

　　冷美霞走过来悄悄拉了一下杨云海的衣袖，轻轻说道。

　　冷美霞　云海，少喝点，晚上还要回家给父亲做祝寿礼呢。

　　杨云海　没事，我……没事。

　　杨云海继续到处敬酒。

　　不一会儿，杨云海就扑在酒桌上睡着了。

　　冷美霞一直关注着杨云海，见此情景后，朝远处站着的陈副官招招手。陈副官走过来，轻轻问冷美霞。

　　陈副官　小姐，有什么吩咐？

　　冷美霞　你先把云海送回家，让他在客房先睡会，我一会儿就回来。

　　陈副官　是。

　　陈副官扶着杨云海出门，上车，轿车朝冷宅驶去。

66. 黔军副司令冷少云家 / 夜 内

　　陈副官将醉酒的杨云海扶进客房，安排杨云海睡下，杨云海嘴里嘟囔着。

　　杨云海　我没醉。陈副官，我要敬你一杯酒。

　　杨云海倒上床就呼呼大睡。

　　陈副官退出门，将门轻轻掩上。

杨云海突然睁开眼睛，起床走到门边，听见院子里陈副官在对警卫的士兵吆喝着。

陈副官　大家打起点精神，注意周围警戒。

士兵　是。

陈副官驾车离开。

杨云海听见汽车离开的声音后，立马闪出门。

67. 贵阳鸿宾酒楼 / 夜 内

冷美霞在酒桌上坐着，心神不宁，坐立不安，她在担心杨云海。

过了一会儿，她决定回家招呼杨云海。

冷美霞起身出门，上车，轿车朝冷家驶去。

68. 黔军副司令冷少云家 / 夜 内

杨云海手拿电筒在冷少云家书房紧张地搜索着。

杨云海在书桌搜索一番无果后，眼睛盯着墙上挂着的一幅冷少云的大幅戎装照。这幅戎装照挂得很蹊跷，高度和人身高一样。杨云海走过去仔细端详了一会儿后，用手将相框轻轻地往旁边一推，相框慢慢滑开，墙上露出一个保险柜。

杨云海轻轻扭动保险柜的密码盘，试着打开保险柜门，但测试多次都毫无结果。

昏暗的街道上，轿车正在急速行驶，冷美霞坐在车内正往家赶。

杨云海静下心来，眼睛盯在了墙上的挂钟上，挂钟是坏的，没有走。杨云海突然明白了。

杨云海按照挂钟的时针、分针、秒针分别对应的数字，扭动保险柜的密码盘，保险柜门被打开，里面放着《黔北剿匪计划》。

杨云海赶紧拿出来，掏出微型相机，一顿狂拍。

此时冷美霞的车子已经驶入院子，冷美霞下车朝屋内走来。

杨云海仍然在拍照。

69. 黔军副司令冷少云家 / 夜 内

冷美霞推开客房门，轻轻地走到床前。

杨云海正在呼呼大睡。

冷美霞又轻轻地走了出去。

70. 清水中学教研室 / 日 内

陈远征正在和一位老师交谈。

陈远征　张主任，我此行来主要是想了解杨云海当时在学校的情况。我听说，你是他的班主任？

张主任　对，对，怎么了？杨云海又出什么事了吗？

陈远征　没有，没有，只是例行了解。

张主任　哦，杨云海当时在学校可是风云人物。

陈远征　怎么个风云法？说说看。

张主任　文武双全。文化考试、体育考试，年年排年级第一名，那可不得了。只是后来受一些所谓的进步思想毒害，经常和班上的其他同学上街游行，要什么民主、自由，为了这个事，我可没少批评他。

陈远征　哦，有这么回事。

张主任　那可不是吗？就因为这个事，他被学校劝退学了，我还受他牵连，挨了个处分。

陈远征　这些档案里怎么没有呢？

张主任　原来是有的，后来听说他考上了军校，特意来学校找到领导，把档案给改了。

71. 贵阳警察署冷美霞办公室 / 日　内

冷美霞正在伏案处理资料。

杨云海推门而进。

杨云海　昨天真不好意思，让你丢人了。

冷美霞　你没事了吧？

杨云海　没什么大事，就是头还有点痛。哦，对了，你看见陈远征了吗？

冷美霞　你找他有什么事？

杨云海　刚刚军校有个同学打电话来，说下午要到贵阳，让聚一聚。

冷美霞　哦，我几天都没见到他了，不知道执行什么任务去了。

杨云海　你碰见他记得给他说一声。

冷美霞　好的。

杨云海转身离去。

72. 清水中学教研室 / 日　内

陈远征还在和张主任交谈。

陈远征　他经常和班上的哪些同学在一起？

张主任　陈山峰、张涛，哦，对了，还有一个女生叫朱红云。

陈远征　朱红云……

陈远征回忆起了和"麻雀"交谈的场景。

【闪回】

73. 黔灵湖畔 / 日 外

黔灵湖畔，陈远征正在和"麻雀"交谈。

麻雀　哦，对了，你们内部有钉子，代号"穿山甲"，此人以前一直和红云保持单线联系。

陈远征　红云是谁？

女子　就是被你们打死的那个女的。

【闪回结束】

74. 清水中学教研室 / 日 内

陈远征还在和张主任交谈。

陈远征　这个朱红云现在在哪儿？

张主任　听说前几天被官府打死了，真是造孽啊。

陈远征顿时明白了，他起身对张主任说道。

陈远征　张主任，今天你说的情况非常重要，但是请你记住，今天你和我说的话一定不能再向任何人说起，必须要严格保密，否则……

张主任　我知道的，我知道的。

陈远征　知道就好。

陈远征转身离去。

75. 贵阳警察署背街 / 夜 外

青云、紫云正在街边站着。

紫云　队长，约定的行动时间早已过去，怎么还不见动静？

青云　因为我们的行动计划已经"曝光"。

紫云　怎么会"曝光"？

青云　因为是你告诉了特务。

紫云　我……

青云掏出了枪，上膛，对着紫云。

青云　没想到你居然成为了可耻的叛徒。

紫云"扑通"跪在地上。

紫云　（哭着说）青云姐，他们抓住了我，严刑拷打我。青云姐，我不想死啊，你饶了我吧。

青云　红云对你情同姐妹，你却把她害了。今天，我代表组织为民除害。

青云扣响了扳机，代表组织枪毙了紫云。

枪声一响，陆德福带领几名黑衣人从黑暗中窜出，用枪指着青云。

陆德福　把枪放下。

青云放下枪，特务一拥而上将青云扑倒在地。

陆德福　押回署里，连夜审讯。

76. 贵阳警察署审讯室 / 夜 内

青云被绑在刑架上，特务正在对青云用刑。

陆德福在旁边观看着。

刑讯室门被推开，杨云海、冷美霞走了进来。

陆德福看了一眼杨云海。

陆德福　云海，今天这个女共匪就交给你审了。

杨云海　是。

杨云海转身来到青云身边，定睛一看是青云，脑海里回忆起儿时与青云在一起的情景。

【闪回】

77. 贵阳近郊山坡上 / 日 外

两个小孩正在玩过家家游戏。

小青云　云海哥哥，长大后你真的会娶我当新娘子吗？

小云海　骗你是小狗，我要保护你一辈子。

小青云　那我们拉钩。

两个小孩　（拉钩）拉钩，拉钩，100年不许变。

小青云　（欢呼雀跃）我要当新娘子哦。

【闪回结束】

78. 贵阳警察署审讯室 / 夜 内

青云缓缓抬起头，也看见了走到自己身边的杨云海。突然狠狠地"呸"了一声，朝杨云海脸上吐了一口口水。

杨云海怔住了，眼里闪现出泪光。

【闪回】

79. 贵阳民房 / 日 内

红云　你此去军校的任务非常艰巨，打入敌人内部后，还必须隐藏好自己。

杨云海　我走了，青云怎么办？

红云微微一笑。

红云　青云我会照顾的，相信她也会成长为一名忠诚的革命战士，在信仰面前，儿女情长又算得了什么，该放下的你一定要放下。

杨云海　我知道自己该怎么做了。

【闪回结束】

80. 贵阳警察署 / 夜 内

杨云海掏出印有红嘴鸥图案的蜡染手帕，一边擦拭着脸上的口水，一边掏出枪顶着青云的头，恶狠狠地说道。

杨云海　你这个死硬的共匪，赶快交代，否则你信不信我一枪毙了你。

青云望着红嘴鸥蜡染手帕，她明白了，杨云海就是"穿山甲"，她的眼睛湿润了，杨云海并没有改变自己，而是为了更重要的任务在敌内潜伏了下来，他肩负的使命更加重大。

青云用满含深情的眼光看着杨云海，突然身子发抖，青云用摩斯密码告诉杨云海。

青云　"鸿都酒店513房，中央特派员在等着你。再见了，我的爱人。"

青云咬碎了藏在嘴里的毒药胶囊，壮烈牺牲。

杨云海反应过来，使劲捏住青云的脸，大声喊道。

杨云海　快叫救护车。

陆德福一个箭步冲上来，用手在青云鼻子下摸了摸，懊恼地摇了摇头，转身出门。

冷美霞呆呆地看着这一切。

外面，天已泛白。

81. 贵阳警察署 / 日 内

杨云海匆匆回到办公室，从已掏空的书中拿出胶卷放在荷包里，出门。在警察署院子里，杨云海正拉开车门，听见冷美霞在身后喊道。

冷美霞　云海。

杨云海转过身去，看见冷美霞正举着枪对着自己。

杨云海　美霞，怎么了？

冷美霞　没想到你就是"穿山甲"。

杨云海　美霞，你是不是疯了？

冷美霞　我没有疯，女人的直觉告诉了我。女共匪刚刚见你时，眼睛里充满了仇恨，当你拿出了手帕，女共匪的眼睛迅速充满了柔情，而且她还用摩斯密码告诉了你什么。

杨云海知道瞒不住了。

杨云海　（轻轻地说）美霞，对不起，你是个好女孩，我们只是信仰不同。

冷美霞　我不要对不起，你知道我们信仰不同，你为什么还来接近我？招惹我？你说为什么？为什么？

82. 贵阳警察署院子 / 日 内

杨云海与冷美霞正在对峙。

杨云海　美霞，我马上要离开这里，如果你要开枪就开吧，我情愿死在你的手中。

杨云海转身准备上车，冷美霞举枪的手开始颤抖。

陈远征突然出现。

陈远征　（喊）站住。

杨云海转过身，看见陈远征拿枪指着自己，愣了愣。

陈远征　杨云海，我已经查清了你和朱红云的关系。我早就怀疑你是"穿山甲"了，你跑不掉了。

杨云海知道自己的身份已经曝光了，他决定放手一搏。

杨云海突然掏枪，但已来不及了，陈远征扣动了扳机。

枪声响起，只听见冷美霞喊了一声"不要"，向杨云海扑去，挡在了杨云海身前。

冷美霞中枪倒下。

杨云海趁此空档，开枪还击，陈远征赶紧躲避。

杨云海上车，驾车急速冲出院外。

陈远征冲过来抱着冷美霞，眼含热泪喊道。

陈远征　美霞，你怎么这么傻，为什么你的眼中只有杨云海而没有我呢？

冷美霞看着陈远征说道。

冷美霞　远征，对不起，你放过云海吧。

冷美霞说完溘然去世。

陈远征　（仰天大叫）不！

陈远征放下冷美霞，迅速驾车朝杨云海离开的方向追去。

83. 贵阳街道 / 日 外

杨云海驾驶着车，从反光镜里看见一辆车正在追来，他马上换挡加速。

两辆车在贵阳街道上疯狂追逐着。

杨云海、陈远征边驾驶着车，边开枪相互还击着。

二人遇见一小沙堆，躲避不及，两辆车均侧翻在地。

杨云海和陈远征分别费力地从车内爬出。

二人又扭打在一起。

最终，陈远征技输一筹，死在杨云海脚下。

84. 贵阳鸿都酒店 / 日 外

贵阳鸿都酒店门前的街道上行人熙熙攘攘。

不远处，满身伤痕的杨云海正观察着四周，确定没有危险后，他向鸿都酒店走去。

85. 贵阳警察署陆德福办公室 / 日 内

一特务正在向陆德福报告。

特务　报告，有人在鸿都酒店附近发现了杨云海的行踪。

陆德福　盯住没有？

特务　盯住了。

陆德福　好，马上召集所有人出发。

特务　是。

86. 贵阳警察署院子 / 日 外

警笛声激烈响起，特务们在陆德福的带领下，迅速上车，朝鸿都酒店扑去。

87. 鸿都酒店 / 日 内

杨云海走进鸿都酒店，来到513房，以两长一短的暗号敲门。

门打开，杨云海闪了进去，里面有两人，分别是杨大树和郭成刚同志。

杨云海从荷包里掏出了印有红嘴鸥图案的蜡染手帕。

杨大树一个箭步冲上来，紧紧握住杨云海的手，说道。

杨大树　辛苦了，"穿山甲"同志。我来给你介绍一下，这是中央特派员郭成刚同志。

杨云海疑惑地看了看郭成刚，又看了看杨大树。

杨大树　哦，给你下达任务的是兵油子同志，正是他假冒了中央特派员，才换来了真的中央特派员郭成刚同志的安全。

杨云海恍然大悟，紧紧握住了郭成刚的手。

杨大树　你们谈，我去窗边负责警戒。

88. 鸿都酒店513房 / 日 内

杨大树站在窗边注视着外边的情况，街上一片热闹景象，毫无异常。

屋内，杨云海正在和郭成刚交谈。

杨云海从怀中拿出胶卷，递给郭成刚同志，说道。

杨云海　特派员同志，这是敌人的《黔北剿匪计划》。

郭成刚接过胶卷。

郭成刚　"穿山甲"同志，我代表党中央、中央红军谢谢你，谢谢你为中国革命做出的贡献。

杨云海　这是我应该做的。

突然，杨大树看见街道上几辆车驶来，从车上跳下一群特务。

杨大树　不好，有特务。

杨云海　你们走，我掩护。

杨云海说完冲出了门。

89. 鸿都酒店 / 日 内

杨云海在楼梯口遇见上正冲上来的特务，杨云海开枪还击。

一番激烈地枪战。最终，杨大树和郭成刚在杨云海的掩护下顺利逃脱。

杨云海不幸中弹被捕。

90. 贵阳刑场 / 日 外

杨云海、兵油子被捆绑着押赴刑场。

杨云海　（大声喊着）打倒国民党反动派，中国共产党万岁。

兵油子也含糊不清地喊着。

杨云海高唱《国际歌》。

杨云海　起来，饥寒交迫的奴隶……

陆德福　（气急败坏地喊道）不能让他再唱，杀了他。

特务冲上去用刺刀刺杀杨云海、兵油子。

在雄浑的国际歌声中，杨云海、兵油子英勇倒下，壮烈牺牲。

91. 遵义 / 战场 / 日 外

硝烟弥漫，炮声隆隆，敌我双方战斗十分激烈。英勇的红军打响了青杠坡战斗，拉开了四渡赤水的序幕。

【字幕，画外音】在贵州省工委的不懈努力下，我地下党成功获取了敌军军事部署图和通讯密码本，彻底粉碎了蒋介石企图围歼红军于川黔滇边境的狂妄计划。中央红军采取高度机动的运动战方针，在毛泽东同志指挥下，四渡赤水出奇兵，有效歼灭敌人，跳出国民党几十万重兵的围追堵截，为实现北上抗日的战略目标做出了积极贡献。

全剧终

命悬一线

编剧：曾羽、高玉朋、曾晓婧

故事梗概

中央红军二渡赤水以后，以迅雷不及掩耳之势，攻克娄山关、占领遵义城，取得了歼灭敌人两个师又八个团的辉煌战绩，毛泽东豪情万丈地写下了《忆秦娥·娄山关》，为遵义大捷写下了浓墨重彩的诗篇。

红军的胜利，震怒了蒋介石，他从汉口赶到重庆，亲自部署和指挥对红军的围剿。红军再次陷入重围，危机四伏，革命的前途、红军的命运再次到了关键时刻，红军命悬一线，该何去何从？

在这重要的历史时刻，毛泽东洞察大势做出了重大战略决策：红军三渡赤水，向川南的古蔺县一带进发，让敌人误认为红军主力在川南，做出北渡金沙江的架势，试图诱使敌军调出贵州，使贵州空虚，以便红军四渡赤水，回到贵州，通过云南，渡过金沙江，跳出敌人的包围圈，实现北上意图，毛泽东说："把滇军调出云南就是胜利"。

为了实现诱使滇军调出云南的目标，进一步迷惑敌人，按照军委的指示，红一军团派出突击团以一个团的兵力继续向北吸引敌人，而中央红军一、三、五、九军团等红军主力借着夜色悄无声色地第四次渡过赤水河，再次回到贵州境内，伺机行动。

红一军团突击团之所以能够迷惑敌人、牵制敌人，有一支特别的队伍起到了至关重要的作用，即中央红军迅雷特别行动队，在这支队伍中，红军战士伍灵子（代号：小鸽子）是一名出色的报务员，只要小鸽子一发报就会被敌人侦听，敌人通过辨认发报指法确认发报人是不是"小鸽子"，敌人总认为"小鸽子"在哪里发报，红军总指挥部就会在哪里，朱德总司令就在哪里。军委二局利用敌人的这一心理和已经形成的"成见"，让中央红军迅雷特别行动队随红一军团突击团北行，不断发出"战斗命令"，以迷惑敌人，调动敌军。

就在红一军团突击团在团长许若水的指挥下战斗最酣的时候，就在几十万敌军跟随着"小鸽子"的电波大踏步向川南挺进的时候，蒋介石来到了贵阳，给已经悄悄渡过赤水河回到贵州境内的毛泽东等领导人实施既定作战方案，带来了新的"战机"，即佯攻贵阳，声称活捉蒋介石，迫使蒋介石把滇军调进贵州，红军则乘机进军云南，虚晃一枪，再北上渡过金沙江……新的思路在毛泽东大脑里形成，但怎样才能实现这一战略意图呢？

军委二局提出让"中央红军迅雷特别行动队"从川南回到朱德总司令身边，继续用电波迷惑敌人，通过"小鸽子"发出的"战斗命令"让敌人相信红军要攻打贵阳。但这时朱德总司令的红军总指挥部很快就要到达贵阳附近的修文县，而"中央红军迅雷特别行动队"还在370公里以外的川南。

红一军团突击团团长许若水接到命令：派出警卫班，必须保障中央红军迅雷特别行动队在六天内，跨越370公里，到达修文县大木村执行特别任务，我们的故事就从这里开始了……

主要人物表

伍灵子　　女，20 岁，代号"小鸽子"，中央红军迅雷特别行动队报务员。
洪　缳　　女，28 岁，代号"大雁"，中央红军迅雷特别行动队队长。
许大个　　男，27 岁，代号"猛虎"，红一军团突击团连长，中央红军迅雷特别行动队警卫班班长。
邢淑女　　女，21 岁，敌中央军情报处特批，中共地下党员。
童鹤年　　男，25 岁，代号"眼镜蛇"，中央红军迅雷特别行动队译电员、设备管理员。
那　梆　　男，22 岁，代号"松鼠"，中央红军迅雷特别行动队战士，布依族，向导。
许若水　　男，35 岁，中央红军第一军团先锋团团长。
陈三甲　　男，26 岁，红一军团突击团排长。
杜　武　　男，23 岁，红一军团突击团战士。
黎识途　　男，36 岁，敌中央军情报处处长。

剧 本

【字幕，画外音】

1935年2月，在毛泽东同志的正确指挥下，中央红军二渡赤水，回师黔北，以迅雷不及掩耳之势，攻克娄山关，占领遵义城，取得了歼灭敌人两个师又八个团的遵义大捷，毛泽东豪情万丈地写下了《忆秦娥·娄山关》的壮丽诗篇。

红军的胜利，震怒了蒋介石，他从汉口赶到重庆部署和指挥对中央红军的围剿。中央红军将再次陷入几十万敌军的重围，革命的前途、红军的命运再次到了关键时刻，红军命悬一线，该何去何从？

1. 赤水河 / 小船 / 夜 外

静静的夜只有江水流淌发出的"哗哗"声，赤水河在夜幕里悄然无声地流动着，河的中央出现了一只小船，十余名全副武装的红军战士匍匐在船舱里，只有船工摇着橹，挺立在船头。

红一军团突击团连长许大个抬起头来，目光直视船工，船工向许连长点了一下头。

船工 很顺利，离岸不远了。

许大个 保持警惕，关键时刻不能松劲。

2. 赤水河东岸 / 红军某指挥部 / 夜 内

"嘀嗒嘀嗒"的发报声，在夜空里格外的清晰，由远及近传来。指挥部灯火通明，人们都在有序地忙碌着。

军委二局报务员伍灵子清秀的脸、坚毅的目光定格在画面上。

伍灵子的手指在发报机的键上灵动着，她独特的指法清晰、快捷、准确，正发布着军委的作战命令："红一军团、红三军团、红五军团、红九军团及中央纵队三日内到赤水河东岸的茅台镇一带集结待命。朱。"

3. 苟坝附近的山寨 / 红一军团三团营地 / 日 内

红一军团三团团长许若水正在查看阵地，准备明天的战斗，参谋长过来了。

参谋长　许团长，军团命令。

许若水　（接过命令，命令道）军委命令，红一军团第三团为三渡赤水先锋团，明天下午六时前，先锋团到赤水河东岸指定渡口集结待命，接受特别任务。

许若水　中央军委直接命令我们团？三渡赤水？之前我们接到的命令是进攻打鼓新场啊，难道我们团不参加进攻打鼓新场了？

许若水很纳闷。

参谋长　到现在为止，我们团没有接到进攻打鼓新场的最新命令。

虽然许若水还没有转过弯来，但服从命令是军人的天职。

许若水　（下令）服从命令，集合队伍，目标赤水河东岸茅台镇，立即出发。

4. 遵义附近 / 敌中央军情报处 / 日 内

敌中央军情报处处长黎识途正在发脾气，几个手下战战兢兢地站在他面前。

黎识途 自从朱毛红军入黔以来，我们为什么拿不住他们的尾巴？上峰责怪我们，说我们处对红军的情报工作不力，对红军电台的侦听不及时、不准确、不到位，这种状况必须改变。我想听听各位有没有什么对付红军的高招？

特务甲 我听说邢上尉有一个江西"红军通讯学校"的同学在中央红军总部朱德总司令的身边当报务员，邢上尉有没有办法找到这个报务员，如果找到这个报务员，就等于找到了红军总部。

黎识途 这个情况我知道。邢上尉，说说你的想法。

邢淑女 报告处长，我曾经在江西"红军通讯学校"受训，的确有一个同学叫伍灵子，她在中央红军总部当报务员，这个情况我曾经向司令部报告过，目前，中央军司令部已经锁定了她，把她定为监控对象，代号"五号"，她的指法我熟悉，只要我侦听到伍灵子的发报就能辨认出来，就能找到红军的首脑机关。

黎识途 嘿嘿，邢淑女，相信你说的是实话，侦听伍灵子的任务就交给你了。

5. 赤水河 / 小船 / 夜 外

小船距离岸边不远了，许大个抬起头，一挥手，三名红军战士立刻下河潜水，向岸边游去，眼看小船就要靠岸了，敌人的机枪阵地突然开火。

小船被阻。

这时，许大个看见潜水的三名红军战士已经悄悄游上岸，从侧面向敌军阵地摸去。

许大个下令开火，船上的红军战士向岸上的敌人射击。突然，有一颗子弹打中了船工，小船失控，在江面上打起转转，并向下游的激流方向驶去，如果闯进激流，小船将面临翻船危险，船上的战士命悬一线，十分危急。

6. 赤水河东岸／红军总指挥部／夜 内

中央军委二局报务室的人员还在紧张、忙碌地工作。伍灵子刚侦听到敌军的一份特急电报，向军委二局负责人报告。

伍灵子　报告局长，我刚侦听到敌中央军指挥部的一份特急电报。

局长　（接过电报）童鹤平，抓紧破译。

童鹤平　（从座位上站起来）是，局长。

伍灵子　报告局长，敌人的这套密码我熟悉，已经破译了。

7. 遵义附近／中央军指挥部／夜 内

邢淑女向情报处处长黎识途报告。

邢淑女　报告处座，按你的命令，我已经将电报以中央军指挥部的名义发出，不出意外，伍灵子应该收到了。

黎识途　好极了，你发的假情报一定会引起共军的重视，就看共匪做何反应了。如果共军有新的命令，伍灵子就会发报，只要侦听到伍灵子的发报，摸到共匪首脑机关的位置，你就立大功了！

邢淑女表现镇定。

8. 赤水河东岸／红军总指挥部／夜 内

局长走进报务室，把伍灵子叫到一边。

局长　伍灵子，我给首长报告了，首长分析说，你截获的这份情报，可能有诈。

伍灵子　（瞪着大大的双眼）为什么？

局长　首长说，既然敌人要刺探我军总指挥部的位置，我们就要将计就计。

　　伍灵子　怎么将计就计？

　　局长　首长说，要你扮演一个重要的角色，五号，牵着敌人的鼻子走。

　　伍灵子　（疑惑地睁着大眼睛）五号？让我演戏？

9. 赤水河 / 小船 / 夜 外

　　船工受伤，许大个命令红军战士去把舵，但敌军的枪弹太密集，两名战士都没有抓住舵就中弹落水了。

　　小船继续在激流中打转，危急万分。

　　就在此时，水面上漂来一根竹子，竹子上站着一个少年，"蹭蹭蹭"几下就跳到船上，他伸手把住舵，船回到原来的方向，继续向前。危险解除了。

　　这时一颗子弹打中了少年的腿，少年腿一软，差点倒在船板上，眼看危险又要发生，许大个迅速冲到少年的身边，紧紧抱住少年的双腿，少年没有倒下，船继续前行。

　　船终于到岸，战士们向岸上猛扑过去。

10. 茅台附近 / 山路 / 日 外

　　红三团在团长许若水的带领下，急速前进。侦查员来向许团长报告。

　　侦查员　团长，前面发现一个排的敌军正要袭击一个山庄，我们怎么办？

　　许若水　向师部首长报告，请示下一步行动。

　　红军排长陈三甲突然从草丛中跃起来。

陈三甲　团长，请示师部来不及了，干掉他们吧。

　　许若水还在犹豫，但看见有人已经向敌军动手了。

　　陈三甲　团长，别犹豫了。

　　许若水　陈排长，命令你排去歼灭敌军，速战速决，但绝不能暴露我军番号。

　　陈三甲　是。

11. 赤水河西岸 / 敌军阵地 / 夜 外

　　敌军阵地上，敌人的几挺机枪交叉扫射，上岸的红军一时无法攻破敌阵地。

　　先期潜水上岸的红军从侧面掷出数枚手榴弹，但也没有破掉敌阵。只见那名少年利用地势东蹿西跳，接近了敌人的机枪阵地，他从背上取下了弓弩，对着三个敌军机枪手，连发三箭，三位机枪手应声倒地。

　　许大个带着战士们发起冲锋，很快就结束了战斗。

　　许大个　同志们，抓紧控制码头和渡口，向总部发信号。

　　信号员打了一发红色信号弹，意思是：红军占领赤水河西岸，正在控制渡口。

12. 渡口附近 / 山路 / 夜 外

　　陈三甲带着战士摸了上去，他们正要发起攻击，陈三甲看见敌阵地前的悬崖上，有两个人影，从一根藤条跃到另一根藤条，就如天兵从天而降。

　　两人迅速落地，杀入敌阵地，手起刀落，一刀一个，敌人被消灭了。

　　陈三甲上前一看，从天而降的是红军总部特务队的队长洪缨和战士那梆。

陈三甲　洪队长，你怎么在这里？

洪缨　我的任务是迎接许团长，同时搬掉"路障"，把你们迅速带到赤水河边的茅台镇待命。

13. 某地／山路／夜 外

信号弹照亮了天空，那梆兴奋地指着信号弹对洪缨说。

那梆　队长，你看信号弹，许连长他们占领西岸阵地了，我们快去渡河吧！

洪缨　许团长，我们还有新的任务，我们要赶去渡河了，后会有期。

许若水　洪缨，那梆说的许连长是……

远处传来洪缨的声音　许大个，许连长。

许若水若有所思。

14. 赤水河东岸／红军某指挥部／日 内

伍灵子正在专注地发报，发出清脆的"嘀嗒"声，局长来到伍灵子的身边。

局长　伍灵子，敌人已经把你视为红军总部的"发言人"了，还给你编了一个代号"五号"，敌人很关注你啊。首长交给你一个艰巨的任务，参加"中央红军迅雷特别行动队"。

伍灵子　中央红军迅雷特别行动队？

局长　对，参加"中央红军迅雷特别行动队"，去执行一项特别具有战略意义的特殊任务。

伍灵子　是，坚决完成任务！

说完，伍灵子表情严峻地举手敬礼。

15. 遵义附近 / 敌中央军情报处 / 日 外

敌情报处处长黎识途和报务员邢淑女正在交谈。

邢淑女　处长，刚才侦听到的这一段发报声，我断定就是伍灵子发的，我们在"红军通讯学校"读书时，伍灵子告诉我，她说发报就像唱山歌，所以，她发的电报都是山歌的味，容易识别。

黎识途打断邢淑女的话。

黎识途　邢淑女，我很好奇，你是怎样离开红军的？又是怎样进的国军情报处？

邢淑女　我的经历给上峰报告过，在情报处不是什么秘密。红军第四次反围剿的时候，部队被打散了，我好不容易逃回家，表哥知道我会发报，便带我到中央军来混口饭吃，生活所迫，我也是别无选择。

黎识途　混口饭吃？没有这么简单吧？不过，现在党国正是用人之际，我也不多问你了，上峰要你去完成一项重要任务。

邢淑女　什么任务？

黎识途　参加"狸猫小队"，找到伍灵子，找到红军总部。

16. 赤水河东岸 / 茅台渡口 / 日 外

渡口前整齐排列着十几只小船，渡口一侧，红军工兵营正在架浮桥。

许若水带着红一军团先锋团整齐列队，等待出发命令。

首长　许团长，据可靠情报，红军在遵义、娄山关取得大捷以后，蒋介石恼羞成怒，急匆匆从汉口赶到重庆，部署和指挥对中央红军的围剿，中央红军很可能再一次陷入几十万敌军的包围，中央红军能否跳出敌人的包围圈，你们团走的这步棋是扭转乾坤最关键的一步啊！任务明确了吗？

许若水 明确了。

首长 重复一遍。

许若水 我们团作为红军三渡赤水的先锋团，率先渡过赤水河，以一个团的兵力，装扮成红军主力，攻下古蔺，做出北渡乌江与红四方面军会合的姿态，以把国民党的几十万大军调出黔地进入川南为目标，为中央红军择机跳出敌人的包围圈创造战机。

首长 好，说到容易做到难，一个团调动几十个团不容易啊，这是毛泽东同志调动敌军的重大战略部署，你们要给敌人错觉，要善于迷惑敌人啊。

这时，洪缨走到首长面前。

首长 若水，我来介绍一下，这是"中央红军迅雷特别行动队"队长洪缨，他们肩负着同样的重要使命，先锋团能不能完成任务，离不开"中央红军迅雷特别行动队"，你们要密切配合。中央红军现在是命悬一线，能否跳出敌人的包围圈，实现毛泽东同志的重大战略意图，你们俩任重道远啊！

17. 遵义附近 / 敌中央军情报处 / 日 内

邢淑女正在侦听电台，突然听到了一个熟悉的频段和指法，邢淑女锁定了频道，并示意情报处处长黎识途寻找发报位置。

邢淑女很快就把电文译出来了。

邢淑女 报告处长，"五号"伍灵子出现了。

黎识途小声地念电文。

黎识途 "命令：红一军团、红三军团、红五军团、红九军团及中央纵队三日内到赤水口东岸渡口集结，择机三渡赤水。朱。"

一特务 处长，发报地点在赤水河东岸的茅台镇。

黎识途快速走到地图前，用指挥棒指着地图上的"茅台"两字，回头对邢淑女说。

黎识途 红军主力在赤水河集结,想干什么呢?又想渡河?渡河好玩?再渡就是第三次了。

一特务 上峰命令:"狸猫小队"马上出发,一定要搞清红军的真实意图。

黎识途 是!

18. 赤水河 / 河面 / 日 外

伍灵子随"中央红军迅雷特别行动队"离开了茅台渡河。

几十条小船浩浩荡荡地向赤水河西岸驶去,中央红军先锋团开始三渡赤水,船队的中央是"中央红军迅雷特别行动队"的船,船上人员是洪缨、许若水、伍灵子、童鹤平、陈三甲、那梆、杜武。

许若水 (对洪缨说)洪缨队长,我们团又要打仗,又要保护你们小队,我们也是真不容易啊。

洪缨 保护我们是你的职责,但是,谁要你保护了?你们先锋团打好仗、完成好自己的任务就行,我们特别行动队谁差了?我们会保护好自己的。

伍灵子抱着发报机,像就怕发报机被人抢走一般。

陈三甲 你这是什么宝贝?你是怕别人抢走了吗?

伍灵子 我是怕损坏了,这是我的武器,损坏了,我就不能战斗了,就像你的枪一样。

陈三甲 哦哦,明白。

突然,赤水河西岸密集的炮弹打到江面上,激起了很多水波和水柱,船不停地摇晃着。

洪缨 三甲,保护伍灵子。

陈三甲抓住了左右晃动的伍灵子,伍灵子好不容易让自己保持了平衡。

19. 赤水河东岸 / 山路 / 日 外

一辆中吉普载着一队穿着红军军服的人员在山路上急驶，听着河边传来的枪声，车上的邢淑女有些害怕，黎识途不停给她打气。

黎识途 邢上尉真没见过世面，打仗我可经历多了，机灵点就行。你穿上这红军的服装还像一个真红军，那就要有真红军的英勇劲，打起精神来。

邢淑女 我像不像红军不碍你的事，谁说我怕打仗？我是怕还没有上战场，就被这破车颠散了。

邢淑女直勾勾地看着黎识途，琢磨着他的话中话。

车突然停下，司机说车坏了。

黎识途看了邢淑女一眼。

黎识途 乌鸦嘴。

20. 赤水河 / 西岸 / 日 外

赤水河西岸，敌人炮火不断，河面上的船随时有被炸翻的危险，伍灵子心里想的是保护发报机，她大喊。

伍灵子 保护发报机！保护发报机！

一发炮弹掉在船边，伍灵子紧紧抱住发报机伏在船板上，陈三甲赶紧用身体挡住伍灵子，炮弹炸了，陈三甲倒在了血泊之中。

21. 赤水河西岸 / 阵地 / 日 外

赤水河西岸上的突击连在许大个连长的指挥下，与西岸阵地里的敌人交上火了。

许大个带着突击连与妄图抢夺赤水河西岸阵地的敌军展开了争夺战，突击连机枪手被敌人打中倒下了，许大个急忙跑过来端着机枪向敌群扫射。

许大个 为红军战士报仇！

敌人的这一次进攻被打退。

22. 赤水河东岸 / 山地 / 日 外

黎识途等人来到河边的山上。

黎识途站在山顶上，用望远镜看去，赤水河东岸的各路红军源源不断地涌来，千军万马，阵势浩大。

黎识途命令邢淑女发电报。

黎识途 "红军各路主力已在赤水河东岸茅台镇集结，有第三次渡过赤水河的企图，速派飞机进行详细侦查。狸猫。"

"嘀嗒嘀嗒"的发报声。

一条蛇窜到了邢淑女的身边，吐着蛇信子的蛇头靠近了邢淑女的脸，邢淑女全然不知危险已经出现。

23. 赤水河西岸 / 阵地 / 日 外

许大个带着突击连的战士发起冲锋，与敌军展开了肉搏战。

许若水带着先锋团登陆了，他看见了正在拼死搏斗的许大个，眼睛一热，带着队伍冲了上去。

"冲啊！""杀啊！"……

喊声震天！

先锋团一到，敌人不堪一击。

24. 赤水河西岸 / 小船 / 日 外

上岸后，伍灵子开始侦听。突然间，她听到了很熟悉的指法，一大堆问号涌上心头：消失了的邢淑女怎么突然出现了？她在为国民党卖命？人就在附近？她来干什么？

洪缨站在船头，担任警卫。

伍灵子 洪队长，我发现了一个奇怪的电波，发现了一个奇怪的人，她好像离我们很近，信号特别强。

洪缨 电文内容？

伍灵子 童鹤平，马上破译。

童鹤平 是，保证完成任务。

童鹤平是破译高手，他很自信。

伍灵子的心情久久不能平静。

伍灵子 队长，我有情况报告。

25. 赤水河西岸 / 阵地 / 日 外

许若水冲到阵地前沿，看到了许大个，许若水欣喜若狂，大喊一声。

许若水 柱子！二弟！

许大个 （回头一看，高喊）大哥！

俩人拥抱在一起，长征以来，兄弟俩第一次相见，他们激动不已，这时一发炮弹在他们身后爆炸，两人倒地，被埋在土里。

26. 赤水河东岸 / 山地 / 日 外

一把刀砍掉了蛇头，血溅到了邢淑女的头上、脸上，邢淑女被吓晕了。黎识途扔掉刀，抱住邢淑女，邢淑女才没有倒在地上。

黎识途把望远镜交给一个特务。

黎识途　继续观察。

从望远镜里看去，赤水河河面上的浮桥已经搭好，红军大部队准备三渡赤水了！

特务甲　我好像看见了毛泽东，他正在视察红军修建的浮桥。

特务乙　你认识毛泽东？

特务甲　我在报纸上见过。

黎识途　赶快发报，向上峰报告重要情报，我们在赤水河东岸的茅台镇发现了毛泽东，发现了红军中央军委主力。

此时的黎识途很得意。

特务乙　发报？邢上尉还没有醒呢。

黎识途忘了自己还抱着邢淑女，赶紧把她弄醒。

27. 赤水河西岸 / 阵地 / 日 外

许若水和许大个从土里爬了出来，自从长征开始后，许若水是第一次见到小弟，他还以为许大个在渡湘江时牺牲了。

两兄弟还没有说上话，命令来了。

伍灵子把一份密级很高的电报递给团参谋长，电文是"命令红军各军团明日下午六时之前占领古蔺县城。朱"。

参谋长　我立即报告给团长。

许若水看了命令，他知道电文中的"各军团"指的就是先锋团的三个营。他下令。

许若水　集合部队，出发！

许大个　哥，我等着你打大胜仗！

28. 赤水河 / 天空 / 日 外

敌侦察机轰鸣而来。

正在渡江的红军主力部队的四挺重机枪对空射击，一架侦察机被击落，坠落在山谷里。

【字幕】1936年3月16至17日，中央红军第三次渡过赤水河。

为了粉碎敌人的重追堵截，毛泽东洞察大势，做出了重大战略部署：中央红军三渡赤水，向古蔺一带出发，做出北渡长江与红四方面军会合的样子，以吸引几十万敌军进川南，毛泽东说：调出滇军就是胜利。

29. 赤水河 / 茅台渡口 / 日 外

中央红军主力浩浩荡荡地渡河。

30. 赤水河东岸 / 山地 / 日 外

手持望远镜观察的黎识途若有所思地说。

黎识途　重机枪打掉飞机，太厉害了，配备重机枪一定是主力，快报告，快发报，红军主力出现在赤水河东岸！

惊魂未定的邢淑女表情麻木地准备发报。

邢淑女　太可怕了，我不干了，我才不愿意把自己的命卖在这深山老林里。

黎识途拔出手枪指着邢淑女。

黎识途　发报，执行命令。

邢淑女战战兢兢地抓住发报机，哒哒嗒嗒地发报。

31. 赤水河西岸 / 小木棚 / 日 内

为了进一步迷惑敌人，伍灵子再一次以中央军委的名义发报，"军委命令：红一军团为右翼，红三军团为左翼，务必在黄昏前攻克古蔺城。朱。"

32. 古蔺附近 / 红军阵地 / 日 外

红军先锋团即将发起攻克古蔺城的战斗，指挥所里，许若水在下命令。

许若水　古蔺守军只有一个团，我们也是一个团，在敌人看来，我们是三个军团，狭路相逢勇者胜，我们要打出三个军团的样子，一营为左，二营为右，三营在中间，马上进攻，速战速决！

众营长　是。

杀声震天，枪声隆隆，红军以迅雷不及掩耳之势占领了古蔺城。

33. 赤水河东 / 山路 / 日 外

人马呼啸，车炮铁流滚滚。蒋介石真以为红军主力进入了川南，急令国民党几十万大军向古蔺县一带蜂拥而来，企图把中央红军消灭在长江以南的地区。

34. 赤水河东岸 / 山林 / 日 外

"红军烈士陈三甲"墓前，伍灵子泣不成声，洪缨在安慰伍灵子，但她的心里也很难受，毕竟她和陈三甲是从瑞金出来的老红军战友。

伍灵子清早去摘了野花，把花献给了陈三甲。

洪缨　三甲，待革命胜利，我们再来看你。

两匹快马奔驰到墓前，从马上下来的是许若水和通讯员。许若水在陈三甲墓前拜了拜，然后冲着洪缨说。

许若水　洪队长，你不是说你能保护好你们自己吗？怎么还是我们的战士用生命保护了你们？难道陈三甲的命还没你们那几台机器值钱吗？

洪缨　许团长，你骂我们笨，骂我们不中用都行，你绝不能侮辱我们的武器。

伍灵子　许团长，陈三甲排长牺牲，我们都很难受，但是，不是你骂几句就能解决问题的，我们的武器是破，但只要我们的武器使用得好，就可以调动敌军的千军万马，你做得到吗？

许若水　小战士，你说得对，我们先锋团的任务也是调动敌军的千军万马。

35. 古蔺附近 / 红军指挥所 / 日 外

军团首长正在给许若水、洪缨下达战斗命令。

首长　根据中央军委的指示，许若水率红军先锋团往长江南岸方向还要再纵深100公里，还要做出主力部队北上的姿态，继续迷惑敌人、调动敌人，任务很艰巨。

许若水　请首长放心，再大的困难我们也能克服，保证完成任务。

首长　洪缨，"中央红军迅雷特别行动队"的任务很明确，你们是调动敌军的秘密武器，与先锋团同行。中央红军主力马上就有新的作战任务，要撤离川南，先锋团和"中央红军迅雷特别行动队"很可能成为孤军，你们要与军团保持联络，随时接受命令。

　　洪缨　是，坚决完成任务。

　　首长　陈三甲排长牺牲了，我给你们安排了一个新的警卫排长，许大个。

　　许大个　首长，许大个前来报到。

36. 赤水河上 / 小船 / 夜 外

　　邢淑女被那条蛇吓坏了，情绪特别不好，坐在船上还浑身发抖，也许是心里发虚的原因。

　　黎识途紧紧地靠在邢淑女的身上，他以为这样能增加邢淑女的安全感，殊不知邢淑女感到的是另一种恐惧。

　　邢淑女　黎处长，你承诺我的，找到"五号"（伍灵子），就让我回军部。

　　黎识途　真没出息，这种立功受奖的机会不是谁都有机会遇上的，你要珍惜啊！急着回去谈恋爱？

　　邢淑女　黎处长，你离我远点，你的口好臭！

37. 古蔺附近 / 路途 / 夜 内

　　先锋团和"中央红军迅雷特别行动队"正在急行军，他们孤军深入，离真正的红军主力越来越远，距离敌人却越来越近了。

　　洪缨来到许大个身边。

洪缨　许排长，陈三甲的任务是保护伍灵子，现在，这个任务交给你了。

许大个　明白。

许大个主动地走到伍灵子身边，护着伍灵子，伍灵子反而不自在了。

伍灵子　许团长是你哥？

许大个　是，能和我哥在一个战场战斗，真幸运。

伍灵子想起了邢淑女，还不知她是敌还是友，如果是友，她们就战斗在同一战场了。伍灵子好希望邢淑女是她的战友。

伍灵子走到洪缨身边。

伍灵子　队长，我有事堵在心里，总是想不明白，你说，我的同学会不会……

洪缨打断了伍灵子的话。

洪缨　伍灵子，一会我们找一个地方单独聊。

38. 赤水河西岸／山路／日 外

清晨，山林里散发着清香，有日光透过树林照射在大地上，阳光下有一些暖意。

刚渡过河的六个人组成一个小队，由远及近走来，正好有两位少年在路边砍柴。

少年甲　红军叔叔好！

少年乙　哪有红军叔叔穿皮鞋的？

黎识途手起刀落，就把两少年杀害了，吓得邢淑女惊叫。

邢淑女　他们还是孩子，你下手太狠了。

黎识途　心不狠，我们就会全部暴露。

这时，路边树丛中有一位少年（"水上漂"）露出了头，他盯住了黎识途等人。

39. 古蔺附近 / 草棚 / 日 内

伍灵子正在收报，洪缨认真地看着伍灵子抄写。

洪缨　童鹤平，译电文，要快。

见童鹤平出去了，伍灵子压低声音对洪缨说。

伍灵子　我想把"狸猫小队"引过来，不除"狸猫小队"，终究有后患，不过……

洪缨　不过什么？

伍灵子　我的同学，我们曾经有许多"悄悄话"，我还是想试试她，有情况随时向你汇报。

40. 某地 / 民房 / 日 内

在黎识途的威逼下，邢淑女开始侦听，突然，一个熟悉的频道和指法传到了邢淑女的耳朵里，邢淑女有些兴奋，但她控制住自己，没有表现出来。

邢淑女　报告处长，"五号"（伍灵子）出现了。

黎识途　快抄报。

邢淑女　根据信号出现的状态，我判断"五号"（伍灵子）所在的指挥所可能就在距离我们20公里的范围内。

黎识途　这个情报太重要了，太重要了，你立功了。

邢淑女听着，脸上出现异样，因为她收到了一条来自"五号"（伍灵子）的私密暗语："为我们的理想而斗争"，这是她和伍灵子的专属暗语，邢淑女意识到，伍灵子已经知道她来了，伍灵子在主动联系她，试探她。

41. 古蔺附近 / 先锋团指挥部 / 日 内

许若水接到伍灵子从附近"一公里"以内发来的战斗命令：下午五时，"红一军团"从山树林方向发起进攻，"红二军团"从大蘑菇方向发起进攻，"红五军团"从关山口方向发起进攻，务必攻占黑山岭。

黑山岭有敌军一个团，又是一个团打一个团，"三个军团"仍然还是许若水的三个营。

炮声隆隆，战斗打响。

【字幕】1936年3月21日至22日，为了实现毛泽东同志的战略意图，中央红军主力趁着夜色悄然无声地第四次渡过赤水河，再次回到贵州境地，伺机向敌人的薄弱环节发起进攻，以期最终跳出敌人的包围圈。

42. 赤水河附近 / 渡口 / 日 外

中央红军红一军团、红三军团、红五军团、红九军团，在无声无息地向赤水河西岸急行军。

"嘀嗒嘀嗒"的发报声仍在空中回响，伍灵子还在以中央军委名义不断发出红军向长江南岸进军的战斗命令。

43. 遵义附近 / 国民党中央军总部 / 日 内

机要室里，报务员正忙碌着收发报，一报务员拿着刚收到的电报走进司令部办公室。

报务员 司令，剿总急电。

司令 念。

报务员 据"狸猫小组"情报：中央红军主动已经到达古蔺附近，有渡长江的态势，命令你部迅速渡过赤水河，追剿逃窜到古蔺一带的中央红军主力。

司令迷茫的眼光，红军主力到底在哪里？

44. 赤水河西岸 / 山路 / 夜 外

平行距离仅仅只差30公里，东渡赤水的中央红军主力部队与即将西渡赤水的国民党军部队一个向东一个向西，擦肩而过。

45. 古蔺附近 / 特别行动队驻地 / 夜 内

洪缨急匆匆地来到伍灵子的报务室。

洪缨 伍灵子，我们接到总部命令，这是我们特别行动队在古蔺发的最后一道命令了，然后，我们就要保持无线电静默。

伍灵子 无线电静默？我们静默了，怎么吸引邢淑女上钩？

洪缨 我们静默，他们会静默吗？我们也可以主动去见见"客人"嘛。

伍灵子 洪姐，你的意思是我只侦听不发报？洪姐，你成专家了，还是你的脑子灵活好用。

46. 赤水河西岸 / 民房 / 夜 内

邢淑女在发报，电文："共匪主力已窜至长江南岸，敌军总司令部位置已确定，望速歼灭之。狸猫。"

黎识途色眯眯地看着邢淑女，待邢淑女停止发报，黎识途说道。

黎识途 这次成功查获共匪司令部位置，你功不可没，我回去一定为你请功晋级。

  邢淑女　（无精打采地）谢谢处长。

  黎识途　你辛苦了，要不要我伺候你休息。

  邢淑女　（压低声音吼道）滚！

  这时窗外出现了一个人，是"水上漂"，他向室内的黎识途扔了一块石头。

  黎识途　哎哟！

  黎识途被石头击中，大叫了一声。

47. 古蔺附近 / 特别行动队 / 日 内

  洪缨和特别行动队的队员正在商量抓捕"狸猫小队"和邢淑女的事情。

  洪缨　根据伍灵子对敌电台发报位置的分析，我们已经锁定了敌人的位置，现在我命令，许大个、那梆、杜武随我去抓特务，伍灵子和童鹤平留守。

  伍灵子　我要去抓邢淑女这个叛徒，童鹤平一个人留守驻地就够了。

  童鹤平　你们太过分了，留下我一个人守驻地，不行，我也要去抓特务。

  这时，负责警戒的杜武来报，许若水团长来了。

  许若水　抓"狸猫小组"不是你们的事，也不是现在的事，谁也不许擅自行动，中央军委的紧急命令来了，你们必须马上执行，这才是当务之急。

  洪缨　请许团长下达命令。

48. 黑山岭 / 阵地 / 日 外

  敌飞机呼啸而至，对黑山岭的我军阵地进行狂轰滥炸。敌机飞行员俯冲，往下看，阵地上空空如也，飞行员皱起了眉头。

伍灵子在发报，电文：中央红军总部受到敌人飞机轰炸，损失很大，军委命令第一方面军和第三方面军紧急增援。朱。

发完电报，伍灵子关闭了电台。

伍灵子　我心爱的电台，你可以得到短暂的休息了。

室外又响起爆炸声，许大个冲进屋来，把伍灵子拉了出去，伍灵子紧紧抱着电台。

伍灵子和电台安全了，可许大个腰部受伤了。

49. 古蔺附近 / 特别行动队驻地 / 日 外

飞机轰炸，草棚倒塌，望远镜里的黎识途在阴笑。

50. 古蔺附近 / 山林 / 日 外

"中央红军迅雷特别行动队"列队完毕，许若水下达命令。

许若水　"中央红军迅雷特别行动队"队长洪缨、"中央红军迅雷特别行动队"警卫班班长许大个听令，军团首长命令：迅雷特别行动队五日后到达修文县大木村接受新的特殊任务。

许大个手上缠着绷带。

许大个　从这里到大木有七八百里地。

许若水　有困难吗？

洪缨、许大个　没有困难，坚决完成任务！

许若水　首长还强调，必须保证伍灵子的安全，不得有差池。

洪缨看了许大个一眼。

许大个　没有问题，坚决完成任务！

许若水　没有问题，夸海口，你的伤是怎么负的？

许大个　是保护……

　　伍灵子　许排长是为我负的伤，我战斗经验不足，所以……

　　洪缨　伍灵子，别自责了，我们都明白是怎么回事。

　　许若水　到达大木村之前要关闭电台，无线电必须静默，首长特别叮嘱，电台必须安全，这些电台要派大用场的。

　　伍灵子　请团长放心，我一定守护好电台，我在电台在。

　　许若水递给洪缨一张纸条。

　　许若水　洪队长，马上你们就要单独行动了，这是与当地地下党的联络方式，沿途会有游击队帮助你们，你们此行的第一个目标是阿旺村。

51. 某地 / 民房 / 日 内

　　邢淑女正在收报，电文："猎狐"传来情报，有一支共匪的特别行动队今天要到达阿旺村，你等速去阿旺村，查清这个队伍的战斗意图。

　　黎识途看了电报，心想，潜伏多年的"猎狐"终于露面了，"猎狐"一直是他仕途上的对手，能在这山沟里相遇，是缘分。

　　特务拿来地图，黎识途在图上找到了阿旺村，距离他们现在的住地有20公里山路。

　　黎识途　马上出发，目标，阿旺村。

52. 阿旺村 / 村口 / 夜 外

　　洪缨带着队伍来到阿旺村村口，村里静得出奇，洪缨唯恐有埋伏，把许大个叫到身边。

　　洪缨　大个，你带一个战士过去看看，确认没有问题，我们再进村。

　　许大个　好。

许大个带着杜武朝村头走去。

突然，村头的大树后一下涌出五六只野狼狗，朝着许大个和杜武扑来，伍灵子看得真真切切，她担心受伤的许大个。

伍灵子　大个，小心，有野狼狗。

伍灵子的声音反而惊动了野狼狗，野狼狗朝伍灵子他们扑来，洪缨、许大个、杜武赶紧去保护伍灵子，一场人狗大战开始了。

这边，童鹤平被野狼狗咬伤了大腿，那梆赶紧去救童鹤平。

洪缨眼见一只野狼狗要咬伍灵子，她徒手向狗扑去，这时，一人从树上跳下，一刀砍死了伍灵子身边的野狼狗。

洪缨　（惊讶地）"水上漂"，是你？

53. 阿旺村 / 村口山路 / 夜 外

黎识途带着特务们赶到村口，正好看到人狗大战，但从远处看去，还弄不清与野狼狗搏斗的是什么人。

邢淑女看见黎识途没有相救的意思，她大喊起来。

邢淑女　处长，赶紧去救人。

黎识途　妇人之仁，不能救，一出手我们就暴露了，我们就有危险了，到时候谁救我们？

邢淑女　我们有枪，野狼狗奈何不了我们。

黎识途　难道那帮人就没有枪？只是他们不敢开枪。

54. 阿旺村 / 村口 / 夜 外

"中央红军迅雷特别行动队"特别能战斗，他们都是有一技之长的人，特别是那梆、杜武，两人武艺高强，不但保护了伍灵子、解救了童鹤平，还打得野狼狗死的死伤的伤，剩下的逃之夭夭。

  洪缨 抓紧进村。

  队伍涌进了村里。

  但是，大家都没有注意到童鹤平被落下了。

55. 阿旺村 / 村口 / 夜 外

  黎识途带人走进村口，这里除了死了的野狼狗外，村口又恢复了平静。

  邢淑女 唉哟。

  邢淑女被人绊了一下，她定眼一看，地下躺着一个人，邢淑女又惊叫起来，黎识途以为是红军受伤了，一挥手，手下冲上去把这个人按住了，黎识途一看是童鹤平，童鹤平的出现在这里让黎识途感到惊讶。

  黎识途 真是踏破铁鞋无觅处，得来全不费功夫。我正想抓一个"舌头"，了解这支队伍的动向，你自己送上门来了。

56. 阿旺村 / 小场坝茅屋 / 夜 外

  洪缨清点人数时才发现少了童鹤平，便着急起来，命许大个带着杜武去找童鹤平。

  洪缨安排了警戒，让大伙赶紧进屋，关好门。伍灵子急忙检查电台设备。

  洪缨 是谁负责保护童鹤平？

  那梆 是我。

  洪缨 那你应该怎么做？我该怎么处罚你？

  那梆 我去把他找回来，你再处罚我。

  说完，那梆冲出了茅屋。

57. 阿旺村 / 小寨子 / 日 内

黎识途在审童鹤平。

黎识途　你们有多少人？部队番号是什么？

童鹤平　不知道。

黎识途　你们的任务是什么？

童鹤平　不知道。

黎识途　你们的目的地是去哪里？

童鹤平　不知道。

黎识途　他妈的，一问三不知。

黎识途走近给了童鹤平一巴掌，这时他才看清楚，童鹤平的脖子上挂着一颗子弹头，这颗子弹头是特务专配，只有"猎狐"才有，老特务始终是老特务，黎识途看出来了，他不动声色。

58. 阿旺村 / 小树林 / 日 外

洪缨和地下党游击队接头，来者是"水上漂"，这倒让洪缨有一些惊讶，她们对暗语。

洪缨　苍山如海。

"水上漂"　残阳如雷。

洪缨　"水上漂"，怎么是你，这让我太意外了。

"水上漂"　洪姐，老马叔他们都牺牲了，只有我熟悉阿旺村到大木村的路，组织上就让我来当向导了。

洪缨　我记得两年前我离开这里去找红军，也是你给我带的路，你这么年轻就是光荣的共产党员了，真行。

对"水上漂",洪缨还有感激。

59. 阿旺村 / 茅屋 / 日 内

伍灵子心想,童鹤平一定是被邢淑女等特务抓走了,伍灵子检查了自己手里的枪弹,果敢地走出茅屋。

60. 阿旺村附近 / 小寨子 / 日 内

童鹤平被捆在室内的一根柱子上,突然外面电闪雷鸣,一场大雨就要降临。

室外响起了伍灵子的喊叫声。

伍灵子　童鹤平,你在哪里?童鹤平,你在哪里?

童鹤平想回答,但他的嘴是被堵住的。

61. 小寨子 / 木屋 / 日 外

邢淑女听出了伍灵子的声音,伍灵子正在不远处喊叫,她一下紧张起来。

黎识途　是不是伍灵子来了?你快去抓住她,你快去抓住她。

邢淑女　不太像,时间长了我听不准。

黎识途　不是伍灵子也是红军。

黎识途带着人冲了出去。

屋外响起了激烈的枪战声。

62. 阿旺村 / 小寨子 / 日 内

童鹤平手里有一把小刀，他割断绳索，越窗而去。

63. 阿旺村 / 山村 / 日 外

激烈的枪战还在进行。

显然洪缨的特战队战斗力要强些，黎识途等人处于下风，眼看黎识途等人马上就要成为瓮中之鳖。这时，一个人莽莽撞撞地朝伍灵子战斗的地方走去，伍灵子一看是童鹤平，便跳出掩体去抓童鹤平。邢淑女举枪射击，子弹擦伤了伍灵子的小腿，伍灵子倒地。

洪缨、许大个等人朝伍灵子倒地的地方奔来，"伍灵子"的呼喊声越来越大。

敌不寡众，黎识途等人趁乱溜走。

杜武追了一阵也止步了。

"水上漂"跑得最快，他背着伍灵子往村里走去。

64. 小寨子 / 木屋 / 日 内

惊魂未定的黎识途、邢淑女等人跑回了藏身之地——小木屋，黎识途还在喘气，邢淑女拿着一根麻绳走了过来。

邢淑女　黎处长，你看这绳索是割断的，童鹤平是怎么逃跑的？谁给他的刀？

黎识途　邢上尉，你在审问我吗？我今天才发现你枪法很好，为什么不把伍灵子杀死？

邢淑女　我能把伍灵子打倒就不错了，没有我这一枪，我们能逃脱吗？还能站在这里说话吗？

黎识途　你？

邢淑女　你什么？你好好查查童鹤平是怎么逃跑的。

65. 阿旺村 / 茅屋 / 日 内

洪缨严肃地看着童鹤平，童鹤平不敢正眼看洪缨的眼睛。

洪缨　童鹤平，你是怎么被抓的？又是怎么逃出来的？

童鹤平　在村口，我被野狼狗咬伤时你们都跑了，我跑不动，就被敌人抓了。刚才，你们来救我，我就趁乱跑了出来。

洪缨　就这么简单？

童鹤平　洪队长，我说的都是实话。

伍灵子为童鹤平说话。

伍灵子　洪队长，童鹤平安全回来已经很幸运了，他已经被折腾了一夜，就让他好好休息一会儿吧。

洪缨　去吧。

洪缨向许大个使了一个眼神，两人出去了。

66. 小寨子 / 木屋 / 日 内

邢淑女　（重复着黎识途的一句话）我今天才发现你枪法很好。

【闪回】

红军通讯学校，军事科目训练射击，邢淑女的射击成绩遥遥领先。

伍灵子　淑女姐姐，好羡慕你，神枪手。

邢淑女　我的灵子妹妹，姐姐也羡慕你，神手指！

姐妹俩发出朗朗的笑声。

【闪回结束】

黎识途 （进来）邢上尉，快发报，轰炸阿旺村。

邢淑女怔了一下。

67. 阿旺村 / 小道 / 日 外

洪缨很严肃地问许大个。

洪缨 敌人是怎么知道我们去向的？他们怎么这么准确地找到阿旺村？

许大个 我也很纳闷，我们的行动是非常保密的。

洪缨 只有两种可能，一是先锋团里有内奸，二是特别行动队里有内奸，内奸不除，我们就不可能顺利到达大木村，现在我们已经在敌人视线里了，命悬一线。

许大个 洪队长，你负责查行动队里的内奸，所有人都要排查。我负责队伍的安全，先锋团我让地下党送情报给他们，让他们自己也查一查。

洪缨 根据我的判断，内奸一定就在我们内部。

许大个 我同意你的判断，此地不能久留，估计一个小时后，就会被轰炸，赶紧组织转移。

不知什么时候，伍灵子一拐一拐地走来了。

伍灵子 队长，我有一个疑问，能不能讲？

68. 小寨子 / 木屋 / 日 内

"嘀嗒嘀嗒"的发报声，邢淑女在发报。

不久，天空中敌轰炸机呼啸而来，炮弹在阿旺村上空投下，仅有几十间茅屋的阿旺村被夷为平地。

69. 阿旺村附近 / 小路 / 日 外

"中央红军迅雷特别行动队"行走在山里。伍灵子躺在担架上，想到被炸平的阿旺村很气愤。

洪缨问许大个。

洪缨　老百姓都转移了吗？

许大个　大多数都转移了，但还是有两户人家来不及转移，他们都被炸死了。

伍灵子　邢淑女，你这个毒蛇，你打伤了我，还招来飞机炸死老百姓，这个仇我一定要报。

童鹤平在一边点头。

童鹤平　一定要替老百姓报仇。

70. 赤水河边 / 浮桥 / 日 外

先锋团正在渡河。

许若水　"迅雷特别行动队"过河了吗？

参谋长　昨天过去的，现在应该到乌江边了，这是"迅雷特别行动队"托游击队给你的情报。

许若水打开一看。

许若水　查内奸。

71. 赤水河西岸 / 小山丘 / 日 外

黎识途一行追赶到赤水河西岸，黎识途用望远镜看着空空的浮桥和静静的水面。

邢淑女　共军都跑得无影无踪了，我们去哪里找他们的"迅雷特别行动队"。

黎识途　（很自信地说）他们跑不掉的。

【闪回】

阿旺村被轰炸后，黎识途、邢淑女等人冲进了村里。黎识途希望"中央红军迅雷特别行动队"全被炸死，但除了有几具老百姓的尸体外，他们没有发现任何红军的尸体，黎识途有些失望。

黎识途走到村中央的一口水井旁，在井旁的树洞里取出一只竹筒，然后转身离去。

远处的邢淑女看得清清楚楚。

【闪回结束】

邢淑女　看来黎处长是知道共军迅雷特别行动队的去向了。

黎识途　他们已经过了赤水河，你也知道的。邢淑女，我有一个疑问，古蔺一线的红军主力是怎么消失得无影无踪的？他们去哪里了？伍灵子他们为什么要再次渡过赤水河？他们要去哪里？

邢淑女　亏你是搞情报工作的，你应该去问伍灵子，这些答案伍灵子都有。

黎识途一脸茫然。

72. 乌江北岸 / 村寨 / 日 内

"中央红军迅雷特别行动队"集聚在一间祠堂内，许大个正在布置作战任务。

许大个　紧追我们的敌军"狸猫小组"是我们完成既定任务的绊脚石，必须除掉，我和洪缨队长商量以后制订了一个"乌江阻杀计划"，这个计划的关键就是把黎识途等人引诱到乌江，然后全部歼灭。

　　洪缨　诱饵是伍灵子，所以伍灵子要做好充分的准备。

　　童鹤平　伍灵子伤还没有好，让我当诱饵吧。

　　伍灵子　我是轻伤，已经好了许多，我能完成任务。

　　洪缨　童鹤平，敌人要抓的对象不是你，是"五号"伍灵子。

　　许大个　我强调一点，这次"乌江阻杀计划"的行动大家必须严格保密。

73. 山村 / 敌特驻地 / 日 内

　　邢淑女手里拿着一把刀，是童鹤平割断绳索的刀，她似曾相识，邢淑女终于回忆起来了，有一次黎识途吃水果，让邢淑女去给他拿刀，拿的就是这把刀，邢淑女恍然大悟。

　　邢淑女　（自言自语）我说童鹤平怎么逃得出去，原来是有人给他送刀。

74. 乌江北岸 / 小村寨 / 日 内

　　这天，伍灵子的伤口突然严重起来，十分疼痛，已经不能下地了。

　　那梆　我认识一种草药，能够缓解疼痛，我去采一些回来给伍灵子治治。

　　许大个　按规定，不能一个人出行。

　　童鹤平　我去，我也略知一些草药，两个人还可以互相监督。

　　许大个还想说什么，洪缨给童鹤平解围。

　　洪缨　就让他去吧，难得他对伍灵子有一片心意。

　　许大个只好同意那梆和童鹤平去采草药。

　　洪缨　行啊，伍灵子，戏演得不错。

洪缨和许大个急匆匆出去了。

伍灵子站了起来，刚才这一切都是洪缨的计谋，看着出去的洪缨和许大个，伍灵子知道，马上就要有内奸的答案了。

75. 乌江北岸 / 山路 / 日 外

山坡上，那梆在教童鹤平认草药，很快，童鹤平就能自己采草药了。

回到村里，童鹤平、那梆看见有两个人在打架（洪缨安排的），童鹤平要去拉架，那梆急着要去给伍灵子治病，两人意见不一致，于是那梆就朝驻地方向去了，留下童鹤平一个人。

洪缨、许大个在远处紧紧地盯着那梆和童鹤平。

76. 敌特驻地附近 / 小树林 / 日 内

黎识途慌慌张张从房屋里出来，向小树林走去，一个"农夫"模样的人显然是在小树林里等了许久了。

农　夫　黎处长，你怎么才来，我还以为你们出事了。

黎识途　我觉得有人盯我的梢，不太安全，所以就绕了一个圈才过来。快把情报给我。

农夫把一个小竹筒给了黎识途。

远处，邢淑女看见了这一切，她确信，情报一定来自"中央红军迅雷特别行动队"内部，否则黎识途怎么会对中央红军迅雷特别行动队的行动了如指掌。

77. 乌江北岸 / 小村寨 / 日 内

那梆给伍灵子上药，伍灵子的炎症渐渐消了，伍灵子感到疼痛少了许多（演戏）。

伍灵子　那梆，你真是"神医"，谢谢你啦。
那梆　我们苗族人常年在山上摸爬滚打，都会一点治伤的医术，你不要客气了。

这时，洪缨进来，把那梆叫了出去。

78. 山村 / 敌特驻地 / 日 内

黎识途在看内线送来的情报："迅雷特别行动队决定在乌江设伏，制订了'乌江阻杀计划'，要干掉你们。猎狐。"

黎识途一惊，但他很快就镇定下来，他想，你们要在乌江设伏干掉我们，我们也可以将计就计干掉你们。

黎识图　邢淑女，发报。

79. 乌江北岸 / 小村寨 / 日 内

由于红军电台全线静默，所以只能侦听，伍灵子正在侦听敌电台，一个熟悉的信号出现，伍灵子记录电文："近日，我等将在乌江请君入瓮，请大哥和众兄弟速来乌江贺喜，带上大礼，狸猫。"

伍灵子注意到"请君入瓮"四个字。

【闪回】

江西红军通讯学校，伍灵子和邢淑女正在练习发报。

邢淑女　灵子，如果有一天你有危险，我就发"请君入瓮"提醒你，记住了吗？

伍灵子　好的，姐姐。

【闪回结束】

伍灵子看见洪缨走过来，便主动迎上去。

伍灵子　洪队长，有重要情报，我要向你汇报。

80. 乌江 / 水面 / 日 外

一只独竹在平静的江面上划来，竹上是"水上漂"，"水上漂"一边仔细观察乌江南岸，一边打了一个响亮的口哨。

五只小船从乌江北岸划来，船上是游击队装扮的商人，黎识途和邢淑女等人驾船迎了上去，正当游击队船老大要问话时，黎识途突然开枪，船老大受伤，双方枪战。

岸边，敌人的一个排开船追来，岸上敌人的一个连向水里射击。眼看江里的游击队就要顶不住了，许若水带着先锋团赶过来了，军号声声，杀声震天。

黎识途　我们中计了，快撤。

黎识途等人边打边撤，船就要靠岸的时候，"水上漂"突然从水中冒出来，一下把黎识途的船掀翻了，黎识途、邢淑女等落水。

洪缨、许大个、伍灵子等冲到岸边。

洪缨　把这帮狗特务捞上来。

洪缨、许大个、伍灵子、杜武跳进乌江里，去抓黎识途和邢淑女等特务。

许若水带领先锋团从乌江北岸打到南岸，顺势打过了乌江。

81. 乌江 / 水里 / 日 外

黎识途水性不好，在江水里"扑腾扑腾"乱扑一阵，邢淑女是在江西宁都梅江河里泡大的，水性当然好，她听到黎识途呼救。

黎识途　邢上尉，快来救我。

邢淑女朝黎识途游去。

"水上漂"　狗特务，我来"救"你。

这时，洪缨、许大个、伍灵子、杜武等人纷纷向特务游去。

82. 乌江南岸 / 敌军阵地 / 日 外

南岸敌军火力很猛，先锋团虽然上岸，但攻击敌阵地受挫，许若水见久攻不下，非常着急，这时他想到了刚缴获的两门迫击炮。

许若水　通讯员，去叫炮兵把迫击炮给扛上来。

83. 乌江 / 水里 / 日 外

伍灵子和邢淑女一样，也是在宁都梅江河里泡大的，水性很好，伍灵子和邢淑女在水里"扑腾"了几下，两人假装扭打在一起。

伍灵子　姐姐，你没有变，我好想你！

邢淑女　妹妹，姐姐也很想你，妹妹，姐姐多想回家。

伍灵子心头一热。

【闪回】

江西红军通讯学校，伍灵子和邢淑女在练习发报。

邢淑女　灵子，如果有一天，我对你说"我多想回家"，就说明我的心还在我们红军里，在我们共产党里。

伍灵子 姐姐，我们的心永远在红军里，在共产党里。

伍灵子紧紧拉住邢淑女的手。

【闪回结束】

伍灵子 姐姐，我们现在就回家。

邢淑女 灵子，我还有任务，我要长期潜伏，暂时不能回家，你假装把我抓住就行。另外，你们队伍里有国民党特务，要想办法清除。

伍灵子点点头。

伍灵子 我们洪缨队长已经采取行动了。

这时，洪缨、许大个、"水上漂"把黎识途等特务抓住，黎识途、邢淑女等被送上船，向南岸驶去。

84. 乌江南岸 / 我军阵营 / 日 外

许若水指挥迫击炮开火了，敌阵地被炸得粉碎。

许若水 吹冲锋号。

红军战士攻上敌军阵地，先锋团旗帜在阵地上飘扬。

85. 乌江南岸 / 木屋 / 夜 内

一间小屋子里，黎识途和邢淑女被捆绑着，一个身影出现，把守卫的两个战士打晕，溜进屋内。

此人用刀割断了捆绑黎识途、邢淑女的绳子，原来这人是童鹤平，童鹤平塞了一个纸条给黎识途。

童鹤平 黎处长，你们俩快走，后山有一个山洞，进了洞就可以安全逃出去了。

  黎识途　"猎狐"，你也要多保重！

  黎识途、邢淑女开门离去。

  童鹤平看见黎识途、邢淑女走远了，正要出门，一支手枪顶住了他的脑门，是洪缨、许大个、伍灵子、那梆、杜武，童鹤平急忙说。

  童鹤平　洪队长、许排长、灵子，特务跑了，快去抓特务。

  洪缨　让他们走吧。我们还需要他们去报信。童鹤平，不，"猎狐"，你这个狗特务，你可知罪？

  童鹤平瘫倒在地。

  "呼"的一声枪响，童鹤平毙命。

86. 乌江南岸 / 山地 / 夜 外

  黎识途让邢淑女拿出一个微型手电筒，打开纸条："迅雷特别行动队"目的地是修文县大木村，据悉，朱德总司令和红军总部就在修文的大木村。

  四周响起了红军的呼喊声　抓特务了！抓特务了！

  黎识途　快跑！

  邢淑女向着红军营地深情一望，消失在夜幕里。

  黑夜里黎识途的声音　邢上尉，等等我！

87. 修文县大木村 / 红军指挥部 / 日 内

  中央红军迅雷特别行动队整齐排列，洪缨、许大个、伍灵子、那梆、杜武以及游击队员"水上漂"，接受首长检阅。

  首长　恭喜"迅雷特别行动队"克服重重困难，突破敌军重围，顺利到达大木村，接受特别任务。

  洪缨　首长，你下命令吧！

首长　朱德总司令代表中央军委发布命令，为时五天的红军电台静默取消，马上发出战斗命令，伍灵子。

伍灵子　到。

首长　马上发报。

伍灵子　坚决完成任务。

88. 修文县大木村附近 / 敌军阵地 / 日 外

敌军长官接到敌军司令部命令：据敌情报处黎识途处长的可靠情报，中央红军迅雷特别行动队已经到达位于大木村的红军司令部，请全力进攻大木村，活捉匪首，破获敌军战略意图。

89. 修文县大木村附近 / 红军阵地 / 日 外

大木村保卫战打响。

许若水率领红军先锋团战斗在阵地上，"中央红军迅雷特别行动队"洪缨、许大个、那梆、"水上漂"加入战斗。

战斗中，许大个英勇牺牲。

战斗中，那梆英勇牺牲。

洪缨含着泪，端着冲锋枪，猛烈扫射，敌兵纷纷倒下。

许若水带领红军战士冲向敌阵地。

90. 大木村 / 红军总指挥部 / 日 内

激烈的战斗中，伍灵子还在发报，"嘀嘀嗒嗒"的发报声，清澈有力地穿透天空。

【字幕】中央军委命令：红军第一军团向息烽县、第三军团向龙里县发起攻击，之后，向贵阳发起进攻，占领贵阳城，活捉蒋介石。

91. 贵阳 / 敌中央军司令部 / 日 内

邢淑女正在侦听，收报。

邢淑女　报告黎处长，"五号"（伍灵子）正在发报，传达红军中央军委的作战命令。

黎识途　邢上尉，快去向司令部汇报。

邢淑女　是。

92. 贵阳 / 蒋介石官邸 / 日 内

蒋介石办公室主任匆匆来到司令部机要室，把一份电文交给邢淑女。

主任　快发报，委员长密令。

邢淑女发报，电文：令滇军孙渡率部抵筑，以解贵阳燃眉之急。中正。

93. 一组战斗镜头

息烽县城被红军攻破。

龙里县被红军占领。

伍灵子的手在键上快速跳动。

94. 贵阳 / 中央军指挥部 / 日 内

邢淑女正在收报，电文：修文、息烽、龙里一线被红军占领，贵阳告急。

  主任 孙渡在哪里？快发电报催。

95. 贵阳 / 城门 / 日 外

  滇军旅长孙渡带领两个旅的兵力入城保卫贵阳，滇军被成功调出云南。

96. 乌蒙大地 / 山路 / 日 外

  毛泽东 调出滇军就是胜利。

  红旗漫卷，铁流滚滚，红一方面军主力佯攻贵阳，假道云南，突然北上，巧渡金沙江，甩掉几十万敌军的围追堵截，成功跳出敌人的包围圈。

全剧终

我 要 飞

编剧：曾羽

故事梗概

1938年起，日本侵略军对陪都重庆进行了200余次大规模的战略轰炸，重庆大火熊熊、房屋毁坏、尸横遍野，一片悲切！中国空军奋起反抗，打响了重庆保卫战。从湖南芷江机场起飞的国民党空军中美联合大队，给予日本空军痛击，震惊了日本朝野，芷江机场成为日军重点打击对象，芷江机场面临被炸毁的极大危险。

为了保证对日军的空中打击并保证驼峰航线的顺畅，国民党政府决定在贵州黄平县修建旧州机场，故事就从这里开始了。

共产党员、国民党中央航校学员庹阳在毕业之际，得到了其兄庹英在重庆空战中驾驶飞机与日军空军对撞而牺牲的消息，他发誓要向哥哥学习，驾机飞向蓝天，与日军血战到底，为哥哥报仇。与此同时，悲痛中的庹阳接受了护送国民党建筑专家高乐到黄平旧州担任机场建设总工程师的任务。

共产党员、红十字会员洛荟芗（代号"喜鹊"）也接到任务，要她赶到旧州，与代号"飞鹰"的同志（庹阳）一起排除干扰，保证机场如期建成，同时挫败日本特务窃取旧州机场建筑平面图的阴谋。

我要飞

省长向黄平县县长吴举雄传达了何应钦要求一年必须完成机场建设的死命令，吴举雄寻来石匠邹碾子，让其测绘建筑石料平面图，同时指挥县公路局局长潘崖招募民工，答应给每名民工一月一块大洋的报酬，开始了机场建设。

洛荟芗来到旧州后便与黄平红十字会的章灵鑫等人开展了难民救护工作，洛荟芗利用义诊的机会，与代号"飞鹰"的庹阳接上了头，"飞鹰"指示"喜鹊"，一定保护好修建机场的民工的利益，激发民工修建机场的积极性。

一天，旧州下了大雨，雨中的民工大多感冒，洛荟芗和红十字会的章灵鑫等准备给民工熬姜汤，庹阳说姜汤里要加红糖效果才好，把买红糖的事交给了吴举雄和潘崖。不料，潘崖的手下小彪哥在摊派红糖的过程中，打死了一位孕妇，激起民愤。另外，吴举雄、潘崖还耍手段克扣民工的工资，在庹阳和洛荟芗的带领下，民工们挫败了吴举雄的阴谋，惩罚了凶手。

省长要吴举雄查机场里的共产党，庹阳要查混到机场里的日本特务，庹阳利用运送炸药的机会，逼日本特务假铁夫露出真面目，但另一个日本特务"小红鼠"一直没有露面，庹阳决定放长线钓大鱼。

修机场需要大石碾子来碾压地面，邹碾子和潘世伯又去寻找制作大石碾子的大石块，邹奶奶提供了大石块的线索，邹碾子找到了大石块，并在众石匠的帮助下，做成了大石碾子。

吴举雄贪污工程款一事被潘世伯发现，吴举雄正要卷款逃跑时，心脏病突发死亡，罪有应得。

小红鼠逼假铁夫偷"旧州机场建筑平面图"，结果，假铁夫彻底暴露，畏罪自杀。

中央航校迁址云南昆明巫家坝，庹阳回校组建"朝阳中队"，临行前，洛荟芗赠给庹阳一张绣有喜鹊的手帕，表达了她对庹阳的爱恋之情。

大石碾子滚滚向前，黄平乡贤邓十万捐十万大洋修机场，众人拾柴火焰高，在黄平民众和军队的努力下，机场修好了，中美联合航空大队以及国军朝阳中队飞至旧州机场，受到旧州军民热烈欢迎。低空盘旋的庹阳与地面的洛荟芗挥手示意。

小红鼠（章灵鑫）按捺不住，潜入高乐的办公室偷旧州机场建筑平面图，不料，高乐、洛荟芗等人早有防备，留给小红鼠一张写有"小红鼠，投降吧！"的纸条，企图反抗的小红鼠被高乐、洛荟芗等人击毙。

高乐给朝阳中队下达命令：朝阳中队，起飞迎敌！

中国空军的一架架战鹰从旧州机场升空作战，血洒长空……

主要人物表

庹　阳　　男，23 岁，国民党空军中美联合大队飞行员，地下党员，代号"飞鹰"。
邹碾子　　男，21 岁，黄平县旧州镇泮水寨石匠。
洛荟芎　　女，22 岁，黄平县红十字会救护站站长，地下党特派员，代号"喜鹊"。
潘　崖　　男，28 岁，国民党黄平县公路局局长。
铁　夫　　男，23 岁，高乐的警卫员，真实姓名山田一郎。
牟　楔　　男，18 岁，黄平县红十字会小工，黔东游击队队员，洛荟芎的交通员，木匠。
章灵鑫　　女，19 岁，难民，公开身份是黄平县红十字会医生，日本特务，代号"小红鼠"。
高　乐　　男，36 岁，国民党少将，旧州飞机场建筑总工程师，测绘师，黄埔军校学员。
吴举雄　　男，42 岁，国民党黄平县县长。
潘世伯　　男，50 岁，黄平县旧州泮水寨寨老。
崔　嫂　　女，42 岁，东北逃难难民。
小包谷　　男，16 岁，崔嫂儿子。
松　子　　男，25 岁，旧州泮水寨村民。

剧 本

1. 重庆 / 天空 / 日 外

重庆的天空，万里无云，湛蓝湛蓝，太阳高挂，万丈光芒，暖洋洋的，人们井然有序地行走在石板路上，朝天门码头的汽笛声，仍然是那么的高亢，宣扬着这里的平安、有序和祥和。

高度 3 600 米的天空里，侵华日军飞机的轰鸣声由远及近传来，36 架战斗机、轰炸机组成了战斗队列，向着重庆上空呼啸而去，投弹。

重庆街头，红十字会队员正在救援，洛荟芗看见一个妇女牵着一个男孩盲目奔跑，洛荟芗急步上前，把妇女和孩子按在地上，身边炸弹爆炸。

到处是倒塌的房屋和死伤的人……

2. 中央航校 / 训练场 / 日 外

位于浙江杭州笕桥的中华民国空军军官学校，500 平方米的训练场，摆放着各类训练设施和器械，第三学员大队的学员正在训练。

庾阳和战友们正在进行 5 000 米长跑训练，庾阳有点心不在焉，脚扭了一下，差一点摔倒，但他仍在坚持。

教官张晋远远地盯着庾阳，总觉得他哪里不对。

张晋　庾阳，跑快点，不要以为快毕业了，就放松体能训练，到空中没有体力可打不了胜仗。

庾阳给张晋打了一个"OK"的手势，趁机看了一下手表，他在等训练结束。

突然，几只狼狗冲进操场，追着学员们跑，学员们鬼哭狼嚎地向前跑去。

张晋冰冷的脸。

3. 旧州镇 / 泮水寨 / 民房 / 日 内

石匠邹碾子扛着一大块薄层状石灰石板，一路小跑，闪悠悠地回到家里，祖母邹奶奶正在家里等着他，听见邹碾子的脚步声，她急忙迎了上去。

邹碾子　奶奶，家里屋顶漏了，我去山上找了一块大石板把它盖住了。

邹奶奶　碾子，你可回来了，刚才潘世伯带着县太爷来了，托人到处打听你，估计是要抓你的壮丁，你快到山里躲躲吧。

邹碾子　抓壮丁干吗？打鬼子，那我愿意去！妈，你看我手里的铁锤，不比大刀差，一锤准能干掉一个。

邹奶奶　你不能去打仗，你两个表哥庹阳、庹英去外地求学，后来，又说当了兵，一去三年，一点音讯都没有，奶奶不能没有你啊。

邹碾子　奶奶，你看，是我壮还是武松壮？鬼子奈何不了我。

邹奶奶　傻碾子，奶奶什么时候见过武松。

4. 重庆 / 太空 / 日 外

高度4 000米的天空，云层之上，突然冒出12架战斗机，中国空军混合飞行大队在大队长曼特拉的率领下，起飞迎敌，向日军飞机群呼啸而去。

曼特拉　05（庹英）在左，06（米其林斯基）在右，所有人，保持战斗队形，紧随我后，听我命令。

庹英　01，01，05明白。

米其林斯基　01，01，06明白。

三架飞机俯冲而去。

激烈的机枪声响起。

一架日军轰炸机被曼特拉击中，拖着长长的黑烟，一头栽进嘉陵江里……

站在街头帮助人们东躲西藏的洛荟芎，满腔怒火想要喷发出来，她从站在身边警戒的士兵手里抓过一支卡宾枪，迅速地把子弹推上膛，向空中扫射。

5. 中央航校 / 训练场 / 日 外

航校训练场，学院们整齐排列，教官正在对上午的训练进行总结，谁也没有注意到队伍里少了两个人。

庾阳　报告教官，二中队小胖和三中队的猴精不见了。

张晋　他们没有姓名吗？什么叫不见了？

庾阳　报告教官，集合的队伍里没有李小胖和蒙精。

张晋　谁知道他俩去哪儿了？

没有人回答，这时，营房方向突然响起两声枪声，气氛一下子紧张起来。

张晋　庾阳，带上两位学员，和我过去看看，其他学员准备战斗。

全体学员　是。

6. 重庆 / 天空 / 日 内

日军的轰炸机编队被突然而来的打击搞懵了，他们怎么也没有想到，在中国的上空还有一支有如此战斗力的空军。等他们清醒过来，四架轰炸机、二架战斗机已经被击落，日军仓皇撤退。

曼特拉和庹英、米其林斯基等空军在机上欢呼。

曼特拉 05,06,我们胜利了!

庹英 01,我们胜利了!

米其林斯基 01,我们胜利了!

曼特拉 "长江","雄鹰"呼喊"长江","雄鹰"完成任务,准备返航。

这时,从高空突然俯冲下来一架日军飞机,朝着庹英扫射,曼特拉急呼。

曼特拉 05,拉起,

庹英 01,05明白。

庹英拉起来了,没飞多远,又突然调头,朝着日军飞机猛冲过来,双方同时开火,两架飞机撞到了一起。

庹英壮烈牺牲,英雄气贯长虹!

7. 旧州镇 / 乱石岗 / 日 外

邹奶奶和邹碾子被县长吴举雄一群人带到了乱石岗,稀稀落落几十个人在采石,偶尔放几炮,灰尘弥漫。

邹碾子 奶奶,这些人采石去做什么呢?

邹奶奶还没有开口,泮水寨的寨老潘世伯说话了。

潘世伯 这些石头都是拿去修旧州机场的。

邹碾子 这机场修修停停都修了好几年了,还修啊?

潘世伯 过去修机场都是做样子,这次可能要动真格的了。

这时,天突然阴了下来,天空中响了一个炸雷,一个飞机炸开了的影像挂在天上。邹奶奶心头一紧,莫非出大事了?

邹碾子 世伯,你们要我做什么?快说,我奶奶身体不好,我要赶紧回去。

县长吴举雄说话了。

吴举雄　碾子娃，你帮我看看这山里的石头有多大的方量，够不够修一个机场，这对于你来说，不难吧！

邹碾子　不是抓壮丁啊？我还以为你们要抓我上前线打鬼子。奶奶，奶奶，你怎么了……

8. 黄平县中央航校 / 训练场 / 日 外

在训练场的一角，两名学员，一名是大胖，已经被一枪打死，另一名学员是猴精，他受伤了。

张晋　庹阳，查看现场。

庹阳　是。

不一会儿，庹阳把张晋叫到一边。

庹阳　（小声地说）大胖是被猴精打死的。

张晋　这？

庹阳　猴精手上有火药末，是近距离射击粘上的，张教官，猴精这个人，一定要监控。

9. 武汉 / 日军司令部 / 日 内

黄平县，日军总司令大发脾气，

司令　国民党从哪里来的空军？从哪里来的空军？还具有较高的战斗力，我们却一无所知，太恐怖了！

特高课课长　据我们了解，是从芷江机场起飞的中国空军混合大队。

司令　我不管什么大队，你们先给我把芷江机场炸平了。

10. 重庆 / 空军司令部 / 日 内

国民政府正在开庆功会，庆祝空战的胜利，有人高喊。

司仪 余总司令到！

国民党空军余总司令等一行人健步进入会议大厅。人们高呼"抗战必胜"的口号，会场内气氛热烈，群情高涨。

司仪 请余总司令训词。

余总司令 各位同仁，各位将士，重庆空战，我们取得了辉煌的战绩，展现了我国空军的力量，虽然，国军空军还很弱小，但能打仗的血性依然如故，特别是庹英中校，光荣牺牲，堪称楷模，今天，我们将授予庹英一级青天白日勋章，追授抗日英雄称号，缅怀英雄，激励后代，敢打敢胜。

掌声响起。

洛荟芎拿着一张《申报》也来参加庆功会，一名中年男子走到她身边。

男子 小姐，你是《申报》的记者？

洛荟芎 抱歉，先生，我是《申报》的读者。

男子 敢问小姐喜欢看什么栏目？

洛荟芎 喜欢看英雄豪杰，比如说，庹英空战，我就喜欢看他的事迹。

男子 我这里有一张昨天出版的《申报》，上面有关于空军英雄庹英的事迹报道，小姐一定会喜欢的。

洛荟芎从男子手里接过那份昨天出版的《申报》。

洛荟芎 谢谢，我一定好好拜读。

两人会意地点头，然后朝不同方向走去。

11. 芷江 / 机场 / 日 外

芷江上空，乌云密布，贼头贼脑的日军轰炸机编队，趁着暮色，驶进芷江上空，轰炸芷江。

突然之间，炸弹倾泻而下，芷江变成一片火海。

防控警报拉响，防空火炮打响。

国民党战斗机升空战斗。

日军飞机发泄完，飞走了。

12. 中央航校 / 宿舍 / 日 内

庹阳在看航校校报，得知哥哥庹英壮烈牺牲，他泪如泉涌，他本想学成以后，随哥哥一起上蓝天打鬼子，共同抗日，不料哥哥英勇牺牲了，这对他的打击太大了。

这时，张晋教官陪着一名将军来到庹阳的宿舍。

张晋　庹阳，这位是航校的钟教育长，钟教育长今天来是要交给你一项特殊的秘密任务，护送一名专家去贵州黄平。你哥哥是我们航校最优秀的学员，你一定要好好向哥哥学习，做一名好战士，一定要化悲痛为力量，排除万难，完成护送专家的任务，这是专家的照片。

庹阳接过照片。

庹阳　是，坚决完成任务。

13. 黄平县 / 县政府 / 日 内

县长吴举雄正在接电话，是省长打来的。

吴举雄 是，什么？何应钦总长亲自下的命令，一年内必须把旧州机场修好，而且还要投入战斗，可是，困难太大，好的好的，不说困难，我不是军人，但我执行命令！

吴举雄放下电话，对县公路局局长潘崖说。

吴举雄 这几天，你们睁大眼睛，中央政府给我们派来的机场修建专家，很快就要到黄平了。

潘崖 好！县长，何总长命令一年修好旧州机场，我没有听错吧？

吴举雄 省长说，军令如山，这句话你听见了吗！

14. 黄平县 / 红十字会救护站 / 日 外

黄平县城到处都是难民，红十字会救护站的几个人忙得团团转，章灵鑫正在伏案登记，牟楔在一旁维持秩序。

洛荟芗来到黄平县，找到红十字会救护站，她看章灵鑫忙不过来，就去帮忙。

章灵鑫 姐姐，谢谢你！你不像逃难的，你从哪里来？

洛荟芗 我从重庆来！

章灵鑫 重庆？你认不认识我们站长，听说我们站长也要从重庆来。

洛荟芗 你们站长有什么特点！

章灵鑫 美女，和你一样是美女。

洛荟芗 知道你们站长的名字吗？

章灵鑫翻开一个本子，上面有站长的姓名。

章灵鑫 我们站长叫洛……荟……什么？

洛荟芗 芗。

章灵鑫 你认识这字啊，你是……

洛荟芗 我是洛荟芗！

章灵鑫 你是站长！牟楔，快来，我们站长来了！

洛荟芗见章灵鑫这么机灵，心想，这女孩一定是读过书见过大世面的人，这山沟沟里还"藏龙卧虎"呢。

15. 杭州 / 西湖 / 日 外

庹阳带着行李箱来到西湖，正当他东张西望的时候，一身便服的年轻军官铁夫走过来，拉了他一把。

铁夫 庹少尉，到这边来。

庹阳朝铁夫指的方向望去，路边已经有一辆车在等着他了，湖边有一位男子正在绘画，远处有警卫在游动放哨，说明这个人的确很重要。

庹阳心想，这人好兴致，这种时候还画画，这么沉得住气，一定是高人。

高乐大声呼喊。

高乐 小伙子，过来，我是高乐，你来看看我的作品美不美。

庹阳 好嘞！

16. 黄平 / 政府 / 日 内

黄平县县长吴举雄召集各方人士开会，研究机场修建的事。

公路局局长潘崖发言。

潘崖 还是人的问题，十万民工哩！抓都没有地方抓，县长，你一定要想一个办法，没有民工，这飞机场是绝对修不起来的。

警察局局长 我们县来了不少难民，把他们轰上去就行，人的问题不就解决了。

潘崖 你这是馊主意，这难民老弱病残凑数还可以，修机场是苦力活，也是技术活，万万使不得，还是要像抓壮丁一样四处抓能干的劳力。

吴举雄 抓壮丁？我抓了一个邹碾子还不知道帮我干活没有呢？对了，邹碾子给我计算的石方，弄好了吗？

潘崖 我去泮水寨看看。

17. 旧州 / 乱石岗大山 / 日 外

黄平大山里，邹碾子在跋山涉水，他的手里拿着一个钉锤，不停地敲敲打打。

邹碾子不时拿出一个小本本，写写画画，记录着他走过的脚步数。突然，邹碾子感觉到有什么不对，他把背着的猎枪端在手里，小心翼翼地蹲着。

一头野猪从前面不远处溜过，邹碾子才稍稍放松了些。突然，他听到"嗷嗷"的叫声，原来是野猪在追着一个人，这人朝邹碾子的方向跑来……

18. 黄平县 / 红十字会 / 日 外

洛荟芗带着章灵鑫慌慌张张地走出红十字会的大门，朝泮水寨方向走去，正好遇到牟樱。

牟樱 站长，你们这是要去哪里？

章灵鑫 泮水寨的一个红十字会救护点出了传染病，我和站长去看看。

牟樱 站长，我和你去吧，这一带的路我熟。我要保证你们的安全。

洛荟芗 牟樱，带路！

19. 公路 / 汽车 / 日 外

高乐、庹阳、铁夫三人坐在一辆车里，铁夫坐在副驾驶上，驶进贵州境内。

高乐手里拿着一个包,始终不离手。庹阳想,这里面一定有组织上要我们参与保护的旧州机场建筑平面图。

高乐 这一路,我们走了几天了,我还不了解你们呢,亮亮你们都有什么绝招,如果出了危险,看看你们怎么保护我。

庹阳 高乐上校是想考考我们俩?

铁夫 那我就露一手。

车速放慢,铁夫一出手,一支镖打了出去,树上的鸟掉下来一只。庹阳鼓掌。

高乐 庹阳,你呢?

庹阳 我没有绝活,我是学开飞机的,已经飞了50小时了,上校,我的本事要上天空才能展示,以后,我给你开专机。

高乐拿起水杯,不小心水杯从手里滑落,庹阳一伸手,把杯子接住了,这一接,高乐知道,庹阳练过武功。

高乐 开飞机,就是要反应快!

突然一个急刹车,车外一梭子弹打得汽车"嗒嗒"响,庹阳一手按住高乐的头,另一只手拔枪射击,车外一个家伙被庹阳打倒,铁夫也开枪射击,干倒了另一个家伙。

铁夫推开车门,敏捷地滚出来,查看后确认无新情况,便回来向高乐汇报。

铁夫 报告上校,打死两人,无新情况。

高乐下意识地抓住自己的包。

高乐 是日本人吗?

铁夫不能肯定,所以不置可否。

20. 黄平 / 县政府 / 日 内

省长在给县长吴举雄打电话。

省长 （电话里）征集民工的事，不能像绣花一样，不紧不慢，要采取特殊措施。这样，附近5个县，从15岁到45岁，不分男女，一律抓来当民工，每人每月一块大洋，干得好的另有奖励。

吴举雄 是，省长。

省长 （电话里）逃难的，合乎这个条件的一律抓来当民工，不要放过一个劳力。

吴举雄 是，省长。

省长 （电话里）据可靠情报，共产党混进修建机场的队伍里了，领头的代号叫"飞鹰"，你要挖出共产党，不要让共产党赤化刁民，绝对不能让共产党在机场存在，我们不能给共产党修红色机场。

吴举雄好像没有听懂省长的话，但他还是应了一句。

吴举雄 是。

21. 旧州 / 大山 / 日 外

邹碾子定睛一看，是潘世伯，邹碾子朝着野猪就是一枪，吓得野猪跑远了。

邹碾子 世伯，你这是怎么了？

潘世伯 县公路局局长潘崖让我监督你，是他给我的任务，他让我了解你的一言一行，我就一直跟在你后面，谁知道，大白天冒出一头野猪，吓死我了。

邹碾子 好，以后你就天天跟着我，我们把这几个大山跑遍。

22. 泮水寨 / 难民点 / 日 外

路边有一面旗帜，上面写着"黄平县红十字会 62 号难民点"。

难民点惨不忍睹，不大的地方，几十间破木房，屋里躺的、地上坐的，有上百号人，这老老少少、男男女女一百多人中，病的不止一半，已经有人发烧了，一不小心，疾病就会大流行。

洛荟芎一看，要解决所有问题已经超出他们的能力范围，她只能重点看几个重病人。

洛荟芎、牟楔、章灵鑫进了一个木屋，洛荟芎看见一位妇人奄奄一息，便靠了上去。

洛荟芎　大嫂，你哪里不舒服？

这妇人睁开眼睛，看见陌生人，突然伸出两只手，向洛荟芎的脸上抓来，嘴里念念有词。

妇人　你是魔鬼，我杀了你，你是魔鬼，我杀了你。

这突然的情况把洛荟芎惊呆了，牟楔挡在洛荟芎面前，其他难民把妇人拉住，事情才平息下来。

这时，一个 15 岁左右的小男孩走到洛荟芎面前。

男孩　（战战兢兢地说）姐姐，这是我妈，大家叫她崔嫂，我们从长春逃来这里才三天，她就病了，我妈没有吓到你吧？她已经精神失常了。

洛荟芎　你叫什么名字？

男孩　我不知道我的名字，到贵州后，妈妈就叫我小包谷。

洛荟芎示意章灵鑫拿了几个馒头给小包谷。

洛荟芎　小包谷，照顾好你妈妈！

23. 黄平 / 政府大院 / 日 外

汽车驶进县政府大院，对庹阳来说，他是又回到了家乡。

庹阳打开车门，高乐拎着包走了下来，县长吴举雄赶紧迎上去，以表示热烈欢迎。

吴举雄　高总工程师一路辛苦！里面请，明天省长要来拜访您，共商机场修建大计。

高乐　小小高乐，惊动省长，不敢当啊！

庹阳　高大校，是机场惊动了省长。

高乐　庹阳，你说得准确，我不算什么，的确是机场惊动了省长，我一路都在观察你，文武双全啊！我问你一个问题，你是不是共产党？

庹阳　高大校，玩笑开大了！

高乐　我不是开玩笑，共产党无处不在。

24. 泮水寨 / 木屋 / 日 内

邹碾子给奶奶盛了一碗稀饭，对奶奶说。

邹碾子　奶奶，我有一种预感，我们要过好日子了，过几天，我就给你做大肥肉、白米饭吃。

邹奶奶　吹吧！大肥肉、白米饭可不是吹出来的。

邹碾子从衣服内拿出一张图，递给奶奶看。

邹碾子　奶奶，你看我这图值钱吗？

邹奶奶　碾子，你是要拿这"乱石岗青石板分布图"去县政府找吴举雄换钱吗？

邹碾子　奶奶，不行吗？

邹奶奶　有点悬。

邹碾子　奶奶，是潘世伯教我的，他说我们旧州要修飞机场打日本鬼子，机场是美国人出钱修的，只要我们肯出劳力，一定挣大钱。他还说，我们家世世代代都是石匠，这山里哪里有石头，只有我们家最清楚，修机场要用很多很多的石头，我们不是发财了吗？

邹奶奶一听，脸色更不好看了。

邹奶奶　碾子，那年，你爷爷就是上山采石头做大碾子修公路被害死的，我可不希望你和你爷爷一样。

邹碾子　奶奶，我爷爷到底怎么了？

25. 黄平县 / 政府 / 日 外

潘世伯陪着邹碾子来到县政府，刚好遇到吴举雄，吴举雄哈哈一笑说。

吴举雄　碾子，我就知道你不会让我失望的，地图带来了吗？快给我，我还急着去接省长呢。

邹碾子　县长，你看我翻山越岭十几天，这么辛苦，你是不是……

吴举雄　你想要钱？

潘世伯　这孩子的确不容易，我陪了几天，脚都差点走断了。

吴举雄　把图给我，钱，好说！

邹碾子正要把图给吴举雄，正好高乐、庹阳路过。

吴举雄　高总工程师，这就是我给你说过的旧州最有名的石匠——邹碾子。

庹阳　邹碾子，这名字好听。

26. 黄平县 / 汽车站 / 日 外

"欢迎欢迎"的声音此起彼伏，吴举雄、高乐、潘崖、庹阳等人站在人群里。

邹碾子也在人群里看热闹，他不知道省长是干什么的，他只关心他的图纸要早点变成钱，他把图纸捂得紧紧的，生怕图纸会自己跑了。

一辆小车从人群中间驶过，省长看见红十字会的救护站，便停下车，走了过来，洛荟芠急忙迎了上去。

洛荟芠 省长，我是黄平县红十字会救护站站长洛荟芠，欢迎你视察工作。

省长看着洛荟芠和章灵鑫，看得她们都有一点不好意思了。

省长 这黄平县还有天仙啊！有人才啊！

省长竭力掩饰着失态。

章灵鑫 省长，我是逃难来到这里被收留的，不算人才，我们站长是重庆派来的天使，她才是才女。

省长 想起来了，我看过文书，有印象，抽空我去你们红十字会了解情况。

章灵鑫微笑，点头，很迷人。

27. 黄平县 / 汽车站 / 傍晚 外

潘世伯和邹碾子一直等到省长的车离开黄平去省城，邹碾子又想去见县长，他的图还没有"卖"出去，这时，潘崖出现了。

潘世伯 潘局长，县长有空了吗，他要的"乱石岗青石板分布图"碾子带来了。

潘崖　给我就行。

邹碾子　可是……

潘崖　可是什么？难道你还不愿意为抗战出力？非常时期，有钱出钱，有力出力……

邹碾子　请潘局长体谅我们的辛苦。

潘崖　我懂！把图给我，我给你十个大洋，不过，我现在手里只有两个大洋，欠着吧。

潘崖给了邹碾子两个大洋，把图纸拿走了，留下邹碾子站着发呆，他不知道那八个大洋什么时候能得到。

28. 旧州 / 道路 / 日 外

汽车、马车、板车，车轮滚滚，尘土飞扬，贫民们带着简单的行装朝旧州机场建筑工地涌去。

高乐、庹阳站在路边的山岗上，望着这滚滚人流，各自想着心事。

高乐　这就是我们的建筑大军了，真够呛！这些人看上去都是老弱病残，这样的身体半个月都扛不住，不要说干一年了。

庹阳　人的潜能被激发出来就不一样了。

高乐用疑惑的眼光看庹阳，共产党最能调动人的积极性，他总觉得庹阳一言一行、一举一动都像共产党。

高乐　庹阳，什么时候回航校？

庹阳　你什么时候不需要我了，我就什么时候走。

高乐　说话算数？

庹阳点头。

高乐　把机场修好了我就不需要你了。

庹阳把眼睛瞪得圆圆的。

庾阳　那可不行，我还要飞哩。我一生的心愿就是要飞翔蓝天，像我哥哥那样，打日本鬼子，精忠报国！

高乐　庾阳很有志向嘛！

庾阳嘴上这么说，心里是很乐意留下的，他很清楚，他还没有和地下党取得联系，此行的任务还没有完成。

29. 旧州 / 古城 / 日 外

洛荟芗和红十字会的医护人员正在古城里给逃难人员进行义诊，庾阳带着铁夫大摇大摆地来逛古城。

铁夫　这里的建筑都是徽派建筑。我是铁匠，古城里陈放的许多冷兵器我们家都能做，我能说上一二，我给你介绍介绍。庾阳，你怎么心不在焉的⋯⋯

铁夫回头一看，庾阳正盯着红十字会救护站看。

庾阳从上衣口袋里拿出一支泥哨吹了起来。远处的牟楔从树上摘下一片树叶吹了起来，庾阳朝牟楔点点头，牟楔走了过去⋯⋯

【闪回】

上级给洛荟芗交代工作。

领导　洛荟芗，在旧州你的代号是"喜鹊"，你的上级是"飞鹰"，他会用泥哨寻找你们，你的回应是吹树叶⋯⋯

洛荟芗　明白。

【闪回结束】

洛荟芗知道家里人来了，也许"飞鹰"就在眼前。

30. 旧州 / 建筑工地 / 日 外

烈日下，建设机场的开工典礼正在进行。

吴举雄、高乐站在搭起的高台处，平地上站着的是"建筑工人"，吴举雄对高乐说。

吴举雄　首批工人五千人都来了，可以开会了，请高总工程师训示。

高乐点点头。

正当高乐侃侃而谈的时候，人群发出呼救声："有人晕倒了，快来救人！"

听见呼喊声，在一边参加机场建设开工典礼的洛荟芗快步走了过来。

洛荟芗　我来了！

洛荟芗一看，原来是那个"精神病人"崔嫂，洛荟芗把崔嫂扶了起来。

洛荟芗初步判断崔嫂是中暑了。

31. 泮水寨 / 跑道 / 日 外

机场跑道的形状是用石灰水画的白道，上百名民工正在挖土方，施工有序进行着。

崔嫂跑了进来，嘴上还唠唠叨叨。

崔嫂　一个月一块大洋，这活我干，一个月一块大洋，这活我干……

正在挖土的小包谷从土里冒出一个头。

小包谷　妈，你刚中暑，身体还没有恢复，这重活你干不了，回去休息吧。

崔嫂　你知道挣钱有多重要吗？你见过大洋吗？白花花的闪着银光的大洋……

小包谷发现，提到钱，妈妈就像变了一个人。

32. 泮水寨 / 采石场 / 日 外

吴举雄、潘崖带着一伙人来到采石场附近，潘崖拿出邹碾子画的"乱石岗青石板分布图"，指指点点。

潘崖　修这个机场，需要上百万方的石头，可能这一带都要炸成平地了。

潘世伯　平地好，可以给机场盖几栋大楼。

吴举雄　潘世伯，平地是好，但爆破是会死人的，千万不要炸死人，炸死人了我要治你的罪。

潘世伯　不会，不会……

潘世伯说话没有底气。

邹碾子　县长，你看，你欠我的钱……

潘崖　邹碾子，县长是来办大事的，什么钱不钱的，你的那些小事以后再说，不要耽误县长的时间。

吴举雄一脸纳闷地看着遮遮掩掩的潘崖。

33. 黄平 / 红十字会 / 夜 内

在洛荟芗的住所，洛荟芗和交通员牟楔秘密交谈，牟楔交给洛荟芗一张纸条。

【闪回】

旧州土地庙，牟楔快速走过去，从香炉下取走一张纸条。

【闪回结束】

牟楔　这是"飞鹰"同志传递过来的情报。

洛荟芗看了纸条，然后点燃火柴，烧了纸条。

洛荟芗 "飞鹰"同志带来上级党组织的指示，让我们做好群众工作，既要保证机场顺利建成，又要保护老百姓的利益，绝不允许国民党反动派欺压百姓。

牟楔 洛特派员，我们听你安排。

洛荟芗 "飞鹰"说，还有一件事非常非常重要，保护好"旧州机场建筑平面图"，绝不能落入日本人之手。

牟楔点点头。

34. 黄平 / 县政府 / 夜 内

吴举雄正在办公室批阅文书，潘崖来了。

潘崖 县长，还没有休息啊！

吴举雄 潘崖，你说我们机场里有共产党吗？

潘崖 不好说。

吴举雄 共产党会破坏我们修机场吗？

潘崖 不好说。

吴举雄 什么叫不好说？潘崖，省长要我们查共产党，平时你伶牙俐齿的，怎么？我要你出主意的时候，你反而马虎我了。

潘崖 县长，共产党不会破坏修机场，现在国共合作打鬼子，共产党肯定也希望早点修好机场，让国军的空军与日本人开战。不过，共产党会不会煽动刁民闹事，找我们的茬，就很难说了。

吴举雄 你说得有道理啊，你是交通局局长，又是机场建设工程处处长，主要是你干偷鸡摸狗的事有经验，这个查共产党的事就交给你了。怎么，这么晚还有事吗？

潘崖 有事，这事只能晚上做。

吴举雄疑惑地看着潘崖。

潘崖　县长，这是一百块大洋，孝敬您的。

吴举雄　哪来的大洋？

潘崖　招第一批工人省下的。

吴举雄　省下的也是修机场的，拿走！

潘崖　修机场不缺这点钱，再说，县长辛苦，大家辛苦，都应该有酬劳，你也应该犒劳一下大家了！

吴举雄　油腔滑调。对了，白天邹碾子想说什么。

潘崖　他画了一张青石板分布图，原本应该给他十块大洋，我给了他两块大洋，攒下了八块，这五块是您的。

吴举雄皱起了眉头。

吴举雄　潘崖，雁过拔毛，这钱你也挣？

35. 旧州 / 工地 / 夜 外

狂风大作，大雨倾盆，刚挖的土又被冲回到坑里，民工们眼睁睁地看着大雨毫无办法，他们很清楚，这雨水一冲，几天的活都白干了。

崔嫂第一个跑到工地，冒着大雨跪地号啕。

崔嫂　老天爷，你长长眼吧！老百姓苦啊！别惩罚我们！我们无辜啊！

乡亲们都跑出来了，挨着崔嫂，跪在地上，求老天爷开眼。

哭喊声一片，显得格外凄凉。

庹阳、洛荟芗、铁夫、牟楔、章灵鑫等人来到老百姓面前，大家都很震惊。

洛荟芗　快把乡亲们劝回屋去，别感冒了。

36. 旧州 / 工地 / 日 外

地上用砖做了几个大土灶，土灶上放了大锅，庾阳等男人把挑来的水往锅里倒。边上洛荟芗带着几个妇女在洗生姜、切生姜，看样子是要给老百姓煮姜汤喝。

章灵鑫　荟芗姐，昨晚多亏你让大伙把老乡们劝回屋，否则，还不知道有多少人生病。

洛荟芗　感冒的、发烧的、咳嗽的已经不少了，这样下去，感冒大爆发，人一倒，还有谁修机场？要误大事的。

章灵鑫　如果姜汤里有红糖，治感冒的效果会更好。

洛荟芗　傻丫头，这穷乡僻壤的，哪来的红糖？

这句话被刚走过来的庾阳听见了。

庾阳　洛站长，这里是我的家乡，生产土红糖，这你就不晓得了吧？

洛荟芗　"我的家乡"，你是哪里人？

庾阳　我就是旧州人。

37. 黄平 / 县政府 / 日 内

高乐、吴举雄、潘崖等人正在研究机场建设的事，庾阳、洛荟芗和铁夫走了进来。

高乐　庾阳，被雨冲毁的路基恢复了吗？

庾阳　我就是为这事来的，老百姓都病了，没有人干活了。

潘崖　生病也要干活，只要不死就得干，不干活就是造反，这是我们这里的老规矩。

庾阳　这老规矩要破破了。要让马儿跑，就要让马儿吃草，我今天就是来找吴县长、潘局长要"草"的。

吴举雄　你要什么"草"？

庹阳　红糖！

吴举雄　我们哪来的红糖啊！

高乐问洛荟芩。

高乐　你们要红糖干什么？

洛荟芩　给老百姓熬红糖姜汤喝，这汤治感冒很灵。

吴举雄　可是，我们哪来的红糖？

铁夫一抬手，一支飞镖打灭了一支蜡烛，把吴举雄、潘崖吓坏了。

庹阳　吴县长 50 斤红糖、潘局长 30 斤红糖，两个时辰以后送到工地。

铁夫　两个时辰不到，你们就是这支蜡烛。

庹阳、铁夫的举动，让高乐愣住了，他心想，庹阳、洛荟芩、铁夫这么关心老百姓，只有共产党才是他们这样子。

38. 泮水寨 / 民屋 / 日 内

一场雨，把邹碾子家的屋顶又打漏了，屋内都快流成河了。邹碾子抱着一包吃的，急匆匆地跑回家。

邹碾子　奶奶，你看大肥肉，是用我挣的钱买的。

邹奶奶已经撑了很久，一看见邹碾子就撑不住了，晕倒在地。

跟在邹碾子身后的潘世伯见状，急忙对邹碾子说。

潘世伯　旧州工地来了几个红十字会的医生，快送邹奶奶去看看。

39. 旧州 / 工地 / 日 外

高乐带着庹阳看工地施工，他很不满意工程的进度，他对庹阳说。

高乐 杭州被鬼子占领了，航校也迁走了，去和留你怎么打算？如果你能留下帮帮我就最好不过了。

庹阳 我一定要回航校的，我要飞，我离不开航校，但是，我要知道航校迁到哪里，我才能去找他们。

高乐 也好，这段时间你就好好协助我修建机场，有航校的消息，你再走，现在的工程进度太慢，我怎么交代啊？对了，庹阳，碾压跑道需要许多大石碾子，这一带的石匠有会做石碾子的吗？邹碾子行吗？

庹阳 我打听一下。

40. 旧州／工地救护站／日 内

抬着邹奶奶的人们跑进了红十字会的住所，洛荟芗一看邹奶奶，便知道邹奶奶积劳成疾，是一位病情不轻的病人，洛荟芗准备给邹奶奶诊断。

庹阳正好来了，听说有一位邹奶奶病了，心中生疑，便凑上去看，这一看，他心头一酸，眼泪在眼眶里打转。

这时，吴举雄、潘崖带着人来送红糖，邹碾子看见潘崖，发了疯似的扭住潘崖。

邹碾子 潘崖，你这个骗子，你骗走了我的钱，你还我的钱，我要给奶奶看病。

石匠出身的邹碾子力气很大，一挥拳，潘崖的门牙被打掉了两颗。

吴举雄 邹碾子，你目无法纪，把邹碾子给我抓起来。

庹阳一个眼神，牟楔、铁夫等人把邹碾子拉走了。

庹阳 邹碾子……算了，奶奶病好了再说。

邹碾子这么一闹，庹阳心里对钱的问题又有疑问了，他欲问又止。

41. 黄平县 / 总工程师办公室 / 日 内

高乐在接电话。

高乐　老乡们喝了红糖姜汤，身体都好了许多，那就抓紧施工。好的，知道了，派庹阳去贵阳，不仅要完成押运炸药的任务，还要挖出日本特务。

高乐放下电话，正要看一份紧急文件，庹阳急匆匆进来了。

庹阳　高总工，你找我。

高乐　庹阳，我要交给你一个重要任务。

庹阳　请高总工指示。

高乐压低嗓门，轻声地说。

高乐　到贵阳押运20吨炸药、500支雷管到旧州，你只有10天的时间，潘崖和你一起去，邹碾子也去，一路上，你和小邹好好商量做石碾子的事。

庹阳两眼瞪得圆圆的。

庹阳　20吨炸药？500支雷管？

42. 旧州 / 工地救护站 / 夜 内

邹奶奶静静地躺着，庹阳轻手轻脚地来到病房，他刚走到邹奶奶身边，邹奶奶就睁开了眼睛。

邹奶奶　庹阳，我知道你回来了，你怎么这个时候才来看我？你不知道，三年了，我好想你们哥俩。

庹阳　奶奶，我太忙了，鬼子还没有赶出去，但是，不管怎么说，今天我回来了，我给奶奶叩头！

庹阳跪了下来。

邹奶奶　不要，你也不用解释，我懂。

庹阳　奶奶，你怎么知道我回来了。

邹奶奶　我闻到了你身上的味道，儿子的味道。

庹阳拉住邹奶奶的手，眼泪夺眶而出。

庹阳　奶奶，庹英牺牲了。

邹奶奶　那一天，天上打雷了，我估计到了，庹英是好样的，他是英雄。碾子，你庹阳哥哥回来了。

邹碾子应声进屋。

邹奶奶　碾子，这就是我常常给你说到的，我的侄孙庹阳，可惜庹英……

邹奶奶掩饰不住掉下来的眼泪。

难受好一阵，庹阳才说。

庹阳　奶奶，等修好机场，我要飞上天，我要打鬼子，把日本鬼子从空中赶出去才对得起庹英。碾子，修机场需要许多石碾子，我正要请教你怎么做石碾子。

邹碾子　庹阳哥，我先去找找做石碾子的石料，我们再商量怎么做。

庹阳　碾子，辛苦你了。

两兄弟拥抱在一起。

43. 旧州／农户／夜 内

潘崖带着几个人到了一个农户家。农户家有四口人，两个大人带着两个孩子。

潘崖　松子，上午我让小彪哥来向你借五斤红糖，你怎么不给啊？你这么不给我面子。

松子　潘大人，我那几斤红糖是留给孩子妈治病的（孩子妈要生孩子了），借给你了，孩子妈的病就没治了。

小彪哥　松子，学会说假话了，你老婆好得很，什么病都没有，快把红糖拿来，否则，这顿饭你就吃不成了。

　　松子不动。

　　小彪哥　不动？装死是吧？你不拿，我去拿。

　　小彪哥说完就往里屋闯，松子媳妇站起来阻拦，被小彪哥一推，重重地摔倒在地，鲜血从松子媳妇的下身流了出来……

　　松子大叫　孩子他妈……

44. 旧州 / 救护站 / 夜 内

　　救护站抢救室，松子媳妇流血过多，去世了。

　　松子　杀人偿命！

　　松子拿起一把钉锤就要冲出去，洛荟芗把门堵住。

　　洛荟芗　松子，你这是要去拼命吗？孩子妈刚走，孩子不能没有你，庹阳到贵阳办公事去了，等他回来，一定会为你主持公道的。

　　松子抱着两个孩子痛苦不已。

45. 县政府 / 办公室 / 日 内

　　吴举雄把杯子砸了，显然，他已经愤怒到了极点。

　　吴举雄　五斤红糖要了两条人命，潘崖，只有你下得了手，我让县警把小彪哥抓了。

　　潘崖　县长不可！

　　潘崖拿出十根金条放在吴举雄桌上。

　　潘崖　属下亲眼所见，那女子是自己滑倒的，并不是谁推倒她。

　　吴举雄　你……唉！

46. 山间 / 汽车 / 日 外

几十辆军用大卡车行驶在山间的道路上，庹阳开道，铁夫压后，一条长长的龙在蜿蜒曲折的道路上爬行。

庹阳和潘崖坐在一辆车上。

潘崖　庹阳，你和我坐一辆车，是对我不放心呀！

庹阳　松子老婆是怎么死的？

潘崖　自己不小心摔死的。

庹阳　你编吧！你的假话连三岁小孩都骗不了。

潘崖　庹阳，你真的误会我了。

庹阳　只要一调查就会真相大白，你等着受审。这一路上，你盯着点，少打瞌睡，我对你真不放心，只有到了旧州，炸药送到机场了我才能放心。

这时，庹阳听见木叶的声音，他拿出泥哨，吹了起来。

敏感的潘崖发现这一吹一答，其中一定有玄机。

47. 旧州 / 公棚 / 夜 内

崔嫂让小包谷计算工分，小包谷算数不好，算了几遍都不合数。

崔嫂　小包谷，你是该好好读书了，这么简单的几个数你都凑不拢，真没有出息，如果我们东北不被日本鬼子占领，你应该在学校里上课的。

洛荟芗进来了。

洛荟芗　我可以教他们识字算数，来，小包谷，我帮你。

48. 野外 / 宿营地 / 夜 外

车队在野外宿营。

庹阳悄悄来到路边的小树林，牟楔也过来了，以防万一，庹阳让牟楔装扮成农民，骑着一匹马，远远地跟在车队后面，监视着车队，所以，没有人知道牟楔来了。

牟楔从衣服口袋里拿出一堆白石子。

牟 楔 路上有白石子，一定是有人给鬼子做记号。

庹 阳 明天一定要查出此人。

这时，庹阳发现自己被潘崖跟踪了。

49. 旧州 / 红十字会 / 夜 内

洛荟芗对章灵鑫说。

洛荟芗 灵鑫，刚才我给小包谷计算工分，他们母子俩的工分和收入不合，收入明显少了。

章灵鑫 又是吴举雄在捣鬼，我们要发动民工罢工，为他们讨公道。

洛荟芗 罢工不妥，不但不能罢工，还要想方设法增加工程进度。让我想想办法。

洛荟芗是想等庹阳回来，庹阳办法多。

50. 山间 / 道路 / 夜 外

夜里两点，庹阳突然下令，夜间行车。他知道白天行车目标太大，一定会出危险。

牟楔骑着马，靠近最后一辆汽车，牟楔确定，白石子就是从最后一辆车上扔下来的。牟楔吹响了木叶，庹阳回应了泥哨。

这一吹一答传递了摩斯密码。

突然，车队停了下来，理由是中间的一辆车抛锚了。

庹阳　铁夫，快组织人修车，要快，我们必须在天亮以前走出谷底。

铁夫　好嘞。

牟楔趁机溜进了铁夫的车内，牟楔在铁夫随身携带的一个小袋里找到了白石子。

牟楔　（自言自语）庹阳还真是料事如神。

51. 山间 / 道路 / 夜 外

邹碾子和潘世伯打着手电，在山间寻找做石碾子的石料。

潘世伯　碾子，我实在走不动了，深更半夜的也危险，我们靠着石头休息休息吧。

潘世伯找了一块大石头，一屁股坐了下来。

邹碾子　世伯，厚层状的青石板我们还没有找到，不能休息。

邹碾子见潘世伯没有反应，走近一看，潘世伯睡着了。

52. 山野 / 道路 / 夜 外

修了一阵车，铁夫告诉庹阳，太黑了，什么都看不见，汽车很难修好，明天天亮再修，庹阳同意了。

放了警戒，大家都和衣而睡了。三更后，有两个人偷偷摸摸来到运送雷管的汽车前，正准备上车偷雷管，企图用雷管引爆炸药，这时，"不许动"的声音响起，黑洞洞的枪口对着他俩，这两人正要逃跑，飞来两支飞镖，两人毙命。

在附近躲着的潘崖看得清清楚楚。

铁夫　你们就是跑得再快，也没有我的飞镖快。

庹阳　铁夫，好样的，如果让他们偷了雷管，引爆炸药，问题就严重了，我们押运炸药的任务可能就要泡汤了，谢谢你！

铁夫不自然地笑了。

53. 山间 / 道路 / 清晨 外

邹碾子一觉醒来，大清晨了，他伸伸懒腰，再看看躺在地上的潘世伯，在这一瞬间，邹碾子被眼前出现的石块惊呆了，这就是他要寻找的厚层青石块。

邹碾子　世伯，世伯，快起来，你躺在"宝贝"身上了！

潘世伯　荒山野岭，哪来的宝贝？

54. 黄平 / 政府 / 清晨 外

政府大门口，松子带着两个孩子跪在松子媳妇尸体前喊冤。围观的人见状，无不动容。

松子　吴举雄，你这个狗县长，你们官官相护，不杀了小彪哥，我绝对饶不了你。

众乡亲　吴举雄，滚出来，把小彪哥抓起来，把潘崖抓起来。

这时，庹阳等人回来了，乡亲们见到庹阳就像见到了救星。

55. 黄平 / 地牢 / 夜 内

迫于压力，吴举雄把小彪哥抓进了监牢。

潘崖带了一些饭菜，来探监。

潘崖　小彪哥，你看大哥我给你带什么好吃的了？

小彪哥　还是我大哥关心我，大哥，你说的，风头一过就放我出去，你说话可要算数。

潘崖　你替大哥受罪，大哥不会亏待你，你看，你最喜欢吃的烧鸡，还想吃什么给大哥说。

小彪哥　谢大哥！

56. 旧州 / 机场工地 / 日 外

民工都在挖土方。崔嫂、松子、小包谷等人被编在一个组，他们一边干活，一边说话。

崔嫂　松子，听说推你家媳妇的小彪哥昨天晚上在牢房里自杀了。

松子　真不解气，我恨不能亲手杀死他。

崔嫂　小彪哥死了也就算是报仇了，你别忘了，还全靠庹阳、洛荟芗他们给吴举雄施加压力，才有这个结果。

松子想，这崔嫂说话头头是道，没疯嘛。

小包谷　妈，我怎么算也不只这工钱，是不是又算错了……

崔嫂　一会儿我给洛医生说，让她帮你重新算算。我发现，这机场的事，只有她们搞得明白。

洛荟芗、章灵鑫、牟楔送姜汤过来。

洛荟芗　崔嫂又说我什么好话了？

松子　还真是好话。

57. 旧州 / 乱石岗采石场 / 日 外

"轰"的一声，碎石飞天。爆破以后，民工们推着小车来运碎石，把大大小小的石块运去给民工敲打。采石场一边有几百人摆出了大阵势，把石头砸成鸡蛋大小，用于铺跑道。

高乐、吴举雄来到采石场。

高乐　每天能运出多少碎石块？

技术员　50方。

高乐　不行，每天至少100方，否则，这机场要建到猴年马月。

技术员　可是敲石头的人手不够。

高乐　吴县长，听见了吗？你说说什么不够？

吴举雄　人有的是，只是吃住难以保证。

高乐　修机场的钱到哪里去了？不是拿给民工吃住的吗？

吴举雄　钱都在国库里，你以为在我腰包里？

高乐瞪了吴举雄一眼。

58. 山间 / 大路边 / 日外

邹碾子　五六吨重的石碾子，这么大的石头，怎么开采啊？

潘世伯　我记得你父亲采过两块这样的巨石。

邹碾子　我父亲？我怎么没有听说过，我小时候听奶奶说，我爷爷死在石头上，而我父亲，我知道的很少。

潘世伯　当时你去黄平拜师当石匠，家里发生的事你当然不知道啦。你回去问问你奶奶，就什么都明白了。

邹碾子　是吗？如果找到我爸爸开采的石头，我们就不用开采了，可以省许多人力物力。

　　潘世伯　关键是省时间。

　　邹碾子　那我们快去找奶奶。

59. 旧州古城 / 民房 / 日 内

　　铁夫来见他的日本鬼子上司红衣女，红衣女背对镜头。

　　红衣女　这是怎么回事？为什么没有把炸药毁了？

　　铁夫　报告少佐，他们好像事先知道我们的人要去偷雷管，防范得特别严，如果不是我出手快，把你雇的人干掉，那两个人一旦被庹阳抓住，我们就会暴露。

　　红衣女　你敢确认你没有暴露？

　　铁夫　没有。

　　红衣女　我们的下一个目标是窃取"旧州机场建筑平面图"，绝对不能失手了。

　　铁夫　嗨！

60. 黄平 / 县政府 / 日 内

　　吴举雄正在和潘崖偷偷摸摸地密谈。

　　吴举雄　我让你查的共产党，查得怎么样了？庹阳到底是不是共产党？是不是"飞鹰"？这一路上他有没有露出什么马脚？

　　潘崖　我发现一个秘密，庹阳和牟樭总是吹来吹去的，两人一吹就好像是接头，我没有证据，只是感觉。

　　吴举雄　牟樭去了？

　　潘崖　去了，他骑着一匹马，远远地跟着我们，还和庹阳秘密谈话，肯定是庾阳让牟楔跟着去的，是在监视谁？

吴举雄 庾阳还真有一手，偷雷管的人怎么没有抓活的？

潘崖 铁夫出手太快，一人一飞镖就毙命了，说起来也奇怪，这两人也没有威胁到谁，怎么就把他们杀了呢？

吴举雄 威胁到铁夫了，铁夫是共产党，铁夫是"飞鹰"，共产党要偷雷管，被庾阳发现，所以铁夫杀人灭口。

潘崖 铁夫是共产党员，是"飞鹰"？共产党偷雷管，这太邪门了吧？

吴举雄 大案，就是从蛛丝马迹中发现的，重点监视铁夫，我们对省长必须有一个交代。

潘崖 是，县长。

这时，一大群人来到县政府，领头的是崔嫂，他们要找吴举雄讨说法，室外传来崔嫂的声音。

崔嫂 吴举雄，你克扣我们民工工资，我们来找你算账。

吴举雄 潘崖，快去叫警察！

61. 山边 / 小树林 / 日 外

为了遮人耳目，庾阳和洛荟芗假扮情侣，做出很亲密的样子在小森林里散步。

庾阳 上级指示，有一个代号"小红鼠"的日本特务，已经混到机场了，他们的任务就是要窃取机场建筑平面图。

洛荟芗 机场建筑平面图，日本鬼子怎么对这个也感兴趣？

庾阳 机场建筑平面图里面有大量的信息，通过营房数可以知道驻军数量，通过机仓数可以知道飞机数，通过跑道长度可以推断起降的飞机型号类别，这里面名堂多着呢。

洛荟芗 你一说，我明白了，"机场建筑平面图"是很重要的军事秘密，绝不能落入敌人之手。

  庾阳 喜鹊，反应很快嘛！

  洛荟芎 飞鹰，别取笑我。

  这时，章灵鑫跑来了。

  章灵鑫 你们俩好雅兴，还有时间谈情说爱，县政府都闹翻了。

  洛荟芎 出什么事了？

  章灵鑫 崔嫂带着一伙人到县政府找吴举雄讨工钱去了。

62. 黄平 / 县政府 / 大院 / 日 外

  崔嫂等人来到县政府，被守卫的警察拦住了，吴举雄躲在里屋不敢出来，急得团团转。

  崔嫂大呼。

  崔嫂 工友们，吴举雄克扣我们的工钱，压迫剥削我们，我们要不要讨公道？

  工友 要！

  崔嫂 我们要工钱！

  工友 我们要工钱！

  崔嫂 反对压迫！

  工友 反对压迫！

  崔嫂 反对剥削！

  工友 反对剥削！

【闪回】

  崔嫂住所，洛荟芎和牟楔在帮小包谷算账。

  洛荟芎 吴举雄承诺，一人一月一块大洋，但是要挣够500工分才发，可是，他每天只给你们算10工分，一个月满打满算最多也只有300工分，每个月你们怎么样也拿不到一块大洋,每个人被他们占去了200工分,他们黑不黑?

小包谷 荟芗姐姐,我明白了,他们多吃了我们每个人200工分的钱。

洛荟芗 对,这就是压迫,就是剥削,我们一定要跟他们好好算算这笔账。

一旁的崔嫂重复洛荟芗的话。

崔嫂 这就是压迫,这就是剥削……

【闪回结束】

民工甲 崔嫂,我们冲进去,找吴举雄算账。

崔嫂 好,我们冲进去!

这时警察来了,把民工团团围住。

突然,一声枪响,崔嫂倒在血泊中。

庹阳、洛荟芗等人匆匆赶来,但是晚了,血案发生了。

63. 泮水寨 / 民房 / 日 内

邹碾子和潘世伯匆匆回到家里,邹奶奶躺在床上,听见孙子回来,非常高兴。

邹碾子 奶奶,你给我说说,我爸爸是不是找到了大石块?

邹奶奶 碾子,这都是许多年前的事了,也是为了采大石块做石碾子。

【闪回】

邹爷爷带着儿子虎虎到老鸦山给一个大老板找大石块做石碾子修公路,这是一条战备公路。他们来到一个悬崖边上,大石头找到了,但爷爷不慎掉下了悬崖。

虎虎擦干了眼泪,带着一群人开采大石块,一共要采10块,他们采用最古老的方式采石,沿着石缝打铁楔子,然后沿着有铁楔子的地方烧火,用热胀冷缩的原理开采大石块，开始的时候，奶奶去过一次，对地形大致有印象。

不料，石块采好以后，虎虎却失踪了，他们都说虎虎和老板起矛盾了，老板害了虎虎。真相不明。邹爷爷担心那些人加害碾子，赶紧带着碾子，连夜逃出了老鸦山。

【闪回结束】

邹碾子　奶奶，我爸爸开采的那些大石块呢？还在老鸦山吗？

邹奶奶　后来，因为虎虎死活不明，那个大老板怕被报复，又不敢来取大石头了，估计那些石块已经被他们扔到了谷底。

邹碾子　老鸦山，谷底，我一定要找到大石块。

64. 黄平 / 县政府 / 日 外

崔嫂死了，群情激愤。

庹阳　崔嫂是被冷枪打死的，虽然我们还不知道打冷枪的人的目的，但是，可以肯定的是，他在搞破坏，我一定要抓住凶手。

这时，吴举雄被洛荟芎和牟楔、章灵鑫等人抓了出来。

洛荟芎　工友们，吴举雄来了，你把给我们说的话给工友们再说一遍。

吴举雄　我们把每月的工分数降到300分，挣满300分就可以得一块大洋。

工友　这还差不多。

洛荟芎　工友们，我们的斗争取得了初步胜利，是崔嫂用鲜血换来的，我们还要追查凶手，吴举雄，你一定要好好配合。

吴举雄　不是我杀的，不是我杀的，我用项上脑袋保证。

庹阳　工友们，修机场重要，大家抓紧上工去吧。

洛荟芎　小包谷，我们会办好崔嫂的后事的。

小包谷拥着洛荟芗哭了。

65. 老鸦山 / 谷底 / 日 外

高乐、庹阳知道邹碾子要去老鸦山找大石块，决定陪邹碾子去，他们带着十几个民工开着卡车来到老鸦山谷底，邹碾子按照邹奶奶的描述，往山谷深处走去。

大石块找到了。

高乐等人惊喜若狂。

66. 旧州 / 鸡公山 / 日 外

潘世伯看见吴举雄往鸡公山上走，便跟了上去，他发现吴举雄走进了一个山洞，潘世伯在洞口等了一会，看见吴举雄出来，等吴举雄走远，潘世伯才进了洞。

潘世伯看见洞中有一块空地，地上放着几个铁皮木箱，潘世伯打开一看，全是大洋，潘世伯惊得目瞪口呆，这时，一个大棒把潘世伯打晕了。

67. 旧州古城 / 民房 / 日 内

铁夫站着听红衣女训话，只看见红衣女背影。

红衣女 你不能只打冷枪了，崔嫂死了又怎么样？你不是说崔嫂死了就会激化民工和政府的关系，就可以掀起工潮，结果呢？被洛荟芗三言两语化解了。我们不能这么干，不能小打小闹，还是要抓关键问题、核心问题，必须着手窃取"旧州机场建筑平面图"，皇军大本营还等着呢，这才是大事。

铁夫 是！

红衣女　我只给你三天时间。

68. 旧州机场 / 跑道 / 日 外

　　机场上笔直的跑道已经成形了，航站楼等附属建筑也立起来了，机场的轮廓基本上有了，穿梭不停的大小车辆在运送着各种物资。

　　高乐在查看他的新的办公室，庹阳进来了。

　　庹阳　高总工，你这办公室可是今非昔比，宽敞明亮多了，很有成就感吧！

　　高乐　机场有今天，你也有付出，我得好好感谢你。

　　庹阳　你办公室的保险柜什么时候到？你的宝贝图纸可要保管好，我们这里不太平，有人虎视眈眈哦！

　　高乐　保护图纸，也是你们组织交给你的任务吧！

　　庹阳　"你们组织"？什么组织？

　　高乐　共产党组织啊，庹阳，你不用绕弯子了，我观察你不是一天两天了，我判断你就是共产党。

　　庹阳　高总工，有意思，你说说你怎么判断我像共产党。

　　高乐　我救过一个共产党，与其说是我救了他，还不如说他救了我。有一次，为了炸毁敌人的军械库，在生与死的关键时刻，他把生的希望留给了我，他说我是学测绘的大学生，是有技术，我投笔从戎进了黄埔军校，是有谋略，说我文武双全，能够更好地报效国家，他要我必须活下来。他的话深深感动了我。我知道，共产党就是宁愿牺牲自己也要登高望远的人，就是舍生忘死都要救老百姓于水火的人。你和洛荟芗做了许多帮助老百姓的事，我都看在眼里，记在心上，所以，我断定，你们就是共产党。

　　庹阳　高总工，你高看我了，帮助老百姓出于我做人的品行，如果共产党看得上我，你就把我介绍给共产党。

高乐　庹阳，嘴巴皮练出来了。

两人大笑。

庹阳　对了，高总工，我今天来就是想告诉你，我听说中央航校迁到昆明了，最近有战斗任务，我在等通知，可能要归队了。

高乐　真舍不得你走。

庹阳　不过，我走之前，还要完成一个重要任务，你可要配合我。

高乐　好吧，也许我们要完成的是同一个任务，抓内鬼。

69. 鸡公山 / 山洞 / 日 内

潘世伯醒了，已经被五花大绑，吴举雄站在他的身边狞笑。

吴举雄　潘世伯，没想到你会跟踪我，不过，你可能不知道，我早就发现你了。

潘世伯　你贪污了这么多老百姓的血汗钱，我会让老百姓来讨还的。

吴举雄　可能你没有这个机会了，你就死在这里吧！

吴举雄一棒把潘世伯打晕了。

70. 老鸦山 / 谷底 / 日 外

谷底一瞬间变成了一个大工地。邹碾子带着几十名石匠在谷底制造石碾子，"叮叮当当"的声音在山谷回响。

邹奶奶给孩子们送开水。

邹奶奶　小伙子们，歇息一下，喝口水，石碾子能修机场，我是做梦也没有想到。孩子们，我们的机场急着用，飞机急着上天打鬼子，我们可要加油啊！

一辆小车开了过来，洛荟芎带着章灵鑫等人来到谷底给民工们送饭，正好听见奶奶说的话。

洛荟芗　奶奶比我们会说话，我们就是要早日建成机场打鬼子。

洛荟芗想，老百姓的积极性调动起来了，力大无比。

71. 鸡公山 / 山洞 / 日 内

松子、小包谷说邹奶奶这段时间特别辛苦，要过年了，他们要上山打点野味，孝敬奶奶，给奶奶补补身体。他们俩每人拿着一支步枪就往山上去，正好看见一只野兔，两人便追了上去，追到了山洞口，野兔钻进山洞，松子、小包谷也跟着进了山洞。

野兔不在了，他们在山洞里发现了潘世伯，潘世伯已经奄奄一息。吓死人了。

铁夫发现少了枪，追着松子和小包谷也来到了山洞。

三人把潘世伯背下了山。

72. 机场 / 办公室 / 日 内

高乐搬进了新的办公室，但是当他整理书籍物品的时候，发现旧州机场建筑平面图已经不翼而飞，这可急坏了他。正当他一筹莫展的时候，庹阳、洛荟芗、牟楔、章灵鑫等人押着铁夫进来了。

高乐　庹阳，我的"旧州机场建筑平面图"不翼而飞，你们这么多人是来帮我找图纸的吗？

庹阳　高总工，你真幽默，我们是来送礼的，把日本特务山田一郎押进来。

牟楔押着铁夫进来，着实把高乐惊呆了，铁夫可是他的警卫啊，怎么变成日本特务山田一郎了？

高乐　庹阳，你们这是？

庹阳　高总工，这位是日本特务山田一郎，是假铁夫，山田一郎在东北长大，是中国通，与铁夫是同乡，一年前，山田一郎接触了铁夫，便交上了朋友，在掌握了铁夫的情况、熟悉了铁夫身边的人后，山田一郎便杀害了铁夫，伪装成铁夫混进了国军，也就来到了你旧州机场高总工程师的身边。

章灵鑫　庹阳，日本特务太可恶了，杀了日本特务！

庹阳　不急。这个日本特务的真正目的就是要盗取旧州机场建筑平面图，有了图，旧州机场就透明了。可惜啊，我们早有防备。山田一郎，也就是这个假铁夫，借帮助高总工搬家的机会，偷偷打开高总工的保险柜，想偷走这张图，但他没有想到，他被我们监控了，最后被我们抓住了，这就是在山田一郎身上搜到的地图，可惜，这是一张假图，真正的图还在高总工皮包里。

庹阳走到高乐身边，握住高乐的手。

庹阳　谢谢你，配合我们演了一出好戏，抓住了日本特务。

洛荟芗　戏还没有演完。山田一郎，你告诉我，谁是"小红鼠"？

山田一郎　小红鼠你们也知道？

洛荟芗　赶紧交代！

章灵鑫　可恶的日本特务，赶紧交代！

山田一郎看看周边的人，抬头看看天，咬毒自尽。

73. 老鸦山 / 谷底 / 日 外

石碾子做好了，马上就要拉走了，人们都在祭拜，希望石碾子如人所愿，碾压出中国空军的胜利之路，碾压出中国人民抗日战争的光明大道！

高乐、庹阳、洛荟芗、章灵鑫、吴举雄、潘崖等一一叩拜。

章灵鑫不时望着天空，突然几架日军飞机来到谷底上空，投弹爆炸，潘崖被炸伤。

洛荟艿 潘崖，挺住，我们救你。

潘崖 不要救我，我做了许多对不起老百姓的事，我是罪人。松子媳妇，我对不住她啊！

吴举雄 老潘，别说了。

潘崖 邹碾子呢？让他过来。

邹碾子过来了，潘崖拉住邹碾子的手。

潘崖 碾子，我对不起你，我克扣你的酬金……

潘崖把八个大洋放在邹碾子手上，两眼一闭，断气了。

74. 旧州机场 / 工地 / 日 外

几十个人拉一个大碾子在碾压跑道，几个大碾子同时滚动，场面蔚为壮观。

邹碾子拉的碾子上刻着"打倒日本"四个大字，走在最前面，他坚毅地往前走，泪水、汗水在脸上流淌……

【闪回】

大碾子做好了，邹碾子拿着一把戳子在石块上戳着"打倒日本"四个大字，字慢慢地明显起来。

洛荟艿 碾子，这四个字写得好，是我们的心声。

【闪回结束】

工地上，庹阳来拉石碾子，洛荟艿来拉石碾子。

高乐来拉石碾子。

省长来了，省长也来拉石碾子了！

潘世伯跑来找到洛荟艿，他们耳语了几句，洛荟艿带着潘世伯来到高乐面前。

潘世伯 高将军，黄平乡贤邓聪来了，他要给我们机场捐款。

高乐　谢谢啊！有大家的支持，机场一定会早日建成，他准备捐多少？

潘世伯　听他说要捐十万大洋。

省长　邓聪，我听说过，家产十万，人称"邓十万"，如果他捐十万修机场，就是倾其所有了。好啊！众人拾柴火焰高，旧州机场一定能够建好，一定能够为打击日本鬼子做出积极贡献！

石碾子滚滚向前！中国人民抗日的力量滚滚向前！

75. 旧州机场 / 高乐办公室 / 日 内

高乐正在欣赏他的画作：机场。

在高乐的画笔下，热火朝天修建机场的生动画面栩栩如生。

庹阳来到高乐办公室，高乐交给庹阳一封信，庹阳一看，是昆明巫家坝寄来的，他的心里一阵激动，庹阳的这细微变化，被高乐观察到了。

高乐　我估计是航校的"召回书"来了，你慢慢看。

庹阳迫不及待地打开信来看，信是航校教务长张晋写来的，庹阳想张晋当教务长了，张晋思想进步，是利好消息。

张晋来信：庹阳离开航校后，日军就开始进攻上海，进攻杭州湾，航校组织学员空中作战。蒙精是国民党特务，专门迫害共产党，小胖就是他杀害的。航校学员在杭州湾保卫战中，战斗惨烈，牺牲很大，蒙精在空战中为国捐躯，壮烈殉国。

张晋信中还说：中央航校现驻扎昆明巫家坝，学校等着庹阳回去，组建朝阳中队，升空杀敌！

看完信，庹阳激动了，他等待的这一天，终于到来了！

76. 鸡公山 / 山洞 / 日 内

吴举雄知道潘世伯被松子救了回来，心里一直不安，自己的罪行早晚要暴露，他想逃跑，他辛苦一生"赚"的钱，如果不带走他不甘心，如果要带走，就要去山洞冒风险，犹豫之后，他还是决定把钱带走。

吴举雄刚进山洞，就看见了他的钱箱子，谁动过？他正在纳闷，庹阳的声音传来。

庹阳　吴举雄，还想要你的钱啊！真是要钱不要命，你贪污老百姓的血汗钱，你伏法吧！

吴举雄　庹阳，你在哪儿？我伏法。

吴举雄突然心梗，扑倒在钱箱子上死了。罪有应得。

77. 旧州机场 / 道路 / 日 外

庹阳就要归队了，洛荟芛来送行。

洛荟芛送给庹阳一张手帕，上面绣着一只喜鹊。

洛荟芛　庹阳，去昆明道路漫长，你一路保重。

庹阳　荟芛，谢谢你这一年的相助！听说省长要你当县长，好好干，我一定会飞回来的。

洛荟芛　庹阳，县长不重要，你重要，你一定要飞回来，我等你回来。

不知什么时候高乐走到他们身后。

高乐　你们这么情意绵绵，我想当月下老人都没有机会了！

汽车载着庹阳走了……

78. 旧州机场 / 工地 / 日 外

旧州机场建成了，彩旗飘飘，庆祝典礼马上就要进行，人们兴高采烈地走进机场。

由 48 架飞机组成的中美联合航空大队飞来了。

人们呼喊 飞虎队来了，飞虎队来了！

美国人、中国人驾驶的飞机低空盘旋，人群中的洛荟苎看见了飞机上的庹阳，洛荟苎兴奋地高喊。

洛荟苎 庹阳，欢迎你回来！

庹阳在空中向洛荟苎示意。

79. 旧州机场 / 高乐办公室 / 日 内

正当人们欢庆机场建成的时候，一位红衣女溜进了高乐的办公室，她迅速走到保险柜之前，打开保险柜，她惊呆了，保险柜是空的，只有一张红纸条，上面写着：小红鼠，投降吧！

红衣女一转脸，原来是章灵鑫。被激怒的章灵鑫拔出枪，向空中打了几枪。

洛荟苎 放下武器吧！你们日本鬼子就是疯子。

高乐 小红鼠，没想到吧，我给你准备的"情报"还满意吧！

章灵鑫 你们别高兴得太早了，大日本皇军马上就要来轰炸你们的机场了。

洛荟苎拿出一张纸条说。

洛荟苎 别做梦了，你的情报根本没有送出去，你们的空军也没有起飞，小红鼠，你抬头看看，我们的空军正严阵以待。

章灵鑫抬头，中国空军呼啸而过，她绝望了，垂死挣扎。

章灵鑫举枪准备打高乐，高乐、洛荟苈、牟楔三人同时开枪，章灵鑫倒地。

80. 旧州机场 / 指挥部 / 日 内

空军少将高乐正在打电话接受上级命令。

高乐　旧州机场一切准备就绪，所有战机可以起飞作战，我们听候指挥部命令。

这时，邹奶奶带着邹碾子、松子和小包谷来到高乐办公室。

邹奶奶　将军，我把三个孩子交给你了，你带着他们去打鬼子。

高乐　这是？

邹碾子　高将军，我要当空军，我要飞上天，打鬼子！

松子　高将军，我要当空军，我要飞上天，打鬼子！

小包谷　高将军，我要当空军，我要飞上天，打鬼子！

高乐非常激动。

高乐　孩子们，中国空军欢迎你们！

81. 旧州机场 / 跑道 / 日 外

旧州机场上空拉响了警报，地面上空军严阵以待，四周是警戒的中国军人和当地的老百姓。

洛荟苈、牟楔穿着军服站在最前面。

邹碾子、松子、小包谷穿着军服站在队伍里。

省长、邹奶奶、潘世伯和老百姓们站在高坡上，他们来为自己的子弟兵祈福，希望他们打胜仗。

我要飞

飞机驾驶舱内，庾阳的脖子上扎着洛荟芗给他的手帕，喜鹊格外醒目。

洛荟芗打开手心，她握着一个"飞鹰"铜牌。

庾阳正在等待起飞命令。

塔台上的高音喇叭正在播出高乐坚定有力的命令。

高乐　日军空军已经起飞，企图轰炸我军重要军事目标，威胁驼峰航线，我命令：朝阳中队起飞迎敌，保卫驼峰航线。全体都有，向中国空军敬礼！

军人敬礼！

老百姓敬注目礼！

高乐敬礼的特写。

洛荟芗敬礼的特写。

庾阳　01明白，全体都有，准备起飞。

空军甲　02明白，准备完毕。

空军乙　03明白，准备完毕。

空军丙　04明白，准备完毕。

…………

庾阳坚毅的声音响起。

庾阳　朝阳中队，起飞！

庾阳驾驶的飞机滑出跑道，飞向蓝天！

一架架战鹰起飞迎敌，在战机翱翔太空的轰鸣声中，主题歌《我吻过你的脸》起！

在亘古不变的从前，
有您散发清香的容颜，
撩拨少年，
在蓝天的怀抱里，

一生交给党

轻轻地抚摸，
就像蜜一样的甜。
蓝天啊蓝天，
您把勇士的初恋，
化作战鹰翱翔的流年，
誓灭倭寇，
壮志永驻心田。
我吻过你的脸，我的大太空，
您是柔美的春风，
我吻过你的脸，我的大河山，
您是壮丽的诗篇，
我吻过你的脸，
为了护卫美好的新家园，
一飞冲天，笑傲人间！

全剧终